西藏岁月 系列丛书

高原的记忆

刘盛福 著

大连出版社
DALIAN PUBLISHING HOUSE

图书在版编目（CIP）数据

高原的记忆／刘盛福著．—大连：大连出版社，2014.1
（西藏岁月系列丛书）
ISBN 978-7-5505-0553-7

Ⅰ．①高… Ⅱ．①刘… Ⅲ．①新闻采访－作品集－中国－当代 Ⅳ．①I253

中国版本图书馆CIP数据核字(2013)第181902号

丛书题字：策墨林 · 单增赤列（藏文）
汪象华（汉文）
总 策 划：德吉措姆 张彦丽
出 版 人：刘明辉
策划编辑：张 波
特约编辑：益西美多
责任编辑：李 萤
封面设计：樊志国 吴尚夫
版式设计：张 波
责任校对：韩 丹
责任印制：徐丽红

出版发行者：大连出版社
地址：大连市西岗区长白街10号
邮编：116011
电话：(0411)83620442/83621075
传真：(0411)83610391
网址：http://www.dlmpm.com
E-mail：dlszhangbo@163.com
印 刷 者：山东鸿杰印务集团有限公司
经 销 者：各地新华书店

幅面尺寸：170 mm×230 mm
印 张：12.5
字 数：230千字
出版时间：2014年1月第1版
印刷时间：2014年1月第1次印刷
书 号：ISBN 978-7-5505-0553-7
定 价：30.00元

《西藏岁月系列丛书》编委会

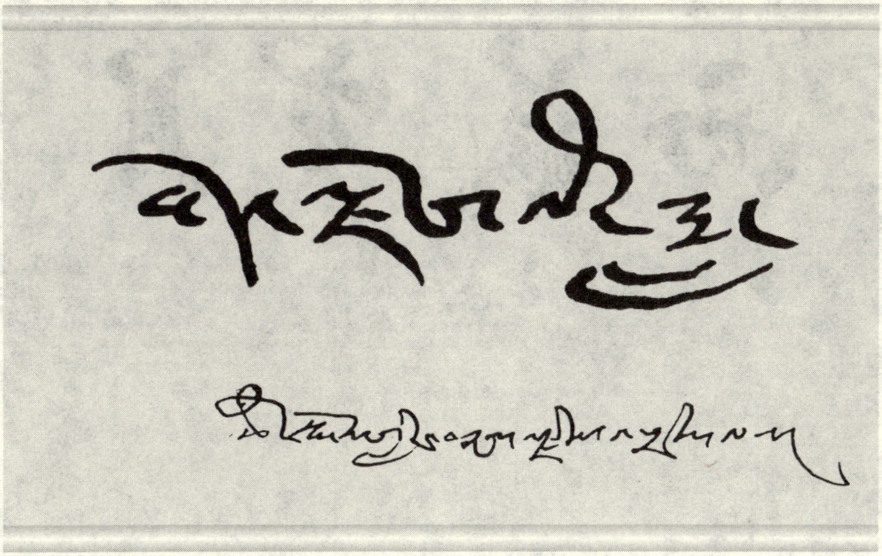

西藏岁月——策墨林·单增赤列题字

策墨林·单增赤列，男，藏族，1950年9月生，西藏拉萨人，无党派人士，1956年10月参加工作。现任政协第十届西藏自治区委员会副主席，第七届、八届、九届、十届全国政协委员。

汪象华题字

汪象华，少将，博士，1959年5月生于湖北黄冈，中国书法家协会会员，中国书法家协会维权鉴定委员会副主任，武警部队首任书画研究院院长，西藏书法家协会名誉主席。曾任武警广东省总队政治部副主任，武警宁夏总队政治部主任，武装警察部队政治部宣传部部长，现任武警部队西藏自治区总队政委。

《人民日报》、《解放军报》、《光明日报》、《中国文化报》、《中国书画报》、《解放军生活》等数十家报纸杂志曾多次刊登汪象华将军的书法作品。2011年10月，荣宝斋出版社出版发行了《汪象华书法作品集》。汪象华将军的作品曾获全国第十四届群星奖书法金奖，并多次获全国、全军书法作品展大奖，被多家机构和个人收藏，还被作为国礼送往日本、美国等国家和地区。

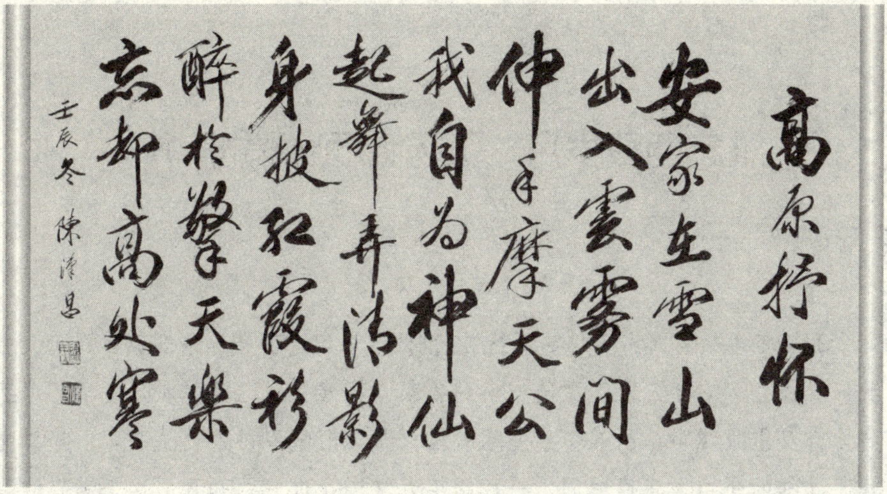

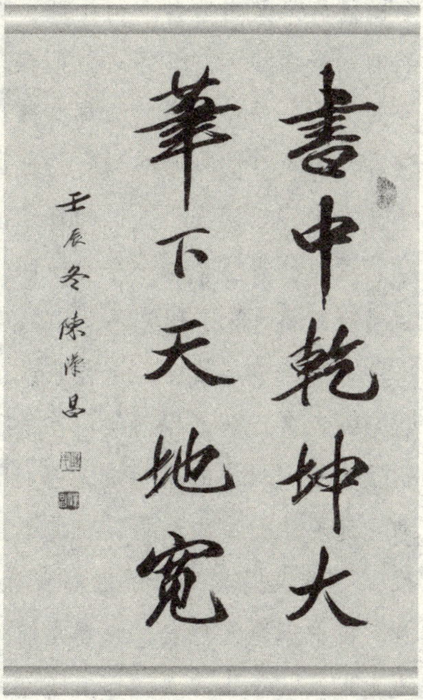

陈汉昌，1939年10月生，重庆市荣昌县人。政协第七届西藏自治区委员会副主席。西藏党校、西藏大学名誉教授。1994年受聘任全国思想政治工作科学专业委员会特邀研究员、常务理事。所写文章先后入编《中国社会科学文库》、《邓小平理论研究文库》等丛书，《谈谈我区精神文明建设的若干问题》获自治区优秀论文奖。主持编辑的《汉藏小伙伴手拉手，相约在二十一世纪》获得全国“五个一工程”奖。现为中国书法家协会理事，西藏书法家协会名誉主席。作品曾入选“中国名家书法作品邀请展”、“第二届国际书画家艺术交流大展”，先后入编《中国书法选集》、《世界书画家名录》，并先后荣获金奖艺术家、世界书画艺术名人、当代百名优秀文艺家等称号。出版有《中国当代著名书画家系列丛书·陈汉昌书法作品集》。

总序

难忘西藏岁月　弘扬老西藏精神（序一）

阴法唐

2010年金秋九月，雪域高原最美的时节，为纪念西藏和平解放60周年、中国共产党成立90周年，张彦丽同志来到我家，将筹备成立西藏岁月文学艺术工作者协会及出版《雪山的眷恋系列丛书》（即《西藏岁月系列丛书》）等事向我作了详细的介绍。张彦丽同志是1976年大学毕业进藏的知青，这个满族的后代和那些热血青年一样，在祖国挑选他们的时候，胸怀壮志，自愿报名去西藏当农民，后来又当教师、当干部，在西藏一干就是37年，是在西藏工作时间比较长的“老西藏”。介绍起他们在拉萨、成都召开《雪山的眷恋系列丛书》座谈会的情形，她特别激动。那些健在的十八军老同志，怀着极大的热情参加了座谈会，甚至有些人带病到会。他们谈到当年进藏时的情景，好多人热泪盈眶，感慨难抑。座谈会上，有的还拿出自己多年积累的文稿，希望通过西藏岁月文学艺术工作者协会这个平台，回忆建设西藏历史，弘扬“老西藏精神”，抒发他们对西藏的眷恋和关怀。

谈起一些老战士、老作家、老记者的现状，听到那些耳熟能详的名字时，我感慨良多。60多年前我们在进军西藏和雪山筑路时，战士们都是20来岁的小伙子，十七八岁的小姑娘。他们不但要完成长途跋涉、开山修路那些超强度劳动，还要承受高山缺氧、交通不畅、供给不足等原因造成的常人无法想象的困难，不少人提前结束了他们宝贵的年轻生命，有幸活下来的人也大多疾病缠身，但他们毫无怨言，青春无悔。作为进军西藏主力部队的一位领导成员，作为上世纪80年代的西藏自治区党委第一书记，我为这些老战士骄傲。他们当年听从党的指挥，进军祖国大陆最后一块未解放、条件艰苦的领土，为把西藏改造为人民民主的西藏，为西藏人民流血流汗，一不怕苦、二不怕死，与西藏人民一起长期建藏，努力奋斗，无私奉献。今天看到这些充满革命激情的战友们还像当年一样，心里始终想着西藏，爱着西藏，并为宣传西藏、为弘扬“老西藏精神”笔耕不辍，仍然在继续努力奋斗，我从心里往外高兴。张彦丽同志向我介绍完情况后，我建议她在协会成立后，要尽量多抽出时间去各地走访一下当年的老十八军战士，尽早地将老同志们的文集与采访记录搜集上来，她答应了。我也表示，为了这些老战士，为了蓬勃发展的西藏事业，我愿意为西藏岁月文学艺术工作者协会做顾问，我老伴、首批进藏女兵李国柱同志也愿意多参与协会的一些工作，共同组织回到内地的“老西藏”们继续为建设西藏、为西藏人民贡献余热。

2010年9月20日，我和夫人李国柱应邀参加了在北京召开的丛书座谈会。会上，在京30位老同志为丛书编撰提出了很好的建议和意见。时隔三年之后的2013年5月，张彦丽同志带着样书设计稿再一次来到我家，兴致勃勃地告诉我，西藏岁月文学艺术工作者协会正式成立了，并特别提到在原自治区党委常委、自治区政协副主席德吉措姆同志大力支持和积极协调下，得到了北京市政府的援助，期待已久的系列丛书可以面世了。虽然我已91岁高龄，但听到这个消息仍精神振奋，心里如同炎热的酷暑，热情洋溢、豪气顿增。协会尽管在经费困难、人手有限的情况下做了大量工作，可还是有许多同志没采访到，他们深表遗憾。但我相信，有这么多热心同志的支持与关注，尤其是藏族同胞的高度重视，西藏岁月文学艺术工作者协会这个平台，一定会为弘扬“老西藏精神”，为热爱西藏、宣传西藏、服务西藏做出更多、更有意义的事情。

一想到西藏的岁月，我的心里热乎乎的，这个序我不能不作，战友们的心愿我应该满足。

回忆起1950年进军西藏时，我是十八军五十二师副政委。在解放西藏昌都的战斗中，我们十八军五十二师分左中右三路进攻、迂回、包围昌都，我和师参谋长带着五十二师一个步兵团（一五四团）、两个直属连及青海一军骑兵支队，横跨四川、青海、西藏三个省区，15天在海拔四五千米的风雪高原上急行军1500华里。那个艰苦想起来就心颤。毛主席说“进军西藏不吃地方”，为此，我们进攻、迂回、包围昌都的各路战士，除了背上武器，还要背上春夏秋冬的衣服、半个月的食品、帐篷及些许烧火的燃料或代用品，每人负重70斤，高原反应，几步一喘。部队断粮后几天吃不上东西，战士们被迫吃累死饿死的牛马，喝牛马血，吃生肉，最后吃兽皮，甚至连骨头和角都烧成灰烬填进肚里。因冻、累、病、饿等多种原因，许多战士痛苦之状难以描述，不少同志遗尸高原，活下来的也是九死一生。差不多有一半战士患上雪盲，短时间失明，无法看路，他们便把绑腿连起来互相牵着走；过河时，冰块在湍急的水流中划破皮肉，血流不断；有的战士腿伤化脓坏死，被迫锯断腿肢。一五四团和青海骑兵支队有不少是非战斗减员，骑兵支队的马死了一半多，骑兵变步兵。那真是冰山雪峰掩忠骨，马革未能裹尸还。但全师将士心里都明白：只要堵住敌军后撤拉萨的路口就是胜利。10月18日，我们100余名骑兵和100余名步兵比敌人早4个多小时抢先到达昌都以西的恩达，切断了敌军的西退之路，奠定了和平解放西藏的基础。我们终于取得了解放祖国大陆最后一片领土的全面胜利。

翻书阅卷，历史风云一幕幕闪过。60年一甲子，岁月洗去了多少人世铅华，但"老西藏"们忠于祖国，热爱共产党，热爱西藏人民，长期建藏、边疆为家，一不怕苦、二不怕死，自觉遵纪守法，自力更生、艰苦创业（简称"长期建藏，两不怕；艰苦创业，守法纪"），加上以后中央提出的"五个特别"的"老西藏精神"，却代代相传，生生不息。先烈回眸应笑慰，擎旗自有后来人。

理念和实践说明，"长期建藏"的"老西藏精神"，不仅适用于外地去西藏的同志，也适用于西藏本地区的同志。去西藏的同志，无论是解放西藏去的，或是调进西藏去的，还是支边去的，援藏去的，都统称是进藏干部吧。"长期建藏"除本地区多数同志外，不是一定要干一辈子，一定要死在西藏，是根据党和人民的需要，由组织决定的，时间有长有短。但无论在藏多久，都不要抱临时观点，应付差事，混日子，当一天和尚撞一天钟；都要从热爱祖国、热爱西藏出发，在思想上长期着眼、长期打算，行动上老老实实、兢兢业业，艰苦奋斗，无私奉献。

我第二次调离西藏后，虽然还在解放军第二炮兵、全国人大常委会工作和执行中央领导机关交办临时任务共一二十年，但仍和那些"老西藏"一样，念念不忘西藏。并想在有生之年，在可能的情况下，继续为西藏做点事，首先对几件遗留问题要设法解决。其中最重要的是要求和呼吁给西藏修一条铁路。这是从在西藏任自治区党委第一书记时起就呼吁的。没有铁路，西藏便没有发展，就"大富"不起来。在党中央的英明决策和筑路大军的努力下，在全国各地特别是西藏人民的支持下，这个愿望实现了，也圆了我几十年来想坐着火车回西藏，看望西藏父老乡亲的梦。二是从自己做起，调动各方力量不断支持西藏教育事业发展，目标是为追赶先进地区的教育事业尽微薄之力。文化教育是民族文明和民族素质的基本要素，西藏发展缺少的是本民族的科学文化人才。为此，我从自己家做起，多方筹措资金成立“阴法唐西藏教育基金会”，我们的家庭也继续在这方面再做贡献。

第三件事，就是我们这些进藏时间早，经历过进军西藏、解放西藏、建设西藏、巩固国防甚至以后阶段的实践者，很想把自身亲历、耳闻目睹及手中掌握的或能查到的资料，筛选、整理成文，作为出版物献给读者，使更多人了解那段真实的历史，并解疑释惑。2008年，在中央党史研究室和西藏自治区党委等领导机关、领导同志支持下，由中共党史出版社出版了《解放西藏史》一书。这部著作已先后三次获得中央和国家机关大奖。现在，我和其他同志，愿意继续为党和西藏人民做贡献，我在这里借用进藏先遣连党代表李狄三的话，以表达我的心声：“我们活下来的人，只有更好地活着，至少是要争取活得更久一些，才能完成他未竟的事业。活着，已不是为了别的，而是为了完成我们共同肩负的使命。”

祝愿《西藏岁月系列丛书》能够鼓舞更多的人，不忘革命前辈，弘扬“老西藏精神”，希望同志们继续组织编写出更多记录那些令人追忆、感人肺腑、具有震撼力的征程的优秀作品来。

2013年8月于北京

阴法唐，1922年7月生于山东省肥城市桃园镇张里庄，中共党员。1955年被授予上校军衔，并荣获二级独立自由勋章、二级解放勋章。1962年晋升大校军衔。1988年被中央军委授予中将军衔，并荣获独立功勋荣誉章。曾任中共西藏自治区党委第一书记，同时被军委任命为成都军区副政委兼西藏军区第一政委。在此期间被选为西藏军区党委第一书记、西藏第三届政协主席。中共第十二、十三届代表大会代表，第十二届中央委员，第五、第六、第七、第八届全国人大代表，第七、八届全国人大常委会委员。原中国人民解放军第二炮兵副政委。

带家人牵头，多方筹措资金成立“阴法唐西藏教育基金会”，为西藏教育事业再做贡献；2008年，在中共党史研究室和西藏自治区党委等领导机关、领导同志支持下，牵头组织编写的由中共党史出版社出版的《解放西藏史》，先后获得中央和国家机关三次大奖。

圆　梦（序二）

张跃平

2010年，阳光明媚的4月，我收到《雪山不会忘记系列丛书》编委会的丛书策划案送审文件。详细看过之后，心情非常激动，当时就签署了支持意见。后来，在书稿的编撰过程中，《雪山不会忘记系列丛书》改名为《西藏岁月系列丛书》更符合选题内容。

一晃就是三年。今年4月，《西藏岁月系列丛书》编辑委员会邀约我为丛书写序。欣喜是自然的，担心亦在情理之中。我深知这绝非一般意义上的工作，因为，不论是作者还是编辑委员会的工作者，大多已退休离开了工作岗位，此次又重新走到一起，在西藏自治区党委、人大、政府、政协领导的高度重视和相关部门的大力支持下，用他们的真诚和热情，用他们的智慧和能力，组建了西藏岁月文学艺术工作者协会，协会组建的同时，丛书编撰工作也正式启动。为倾诉一生都无法割舍的西藏情缘，为报答西藏高天厚土给予的养育之恩，为实现大家共同的夙愿和高原梦，他们依旧那么执着，那么敬业，那么坚定，就像高山上的雪莲花，默默地绽放着永恒的绚丽。

我知道，他们约我写序，并非因为我的职务，而是因为我与丛书作者们有着同样的西藏情结，有着同样的高原梦。这份情谊，这份默契，这份梦缘，没有西藏生活经历的人永远无法想象、无法理解。

但，我懂他们。

丛书中所记录的西藏岁月，是英雄们的战斗史，是前辈们的奋斗史，是西藏文明的发展史。作者们都是“老西藏”和“老西藏”的接班人，每一位我都似曾相识，每一段述说我都非常熟悉。因为，37年前，我和这些热血青年一样，身背行囊，怀揣理想，义无反顾地踏上了这片土地，成为继十八军之后支援西藏社会主义建设大军中的一员。那时，我们很年轻，就像籽粒饱满的青稞，耐受着高寒缺氧的环境，执着地生长；就像苍劲的雄鹰，迎着风霜雨雪，勇敢地飞翔；就像健壮的牦牛，承载着重负与寂寞，倔强地前行。在我三十余载的西藏岁月中，半生青春一生爱，半生血汗一生情，我已无法分清藏族与汉族的界限，无法分清藏地与故乡的区别，如同无法分割的血脉一样。在《西藏岁月系列丛书》中，我看到了自己，又回到了那个年代。

工作之余，我酷爱摄影，特别享受按动快门的瞬间带给精神上那种欣慰的满足，特别渴望所有的经历都能成为永恒。我希望以这样一种方式，纪念我的西藏岁月，纪念我人生旅程中最有意义的时刻，纪念西藏翻天覆地的变化，纪念西藏各族人民团结奋斗、建设美丽家乡的辉煌成就。

心有多大，梦就有多大，照片和文字是一样的，不论是现在还是将来，都在向人们讲述着一个永恒的主题——圆梦。

与“老西藏”们相比，我们是幸运的，因为，我们是沿着他们以“老西藏精神”开创的那条“天路”走进高原的，我们是“特别能吃苦，特别能战斗，特别能忍耐，特别能团结，特别能奉献”的“老西藏精神”的传承者，所以，我们自豪，我们自信，我们自强。

光阴荏苒，一代又一代西藏人，览尽风雨苦亦甜；岁月如梭，一代又一代西藏人，于岁月的车轮里一刻也没有停歇；青稞酒的甘甜，酥油茶的醇香，锅庄舞的厚重，把我们的西藏岁月，永远镌刻在人生的长河里。今天，《西藏岁月系列丛书》为我们再现了这一切。其中记录的，不仅仅是作者自己的生活和经历，更宝贵的是记录了西藏和平解放中勇敢而无畏的人们，西藏建设中坚强而无私的人们，西藏发展中勤劳而智慧的人们。不论是谁读懂了其中的情感，感受了其中的真诚，领略了其中的风采，都会被感染，被触动，被洗礼，被震撼，而后，也会有一种冲动，那种背起行囊上路的冲动。

这就是《西藏岁月系列丛书》给予我们的启迪，这就是“老西藏精神”给予我们的力量。

忍不住，抬头仰望《喜马拉雅丰碑》上镌刻的《高原的记忆》，深切感受着不朽的《高原魂》，以真诚和执着《守望》着《我们的西藏岁月》、《源》，领略《墨竹河》及《雪绒藏布》的斑斓与阳光相聚，汇成《彩霞东来》的绮丽风光，用我们的青春，骄傲地展示着《雪域风华》，用我们的双手，创造着高原奇迹，在鲜花、掌声和《金质的哈达》涌向我们的时候，我们没有停下，坚强与自信深深地刻在前行的脚印上。因为，我们是“老西藏”们的接班人！

人生如船，梦想是帆，每个人都有一个只属于自己的梦，因为我们同属一个国家，所以我们的梦与国家民族的兴衰荣辱紧密相连。我们只有继续保持激情、坚持科学发展，中国梦才够美丽；我们只有不断完善和谐稳定、民生改善、民族团结的新局面，中国梦才够坚实。

我们的梦在西藏。

西藏的梦是繁荣昌盛，在西藏的奋斗圆了我们的梦，党的领导和各民族大团结圆了西藏梦。如今，中华民族正在用自己的勤劳与智慧圆一个梦，那就是坚定共产主义远大理想的信仰，忠实于有中国特色的社会主义共同理想的实践，实现国家富强、民族复兴、人民幸福的“中国梦”。

《西藏岁月系列丛书》正是从梦开始的地方讲起，还将继续沿着梦的思绪，在雪域高原，圆一个团结、民主、富裕、文明、和谐的社会主义新西藏梦。

2013年4月30日

张跃平，1950年5月生，辽宁北票人，中共党员。历任西藏军区生产建设师彭波农科所技术员，西藏自治区农垦厅生产技术处副处长，西藏自治区政府办公厅秘书一处处长，西藏自治区“一江两河”开发建委办综合处处长，西藏自治区拉萨市委常委、组织部部长，西藏自治区纪委副书记（正厅级），西藏自治区监察厅厅长，西藏自治区人大常委会党组副书记、常委会副主任。

序 三

德吉措姆

正当全国各族人民托起中国梦，为实现中华民族伟大复兴而奋力拼搏之际，《西藏岁月系列丛书》应运而生了。这不仅是系列丛书的作者们渴望已久的大事喜事，也是为丛书出版工作而奔波不停的工作人员十分高兴的事情，对于广大读者来说，无疑也是一次共享“老西藏精神”的丰硕成果，进一步了解真实西藏的难得机会。

为《西藏岁月系列丛书》写序，我一方面感到很荣幸，另一方面心理压力比较大，担心写不好。因为丛书的作者中有我十分熟悉的、十分敬重的“老西藏”、老领导，加上作者们每个人的作品分量很重，不仅承载着凝重的历史轨迹和社会责任，而且真实反映了那个年代广大指战员保卫祖国边疆、维护祖国统一的坚定信念，真实反映了新西藏的发展变化，处处闪耀着“老西藏精神”的光辉。

我想从以下三个方面，简单谈谈对系列丛书（11本）的初步认识，与读者共勉。一是系列丛书体现的五个基本特点；二是作者当年进军西藏时的历史概述；三是“老西藏精神”是我党我军光荣传统和优良作风的继承与发展。

一、系列丛书体现的五个基本特点

一是作者们晚年笔耕不辍，给后代留下了宝贵的精神财富。整整11本书，洋洋300多万字，字字都是作者们用心血和汗水写成的。其间所遇到的困难和问题，他们从不叫苦，从不给组织和领导找麻烦，处处以“老西藏精神”严格要求自己。他们的作品，无论是报告文学、纪实文学、诗词集或文集，还是长篇小说，都凝聚了对党对祖国的无限热爱，凝聚了对西藏人民的深情厚谊，凝聚了对生活、对西藏这片高天厚土、美丽风光的无限眷恋，骨子里透着浓浓的“西藏情结”。这是“老西藏”晚年献给党、献给西藏人民、献给新一代的又一份厚礼!

二是丛书的作者们，是一生奉献边疆的“老西藏”。

摆在读者面前的11本书的作者，大多数已是年过七旬的老革命、老前辈、老领导、老作家，还有当年参军时年龄不满15岁的女战士。虽然他们现在已退休多年，却坚持做到了老有所乐、老有所养、老有所学、老有所为，退休不褪色。他们不仅把自己一生最美好的青春时光献给了西藏，献给了西藏人民，而且到了晚年仍然在默默无闻地奉献着。西藏人民永远不会忘记“老西藏”为捍卫祖国边疆，为西藏人民的翻身解放和幸福生活而做出的牺牲和奉献。

三是作品内涵深刻，意义深远。

作者们从不同角度，用不同形式，深刻描绘了西藏和平解放、进军西藏、解放西藏、建设西藏的重大历史变革，以及改革开放、现代化建设时期，中央如何继续关心西藏、全国无私支援西藏，使西藏飞速发展变化的可喜局面。其强烈的时代感和社会责任感，必将使广大读者深入了解那个年代的沧桑巨变和那个年代造就的英雄人物，了解今天的幸福生活是无数英雄用生命和鲜血换来的，从而更加激发爱国热情，更加珍惜今天的幸福生活，更加发奋图强，努力建设家乡，自觉维护祖国统一。

四是作者深入调研、充实内容，保证作品质量。

多年来，丛书的作者们有的不顾年老体弱、疾病缠身，有的不顾家庭生活条件不够宽裕，年复一年、日复一日坚持创作，有的不顾路途遥远，交通不便，坚持走出家门访亲问友，有的结伴到离家很远的地方和城市，采访健在的英雄，寻找英雄的足迹，采集英雄的事迹。他们这种对作品负责、精益求精的态度，这种对党负责、对社会负责、对英雄负责，也对读者负责的精神，不仅让我们敬佩，更值得我们学习和发扬。

五是作品客观翔实，文风朴实无华。

丛书的作者们，无论作品反映的是哪个历史阶段，哪个具体事件，都认真坚持文化传承和文化信仰的深刻内涵，每一本书字里行间折射出的崇高境界、理想信念，让正能量传达得更鲜明、更可信、更有效。书中虽然没有更多华丽的辞藻，但娓娓道来的每一个故事、每一个人物、每一个事件，都弘扬了时代主旋律，都是为子孙后代留下的宝贵的精神财富和力量源泉。一本本耐人寻味的厚书，一段段真实可靠的经历陈述，对当代西藏进一步筑牢反对分裂、维护稳定的思想，巩固和发展民族团结，繁荣边疆地区文化建设都将产生积极而深远的影响。

二、作者当年进军西藏时的历史概述

1959年之前，也就是民主改革前的旧西藏，是一个又落后又黑暗的封建农奴制社会。在那时的社会里，广大农奴没有自己的土地和牲畜，没有人身自由，却要遭受残酷的压迫和剥削，终年挣扎在贫困、饥饿的死亡线上。党中央毛主席对西藏情况早已明察秋毫，在1949年10月1日中华人民共和国成立前后，针对国外敌对势力与西藏地方政府中的分裂主义分子加紧勾结从事分裂活动的严峻形势，做出了进军西藏的英明决定。同时，把进军西藏、经营西藏的任务具体落实给了以十八军为主力的进藏部队。另一方面，党中央毛主席从西藏特殊情况出发，制定了争取和平解放西藏的方针，说服西藏地方政府派代表赴京，促使地方政府坐下来谈判。1951年5月23日，中央人民政府和西藏地方政府在北京签订了具有历史意义的《中央人民政府与西藏地方政府关于和平解放西藏办法的协议》，简称“十七条协议”。从此，西藏人民摆脱了帝国主义的侵略和压迫，西藏和平解放，西藏历史翻开了新的篇章。1951年5月25日，毛主席发布了人民解放军进军西藏的命令。十八军等各路进藏部队，分别从西康、云南、新疆、青海向西藏进发，经过一年多的千辛万苦、英勇奋斗，终于完成了党中央毛主席交给的光荣的历史任务。西藏人民也从此开始认识了解放军，认识了共产党。

1959年3月，西藏上层反动集团悍然撕毁“十七条协议”，发动了全面的武装叛乱。人民解放军坚决平息了叛乱，西藏实行了民主改革，彻底废除了封建农奴制度，百万农奴翻身得解放，当家做了主人。1965年9月西藏自治区正式成立，宪法赋予的民族区域自治权利得到了实现，有力推动了西藏的社会进步和经济发展。改革开放和现代化建设时期，党中央又制定了新时期西藏工作的一系列方针政策和发展措施，安排部署了全国支援西藏的重大决策，使西藏很快实现了经济发展、社会稳定、民族团结、边防巩固、向全面建设小康社会目标前进的美好前景。60多年的实践证明：只有在党的领导下，只有在祖国的怀抱中，只有走中国特色西藏特点的社会主义道路，西藏才会有光明的前途和幸福的未来。

三、“老西藏精神”是我党我军光荣传统和优良作风的继承与发展

“老西藏精神”是上世纪50年代进军西藏的广大指战员和领导干部、工作人员及后来的驻藏解放军和地方各族干部在极其艰苦、极其特殊的环境下，以大无畏的英雄气概共同创造的高原之魂。也就是当年江泽民总书记在中央召开

的第四次西藏工作座谈会上提出的“特别能吃苦，特别能战斗，特别能忍耐，特别能团结，特别能奉献”的精神，就是长期建藏、一不怕苦二不怕死、艰苦创业、认真执行政策、守纪律的高尚品格。“老西藏精神”是我党我军光荣革命传统的重要组成部分，有力地继承和丰富了中华民族传统美德和精神财富。

回顾当年进藏部队广大指战员和工作人员所遇到的艰难险阻和特殊复杂的困难局面，想到他们最终如何把五星红旗插上喜马拉雅山时，人们不得不相信“老西藏”们就是一群特殊材料制成的人！“老西藏精神”就是他们用鲜血和生命铸就的不朽丰碑！

他们热爱党，忠于祖国，一切听从党安排。这是战胜一切困难，最终夺取胜利的根本保证。例如，中华人民共和国刚成立不久，十八军在成都的战役也结束了，上级已任命张国华军长、谭冠三政委等领导到地方工作，官兵们好不容易从长期的战争环境中走出来，准备接受相对稳定的地方工作时，突然接到上级命令，进军西藏，并明确以第十八军为进藏主力。当时部队内部的思想波动可想而知，但是，经过战争锻炼的英雄部队经受住了严峻的考验，在张国华军长和谭冠三政委“舍小家顾大家，要把忠骨埋西藏”精神鼓舞下，部队统一思想，提高认识，增强信心，决心坚决完成党中央交给的任务。只要党需要，一声令下，打起背包就出发。“到边疆去！”“到祖国最需要的地方去！”这就是进藏部队勇往直前的英雄本色，充分体现了大局意识、服务意识和高度的政策纪律观念，充分体现了革命军人崇高的理想信念。

他们进军西藏遇到的艰难险阻，是今天的人们无法想象的。无论是十八军各部队，还是新疆骑兵独立师先遣连等进藏部队，都经历了同样的高寒缺氧、风雪交加、忍饥挨饿、缺医少药、物资供应缺乏等困难考验。但他们靠双脚走出了雪山、草地，战胜了自然环境的无情磨难和反动势力的阻挠破坏。如果没有“让高山低头，让河水让路”的英雄气概，没有“以苦为荣，以苦为乐”的艰苦奋斗、无私奉献精神，没有“长期建藏，边疆为家”的长远计划，就不会有“老西藏精神”独特的优良品质和高尚情操。

他们严格执行党的民族政策和宗教政策，赢得了广大僧俗群众的衷心拥护。“十七条协议”签订后，毛主席对张国华军长特别叮嘱：“你们在西藏考虑任何问题，首先要想到民族和宗教这两件大事，一切工作必须慎重稳进。”毛主席一针见血地指出了民族、宗教、统战工作在西藏整个工作中的重要性，给部队各项工作指明了方向。在当时那种条件艰苦、情况十分复杂的形势下，张经武、张国华、谭冠三等领导模范地贯彻执行了毛主席关于民族、宗教等一系列方针政策，并且制定了许多切实可行的具体措施。如把关于尊重宗教信仰、尊重藏族风俗习惯也作为一项重要准则写进了守则等。总之，上世纪五六十年代，西藏民族团结、军民团结、军政团结，出现了前所未有的可喜局面。

经过60多年的沧桑巨变，“老西藏精神”已成为高原各族儿女团结友爱、拼搏进取、全心全意为人民服务、加快西藏发展的力量源泉。新时期新阶段，在“老西藏精神”激励下，一茬茬高原官兵、一茬茬进藏干部和一批批援藏干部中，涌现出了许许多多优秀代表。如张经武、张国华、谭冠三、天宝、幕生忠、李狄三、布德、蒋英、仁增旺杰、孔繁森、陈金水、轮祖、洛松朗加、祁爱群、李素芝等英雄模范人物。继续理解并弘扬“老西藏精神”，对高举中国特色社会主义伟大旗帜，维护祖国统一，维护民族团结，反对分裂，确保西藏经济跨越式发展和社会长治久安，全面建设小康社会，具有重大的现实意义和深远的历史意义。

《西藏岁月系列丛书》经过三年的努力终于和广大读者见面了。借此机会，我以西藏岁月文学艺术工作者协会主席、《西藏岁月系列丛书》编辑委员会主任的身份，首先向北京市政协党组书记、主席，市政法委书记吉林同志表示衷心感谢！向北京市表示衷心感谢！如果没有吉林同志的热情支持，没有北京市的慷慨解囊，没有北京市援藏拉萨指挥中心的具体协助，此次丛书的出版工作不可能顺利完成。同时，也要感谢为丛书出版辛勤工作的封面设计、责任编辑等工作人员！还要感谢大连市委组织部、宣传部及大连市援藏干部的大力支持！

2013年6月1日

德吉措姆，藏族，1947年11月生，西藏拉萨人，中共党员。中央党校研究生学历。历任西藏农牧学院附中副校长、学院教务处副处长，西藏自治区党委宣传部教育处处长，西藏自治区山南地委宣传部部长，西藏自治区党委副秘书长，西藏自治区文化厅党组书记、厅长，西藏自治区党委常委，西藏自治区政协党组副书记、政协副主席。是西藏第一位藏族女作家。1977年发表处女作《骏马飞奔》。1980年发表代表作《漫漫转经路》，获西藏自治区优秀作品创作奖。1986年发表《采蘑菇的少女》等等，是军民鱼水情深之歌，一时传为美谈。

序

杨双举

刘盛福同志是我的老朋友，一九七九年冬天，这个从东北黑土地走出来的农家子弟，以军队新闻工作者的身份第一次踏上人迹罕至的西藏边防，从此，便与雪域高原结下了不解之缘。三十年来，他先后在西藏军地担任过多个领导职务，足迹遍布高原的山山水水，熟悉这里的一草一木。他始终怀着对党的忠诚、对西藏的热爱、对事业的热忱，勤奋学习，扎实工作，深入调研，理性思考，积累了大量的文字资料。这部《高原的记忆》，不仅记录着盛福同志三十载工作的丰富阅历，更是包含着一位“老西藏”对雪域高原的浓浓深情。

书作篇幅不长，但每个故事书写着真实，每份感情充满着真切，每份情感倾吐着真诚，于朴实无华中彰显为人做事、从政为官的基本准则和领导智慧；字里行间流露出一心向党的政治品格，勤学好思、恪尽职守的敬业精神，大胆负责、勇于创新的胆识魄力……走进书中，满心感触；合上书页，发人深思。

他写实的镜头里，定格着一座座高原戍边军人的丰碑。作为新闻处长、新华社记者，他采访过西藏边防军人；作为日喀则军分区政治部主任，他本身就曾是西藏边防军人；作为西藏自治区党委宣传部的领导，他是人民的公仆。透过《初访乃堆拉哨所》《将军魂》《站在第三极的男子汉》等报告文学，陌生而亲切、神秘而真实、木讷而多情的西藏戍边人，在无需雕琢的语言中鲜活起来。没有新潮时髦的话题，没有精巧雅致的辞藻，没有无病呻吟的煽情，有的只是真实，如同高原绵绵群山般的真实，虽质朴却壮丽，为我们诠释着忠诚、奉献、奋斗、执著以及爱的真谛。在这个物欲横流的时代，能够阅读这样的文字，无疑是对心灵的震撼，是对灵魂的洗礼，是对精神的膜拜。

他敏锐的目光中，饱含着对西藏和谐发展的关注和深情。在自治区党委宣传部工作期间，他再一次以新的身份继续走过西藏的城市乡村，以新的视角继续关注西藏发展的现状和未来。西藏，这个蕴涵着天之精华、地之灵气、物之瑰宝、人之英杰的净土，由于地理、历史等原因与先进和富庶相距甚远。作为领导干部的盛福同志心甚忧之，在跑农村、下基层、搞督导的同时做了大量研究和思考。

他细腻的笔触下，流淌着对生活的解读和追求。高原经历的艰辛和公务的繁冗，并没有阻滞盛福同志热情奔放的精神世界。工作之余，他钟情于摄影和根艺，乐于让灵魂的心境在艺术中游走，并敏锐地观察和感悟生活，于宁静中徜徉激情，于细微处思索凝重，于感性中探寻真知。《一个普通农妇的藏戏情结》《根艺情》等几篇短文，自然洒脱，字句凝练，毫无为文者的浮躁意气和冠冕堂皇。身居俗世，却在看似不经意间挥洒俯瞰生命的篇章，这份哲理与智慧，实可作为一面鉴心的镜子。

唯心地坦然者，方有见地坦然之作；唯意境高远者，方能舞动跳跃的字符。这不是简单的官样文章，而是一股为国为民的荡然浩气，一股清新脱俗的怡人灵气。盛福同志已经退休，但他心中的爱依然澎湃，探索的脚步依然矫健，对美好的追寻依然执著，他在艺术和文字的创作中继续着对社会的贡献。此刻，他把深藏的记忆化作心灵的高原，便成就了一种仰视、一种向往、一种永恒！

是为序。

（作者为西藏军区副政委、少将）

目录

步入军旅之路

我出生在解放前夕的东北黑土地。父亲十几岁开始给地主家扛活，土改工作队进村后参加工作，成为一名农村基层干部。由于父亲工作调动频繁，家经常随着搬迁，我从小学一年级开始，便已习惯奔波于家庭与学校之间。特别是在县城读中学的六年中，正赶上“大跃进”和国家严重自然灾害年代，学校生活异常艰苦。数九寒天，校舍内无煤取暖，冷似冰窖，头天晚上放在床下的洗脸水，第二天早上已成冰坨。本已食不果腹，还要经常参加学校组织的烧焦炭、炼钢铁、搞夜战。每年秋季，学校组织学生下乡秋收、修水库，一干就是十天半月。六十年代部队征兵政策规定，在校高中生缓征。当年到我县征兵的技术兵种部队，经向当地政府申请并经批准，要从我校征收在校学生骨干。作为高三毕业班团支部书记的我，理所当然地成了应征对象。

刚下连队没几天，连队党支部就宣布由我担任连队团支部副书记、俱乐部主任、毛主席著作学习辅导员。团里侦察兵骨干集训队期间，管理的严格、科目的难度，都是常人难以想象的，尤其是胆量的锻炼对人考验最大。有一次我和小组另一名学员，完成夜间按方位角行进作业。夜深人静，伸手不见五指，周围漆黑一片，只能按指北针确定方向。我们深一脚浅一脚地在树林中摸索前进，根据方位和距离判断，先后找到了三个点。接近最后一个点时，只见萤火虫乱窜，不时还传出猫头鹰“咕咕”的叫声，蹲下仔细一看，原来是一片坟地。那名学员紧张地拉着我不放，两腿直抖。我一边安慰他，一边仔细观察，很快发现了一个坟包上石块下边的纸条。我兴奋地拉着他按时赶回出发地，向考核教员报了到。

事后，那名学员问我胆子是怎样练出来的，我说是逼出来的。他笑着摇头，感到纳闷，我便给他讲了一段故事：在我高二的时候，有一天突然接到家里电话，说母亲病重，我请了假吃完晚饭就徒步往家赶。从县城到我家五十多华里，全是山路，走出十几里后，天渐渐黑了下来，也没觉得怕。当走到一个大长岗上时，心里开始发毛了。此岗是当地有名的大长坡，上下十余里无人烟。路旁一眼望不到头的苞谷地，阴森恐怖；一簇簇灌木丛随风摇摆，如影相随。我头一次走夜路，又是赤手空拳，只觉得头皮一阵阵发麻。可恨的是偏在这时脑海里突然想起，爸爸有次走夜路，突然觉得有东西搭在肩上，他头也不回，猛地向身后砍了一镰刀，只听"嗷"的一声惨叫，一只野狼负伤而逃。爸爸以此告诫我，如果走夜路遇到这种情况，千万不要回头，否则就会被狼一口咬住喉咙。再加上常听人说，此岗时有独狼出没，越发脊背发凉。越想越怕，越怕越紧张，总觉得身后有个东西在尾随。后悔已来不及，只好硬着头皮往前闯。情急之下，我不顾一切地跑到路边，想劈个树枝护身，可怎么也掰不断，只好拔起一棵苞谷秆子扛在肩上，边跑边放嗓大喊，给自己壮胆。一直跑到长岗底下，见到了人家，我才逐渐缓过神来，长出一口气，把一直提到嗓子眼的一颗心收回到了胸腔里。这时我才发现衬衣已全部被汗水湿透。那名学员听完我的讲述，感叹地对我说，你真不容易，这种事并不是谁都能遇到的，可能正是这种经历锻炼了你的胆量。不管这位仁兄评价得对不对，我借他的话也悟出了一些道理。那就是：经历也是财富。经历不仅给人以切身感受，也能给人以人生经验。苦难本身是坏事，但它却是培养人意志的磨刀石，会使人更坚强、更成熟。

部队生活紧张艰苦，同乡战友中有人吃起了后悔药，我却很适应。由于成绩优异、表现突出，半年后我便当了侦察班长，连年被评为五好战士标兵和全团学毛著积极分子，成为全团军事比武尖子班长，入了党，被邀请为地方青年作专场报告，受聘担任驻地小学校外辅导员。有的战友戏称我"天生就是当兵的料"，这话不假。在连队班长干得好好的，一纸调令就把我调到团政治处，成了宣传干事。不到一年，又被调到军政治部宣传处任新闻干事，之后不久，又被调到成都军区政治部新闻处任干事，一直当到处长。经验的积累，使我对新闻工作产生了浓厚的兴趣，事业的顺达，也使我越发感到肩上责任的重大，同时对新闻宣传与党和军队全面工作的紧密关系，有了越来越深刻的理解。

初访乃堆拉哨所

我第一次深入西藏边防采访是在一九七九年的冬季。那也是我第一次切身感受西藏的地理、环境、人文和风俗，以及高原军人的真实生活，所以感慨良多、印象极深。当时我是成都军区新闻处副处长，和我同行的还有新华社和解放军报的两位记者。这次采访首先深深打动我们的就是乃堆拉哨所官兵的戍边事迹和献身精神。

乘车到达哨所时已傍晚，虽然我们高原反应都有点重，但由于高度兴奋，还是强忍着阵阵头痛和恶心，和连队干部们问长问短、聊个没完，若不是连长和指导员催我们休息，我们简直忘了时间已过半夜。第二天早上，我们突然被一阵敲门声惊醒，不知外面发生了什么事，过了一会儿，门突然被几个战士拉开了，出外一看，好家伙！门口的积雪比房门还高。这时我们才发现，我们睡的所谓房子，原来是一个岩洞碉堡。早饭后，全连出动，清除阵地积雪。望着满山皑皑白雪和战士们挥锹铲雪的身影，我们的采访正式开始了。

本书作者当年第一次到乃堆拉哨所采访时同战士一起住过的碉堡，官兵们风趣地称之为“水帘洞”。

指导员告诉我们，乃堆拉阵地海拔四千三百多米，是我边防部队与印军阵地距离最近的哨所。由于这里地形复杂、山势险要、南低北高，气候多变、刮南风多，每逢降雪后，印军阵地上的积雪，大都被刮到我方阵地上来，被战士们戏称是“进口雪”。加上这里每年的降雪期都在半年以上，所以每天上午除雪，几乎成了连队的家常便饭。我们顺着指导员手指的方向，朝南方印军阵地望去，果然那里比较平坦的山坡上光秃秃的，几乎见不到什么雪。见此状，我有点埋怨老天爷对我们的战士真太不公平了。大雪不仅给哨所造成很大麻烦，也给官兵执勤增加了风险。夜暗风大，巡逻的哨兵上下攀登陡峭的山路，不时有人摔伤，甚至滑落山崖。前任指导员就是因雪大路滑，深夜查哨时不慎坠崖牺牲的。

指导员边讲边引领我们参观阵地。顺着战士们刚挖好的一人多深的雪廊，我们先后进入了三个山洞碉堡，有住一个班的，也有住一个战斗小组的。几乎每个堡里光线都比较暗，而且湿气很重，有的墙壁上结着冰；有的洞里还滴水，战士们只好用雨布遮着。不少官兵都不同程度地患有风湿性关节炎。显然，这都是该死的长年风雪气候造的孽！若不是亲眼所见，谁能想象得到，我们年轻的祖国卫士们，竟是在这种艰苦的环境下长年累月地生活和战斗的！见我们都有些动容，指导员连忙笑着说：现在情况比过去好多了，特别是总后勤部张震部长来连队视察后，哨所的条件明显得到了改善。接着他便给我们详细讲述起当时的情况。老将军来到山上那天，也赶上阵地上下大雪。他亲眼目堵了战士们挥汗除雪后穿着被雪水湿透的棉大头鞋又在哨位迎着寒风站岗的情景，又挨个碉堡查看战士们的住处。当他掀开一个战士床上的褥子，见到湿漉漉的床板上长着绿毛，两床褥子都是湿的，不禁老泪横溢，半晌没有说话。他默默地走出碉堡，来到连部，心情沉重地对连队干部说：“后勤机关工作没做好，叫你们受苦了。”并当即向随行工作人员交代，马上通知有关部门，为西藏边防一线守卫部队每人增发一双高筒毡靴、一床毡垫、一副水银镜。没多久，这批哨所急需的物资便落实到位。果然，我们掀开战士的褥子查看，每床最下边都有一个隔潮防水的毡垫，每个战士脚上都穿着一双高筒毡靴。官兵们每提起此事，心里都热乎乎的。

这就是我们的战士，这就是我们的将军，他们心心相印，他们别无所求，他们的目标只有一个，那就是把祖国的大门看好、把国土守住。为了这个目标，他们以苦为荣，苦中有乐。在每个碉堡里我们都注意到，不少战士的床头都摆着几个用罐头盒种的各种鲜花和蔬菜，有蒜苗、小葱和白菜，也有吊金钟和海棠等，红灿灿、绿莹莹的格外醒目诱人，与室外冰天雪地和室内简陋的环境相比，似乎显得有些不协调。然而，这些小植物却使我们清晰地透视到了一群军营男子汉那美好的心境。他们不仅仅具有一身铮铮铁骨和一颗报效祖国的赤胆忠心，更有一腔热爱幸福生活和追求美好理想的浪漫情怀。我们怀着激情完成的长篇通讯《风雪乃堆拉》，很快被《解放军报》在显著位置登载出来，多家军内外报纸还转发了新华社的通稿。

将军魂

一九八四年元月中旬的一天，我突然接到通知，让我陪同成都军区政治部邹农主任，第二天乘飞机赶到拉萨，参加西藏军区司令员张贵荣同志的追悼会。我一下子懵了！张贵荣，多熟悉的名字。他不仅是一位大领导、我的老朋友，也是我报道过的部队先进人物。那还是他当团长时候的事，他把毛主席军事思想和部队建设实际紧密结合起来，严格要求、科学管理、大胆改革训练内容、创新训练方法，部队军政素质显著提高，多次在上级组织的军政考核验收中，获得优异成绩，为此他作为高级干部预选对象，被上级招进小班进行了半年重点培训。不久，他便被任命为成都军区陆军学校校长，随后又被调到西藏军区担任司令员职务。当时他才四十九岁，是全军少有的年轻正军级干部。在任的半年多时间里，他大部分时间都在部队搞调查研究。听说，他这次就是在西藏气候最恶劣、缺氧最严重的冬季，带领工作组连续在林芝、昌都、山南边防一线，不停地勘察地形、规划战备公路、研究施工方案中突发心脏病牺牲在风雪中的山路上的。坐在飞机上，张贵荣的音容笑貌不停地在我的耳际和脑海里旋转。我实在想不通，那么优秀、那么年轻、那么平易近人的人，怎么说走就走了呢。记得二十几天前，我在驻林芝部队采访时，还和他见过面。他听说我要带一个记者组徒步进入全国唯一不通公路的边境县墨脱去采访，坚决反对，警告我说，冬天大雪封山季节进山，那是九死一生，十分危险。你们实在要去，也得等到明年夏天再说。在他的执意劝阻下，我们只好放弃了原有计划。没想到，我们这次分手，竟成了永别。我的思绪很乱，惋惜中也混杂着埋怨：你这个大司令真怪，为什么对别人的安全那么关心，而对自己的身体和生命却不在意呢？难道就因为自己年轻，就可以玩命地去工作、去拼老本吗？可能由于受情绪影响，我到拉萨当晚高原反应很重，不光饭吃不下，还搜肠刮肚地吐得一塌糊涂。为了尽快完成采访任务，我只好半依在床上，听有关人员介绍情况。等我连夜把新闻稿写好送审发出以后，已是第二天上午十点左右。为了告慰亡者，也示范后人，我和西藏军区的何家森干事先后发表了多篇纪念张贵荣司令感人事迹的文章。其中以《将军碑》为题的报告文学就是代表作之一。

元月十五日，狂风怒吼，摇撼着世界屋脊的重重冰山。在白雪皑皑的喜马拉雅山之间，一条通往边防前哨的陡峭山路上，有位将军默默地倒下……十个月后，在他倒下的地方，西藏军区的指战员们为他修建了一座高高的白石纪念碑，人们称它“将军碑”，上书：“一九八四年元月十五日西藏军区司令员张贵荣同志在此以身殉职”。一条刚刚修通的环山公路，像条洁白的哈达，编织着边防建设的美好前景和对张贵荣同志的深切缅怀，敬献在这座“将军碑”前。在张贵荣的一生中，特别是在他生命最后的历程中，有如喜马拉雅山的雪莲那样的动人故事。下面，是他的警卫员何朝华的难忘回忆。

他卡着时间的脖子

我要讲的第一件事，是首长的老伴罗绍良告诉我的。一九八三年六月，首长担任西藏军区司令员刚一个月，就被选为人大代表，到北京参加第六届全国人民代表大会。首长第一次和胡耀邦、邓小平、李先念、陈云等中央领导人欢聚一堂，共商国家大事，讨论政府工作报告，受到极大的鼓舞。会议期间，他常常兴奋得睡不着觉，脑子里时时想着如何贯彻六届人大精神，开创西藏军区部队工作的新局面。大会一闭幕，他就急着要离开北京。本来，按大会规定，大会闭幕后代表们还可以在京参观游览几天的，中央也特地安排专机送四川、西藏的代表到成都。但首长在大会闭幕的第二天，就设法联系上一架经成都去广州的小飞机，邀和他住在一个房间的成都军区总医院的马副院长，一同搭上这架飞机，于当天返回成都了。他回到西藏军区驻川办事处自己的家里，老伴罗绍良见了奇怪地问：“昨天大会才闭幕，怎么你这样快就回来啦？”首长只是轻描淡写地说：“部队有好多事等着办呢！会完了不回来干什么？”第二天，首长就去驻川办事处调查了解干部配备和其他工作情况，忙着召开会议，调查处理那里的问题，连午饭也顾不上吃。晚上，大女儿张洁英请求他：“爸爸，您再忙，也总该抽个时间和我们全家人合个影呀！”首长听后有些诧异地说：“好像以前照过吧？”洁英忙进里屋拿出一张颜色已经发黄的全家照给爸爸看：“爸爸您看，照这张全家合影时，您还把我抱在膝盖上呢！”“嘻嘻！真是！没想到你们长得这么快。那好，照吧，等我安排个时间叫你们。”过了两天，他还是没有安排出时间，洁英就约她的妹妹洁兰和洁林一起向爸爸“进攻”。他这才用午休时间和全家人一道去附近的照相馆，照下了这些年来唯一也是最后一张合影。

首长常说：“干四化要有紧迫感，精神不振奋，老牛拉破车，休想干出四化。”他正是卡着时间的脖子，在四化的征途上匆匆赶路啊！我是个高中毕业生，原来满以为自己在学校已喝了不少墨水，可以尝试一番。今年年初，我跟首长下工作组，抽时间写了一篇学习《邓小平文选》的文章，满怀信心地拿给首长看，首长开始默默地看了一遍，随后叫来工作组的其他同志，把我这篇文章当众朗读起来。他提高嗓门，读得很认真，但我听到在场的人忍不住地笑出了声，有一位参谋把衔在嘴上的烟卷都笑掉了，还有一位干事公开说他笑得肚皮痛。我的脸颊顿时红到了脖子根，感到羞愧难当。首长读完，拉长了声调，语重心长地告诫我说：“小何呀小何，你这个小迷糊，以后还要好好学习啊！”现在，这声音好像还在我的耳边回响，这是催我奋发进取的警钟啊！谈到学习，首长首先值得我学习。他三岁时死妈，六岁时死爹，九岁时就给地主放牛，十三岁时由于忍受不了地主的虐待，用石头砸烂了地主的牛角，逃跑出来，找到解放军部队参军了。在朝鲜战场上，他利用作战间隙，钻在堑壕里学习汉语拼音和汉字，长期坚持不懈，后来还当上了堑壕里的扫盲小教员。抗美援朝战争结束后，部队保送他到重庆步兵学校学习两年，他默默无闻地没有放过一个寒暑假、休过一个星期天，毕业时成绩独占鳌头，被步校领导看中了，留在本校任了教员。一九七八年，首长被派去北京军事院校学习，他加班夜读，闻鸡起舞，脱颖奋飞，饱蘸心血写出了一些军事学术文章，被选登在学院的学报上。结业考试时，他全部科目都得了五分，被评为好学员，上了光荣榜。他说：“恒心搭起通天路，勇气吹开智慧门。只要肯学，天底下没有掌握不了的东西。”半年多来，我见他每天晚上，总要先批阅各种文件，然后拿过马列选集等理论书籍孜孜不倦地学习到深夜。有时，他一边看，一边往本子上记，或拿出稿纸来写什么。原来，首长是在积累资料写文章呢。去年八月的一天，我在《西藏日报》上看到首长署名发表的一篇理论文章，标题是《为加速我区部队现代化正规化建设而奋斗》。我捧在手上，高兴地读了起来。这是一篇学习《朱德选集》的心得体会，里面道理讲得很深刻，很有启发性，我特别喜欢读，至今我还将这篇文章保存着，并特别在下面两段文字上用铅笔画上了红杠杠：“社会主义现代化建设和军队建设都迫切要求我们努力提高科学文化水平。我们必须充分认识教育训练的迫切性和重要性，真正把教育训练提高到战略地位，以新的姿态、新的标准、新的方法和新的成绩，开创部队建设的新局面。”“当前，培养一大批优秀指挥员是加速部队现代化、正规化建设的战略措施。干部的素质如何，能否适应新形势的要求，关系到社会主义事业的成败，关系到党和国家的兴衰。掌握现代化科学文化知识，对于部队的现代化建设，对于提高现代化战争条件下的组织指挥能力，具有特殊重要的意义。……所以，我们军队的现代化、正规化建设，必须从提高干部军政素质入手，努力学习科学文化知识，提高指挥现代化战争的能力和掌握使用新武器装备的技能。”这两段话，既是首长心灵的录音，也是时代的声音啊！

信守深入调查研究的工作准则

在清理首长的遗物时，我发现在他的一个工作笔记本上写着这样一句话：“局面要打开，工作要过细，调查研究要认真。”也许，这是他信守破除官僚主义、搞好工作的一条准则吧。记得一九八三年九月中旬，我随首长带领的工作组去日喀则地区边防基层检查工作。时值中秋，南飞的雁群紧贴雪山之巅排队远去。我们跨过奔腾的雅鲁藏布江，翻越千年积雪的冈底斯山，来到蓝天的一角——羊卓雍措湖边。这儿有个浪卡子兵站。首长看看表，已快到开午饭时间了，就叫驾驶员把车开进兵站吃过午饭再走。这个兵站不愧是后勤战线上的先进单位。首长领我们参观了兵站的温室，温室里菠菜吐翠，青椒结果，一派生机。首长又领我们参观了兵站的饭堂，旅客们此时正在吃饭，饭桌上摆着炸鱼、香肠等三菜一汤，他们个个吃得兴高采烈。我们吃过午饭，首长还饶有兴趣地领我们去参观兵站的养鱼池，又给兵站指导员说了很多鼓励的话，才又上车赶路。

但随着对部队的深入调查，首长和工作组的同志也发现了不少问题。其中一个，就是不少单位的党员干部思想不够纯洁，有化公为私的现象。

首长和我们爬上海拔四千三百多米的某山口，发现连队生活条件非常差，可有的干部却将公家的一批木板藏到自己的床下，准备做私人的箱箱柜柜。我们到了某榴炮营，发现干部私人做箱子成了风气，有的毛箱长达两米多，比普通棺材还要大，首长亲自和我抬了抬，抬不动。在某团三营，首长还了解到有人把公家的钢丝床、折叠椅也装进毛箱，准备千里迢迢运回内地。……“化公为私，作风太坏，不彻底纠正改变，部队建设怎能搞得上去？”首长对此满怀信心地说，“我们有办法纠正这些不正之风，也一定能够转变这种作风！”

九月的亚东风景如画，高山耸翠，鲜花遍野，清澈的卓姆河绕着曲线流向远方。晚饭后，首长带我同军区后勤部长檀瑞林等同志外出散步。看着眼前的好山水，首长对檀部长说：“祖国边疆的山水是这样美，我们守卫在这里的革命军人也应该使自己的心灵更加美好才相称啊！老檀，你觉得我们应该怎样来解决这个问题呢？”檀部长也是一位革命事业心很强的人，五十多岁了，满头染上了银霜，原在重庆某分部任部长。去年调整我们军区新班子时，他毅然告别了妻子和儿女，千里迢迢来到西藏，担任了我们军区的后勤部长。檀部长想了想回答说：“我们军区当前正在进行整党前的文件学习。我看，可以结合这个学习，号召干部战士自觉清理一下自己的思想，边学边查边改，开展一次‘公物还家’活动。”“好！你和我想到一块了。我们回去就向军区党委汇报，建议党委做出决定，把这个活动开展起来。”首长高兴地赞同说。过了两天，首长带工作组来到西藏历史上有名的英雄城江孜。当晚，首长了解到这个团已将“公物还家”活动初步搞起来了。首长感到很高兴，对这个团的文政委说：“这个工作你们抓得早、抓得好，将来我们全军区都要像你们这样搞。现在，就以你们团作为我们军区开展‘公物还家’活动的试点，希望一定搞好，认真总结出好经验。”他和团里的领导一起研究商量，对深入开展“公物还家”活动重新作了布置。后来，首长从日喀则回到军区，向军区党委作了汇报，不久，一个有声色有色的“公物还家”活动，真的在全区部队中普遍开展起来了。元月十三日，《人民日报》登载了我们军区开展“公物还家”活动的一则消息：“西藏军区广大党员干部在学习整党文件中开展‘公物还家’活动，以实际行动纠正不正之风，目前已经清退公物两万多件。清退公物已结束的单位，普遍组织党员干部用党章的有关规定和《关于党内政治生活的若干准则》对照检查，吸取教训，并且健全制度、堵塞漏洞，增强了群众对整党的信心。”应该说，这项工作成绩的取得，是首长深入实际调查研究而结出的硕果。

“不爱护士兵的指挥员不是称职的指挥员”

记得首长曾说过一句话：“不爱护士兵的指挥员不是称职的指挥员。”海拔五千三百多米的查果拉哨所，四周冰峰林立，空气稀薄、严重缺氧。一九八三年，首长带领我们来到这里，战士们见了，忙将发给自己的一桶桶苹果、菠萝等水果罐头，摆到首长和我们面前。首长看着战士们那龟裂的皮肤、发紫的嘴唇和片片翘着的手指甲，动情地说：“你们这样艰苦，留着自己吃吧。”他看战士们不肯拿回去，就对我说：“把这些东西都给战士们送回去，对他们表示感谢。”我只得这样做了。开饭时，首长不让炊事班加菜，坚持和战士们一块吃。当他看到战士们吃的是干菜，饭后立即指示后勤部的一位助理员给山下部队打电话，组织运送一些青菜到哨所。夜里，他和很多战士都谈了话，把他们的要求和反映一一记在自己的笔记本上。第二天早饭后，我们离开哨所时，战士们自动组织起来，敲锣打鼓，站立两旁含泪相送，那个动人的场面，至今还深深地印在我的心里。

一九八三年秋天，首长的老伴从成都托人给捎来几斤月饼让他过中秋节吃。可是，中秋节前，首长就让我带上这些月饼和他一块下基层了。中秋节这天，我们到了西藏气候最恶劣、海拔最高的城镇扎东。首长对后勤部檀部长说：“一年一度的中秋佳节又到了，我们去哨所看看战士好不好。”檀部长爽快地回答说：“好，我陪司令去一趟。”下午，我们几个乘车翻山越岭，来到海拔四千九百多米的昆木加哨所。下车后，首长亲手把月饼递给在哨所负责的排长何平，吩咐说：“晚上，把这些月饼分给战士们吃吧。”何平双手捧着月饼，热泪盈眶地说：“司令员，您送月饼来，我们不说吃，就是看到，心里也是热乎乎的。”接着，首长在边防阵地上走了一圈，察看了耸立在中尼边界上的高高的界碑。在哨位上，他问一个战士：“想家不想家？”那战士激动地说：“有首长千里迢迢来看望我们，我们就像看到自己的父母亲人一样，心里很快活，不想了。”夜里，首长决定在山上住宿，何平和哨所的战士劝他说：“首长，这里山高缺氧、气候恶劣，夜里您会受不了的，还是快下山吧。”首长笑了笑说：“这有什么受不了的，我的身子硬着呢，再说，我不在哨所体验体验，怎么能经常想到你们这些雪山哨兵的辛苦呢。”首长坚持住在哨所。不少战士躺在床上，热泪顺着耳根汩汩流淌……类似这样的事，在首长身上简直多得像开在边防雪山上的朵朵雪莲。在海拔四千五百多米的某边防点，首长为了和那里的指战员欢聚一堂，庆祝国庆，不顾长途行车的劳累和气喘，接连三次上场和团的干部战士进行篮球友谊赛，被指战员们传为佳话。从察隅返回，路过达玛拉山时，首长说：“这山上有个通信维护哨住有两个战士，应该去看一看。”我们跟他去后，两名战士像接待亲人一样地忙碌起来，要为首长和我们做午饭，首长坚决不让，“你们有多少东西吃？我们把你们的东西吃完了，你们怎么办？”首长和大家只喝了点开水，吃了点干粮，就又上了路……

然而，首长对那些有官僚主义作风、置战士利益于不顾的干部却是不留情的。一九八四年元月初，首长带工作组到某分区独立营检查工作，遇上两件事使他大动了肝火。一天，首长和工作组的同志们在这个营检查完工作、吃过早饭就要离开，在家主持工作的一位副营长特意安排炊事班准备了一桌丰盛的饭菜。开饭时，副营长亲自把首长和我们领进饭堂，在我们桌上摆下鸡肉、兔子肉、猪耳朵、香肠、火腿、炒花生米等八盘菜，中间还放有一瓶二曲酒。我们刚坐下，在营部就餐的二十多名战士也排队进了饭堂。首长看到桌上的酒，对副营长说：“工作组来不是做客的，还喝什么酒哇，再说早上喝酒也不好嘛，把酒拿下去吧！”副营长尴尬地点点头答道：“好，好。”酒拿走后，首长端起饭碗来问：“战士们也有这些菜吗？”副营长显得更尴尬，支支吾吾地说：“都有，都有。”首长拿起筷子拨了两口饭，若有所思地停下来，端碗离开座位，走到战士们的饭桌前，亲切地问道：“你们吃得好不好哇？”“……”有个战士抬头望着首长，想说什么，但见大家都不作声，又把头埋下去吃饭了。首长好像感到有点不对劲，掉头举目往席间一扫，立刻使他火上眉梢。原来，战士们的饭桌上不仅没有八个菜，连仅有的一盘脱水菜和干粉条也不多，一双双筷子在盘中晃动，光光的盘底已显露出来。首长走回原位，十分气愤地对副营长说：“你说‘都有，都有’，都有什么！”副营长的脸色特别难看，默不作声。无名怒火在首长的胸中熊熊燃烧，他把饭碗在桌上一放，对副营长严肃地说：“把这些菜分给战士们吃吧！”说完，转身走出了饭堂。另一件事发生在这个营的一连。尼桑牌小车穿过密林，爬上高山，开进一连的营地。车停了，首长刚出车门，一阵寒风吹来，使他差点站立不稳。他刚回过神，有个奇怪的现象引起了他的关注：几位战士嘴唇冻得发紫，头上却没有戴帽子；有的战士浑身瑟瑟发抖，却只穿了一身单军装；还有的战士在地上不住地跺着脚，脚上却没穿毛皮鞋。首长在战士中一了解，原来一连早在一九八三年九月失了火，烧掉了一个排的住房和物品，其中不少战士的被褥、皮大衣、棉衣、毡绒帽、毛皮鞋等都被烧掉了。情况反映到营和分区，时隔四个月竟无人过问。据说不过问的理由是，战士不交旧品，就不给发新品。首长听到这里，生气地说：“官僚主义！战士的东西都被烧掉了，旧品又从哪里来？”他回头看见分区后勤部任副部长就在面前，当面责成他：“立即统计战士们的东西烧了多少，先把你们分区仓库里的拿出来，发给战士，以后军区再给你们补发。”任副部长当即表示：“我们按司令指示的办，马上发。”首长叹了一口气，意味深长地说：“往后，你们对下级的事情、士兵的事情要多想一点！”也许我是个战士的缘故吧，我是那样的崇拜和拥护他这句话，因为这句话是从他那太阳般的心灵里发出来的，能温暖着我和全体高原战士的心窝窝！

我们抢在老天爷的前边了

首长顽强乐观、勇于拼搏的性格，可以说是他在解放军这个革命大熔炉里长期炼成的，是在解放战争和抗美援朝的战火中铸造的。他老伴罗绍良拿出他在朝鲜战场上的一本《功臣简历》给我看，上面清楚地写着首长几次立功的功绩摘要。其中一九五二年六月立三等功的功绩摘要是：“大胆机智勇敢，在敌机疯狂滥炸下，曾数次保全了个人及密件，顺利地完成通讯任务……”一九五三年十月十三日立二等功的功绩摘要是：“该同志接三路载波机时，车起火，他奋不顾身上车扑灭了火，救出载波机及全部汽车零件。一次送绝密文件返途中，遇敌机袭击，三人中一人负伤、一人牺牲；另一次，遇敌机轰炸灵活地保全了绝密文件。”……现在，首长仍是原来那股劲，哪里困难最多，哪里艰苦，他就要到哪里去。他说：“我们领导干部不能单靠坐在家里听汇报进行工作，要亲临现场，靠前指挥。”在海拔四千三百多米的山地搞演习，他和同志们一块住帐篷，中午紫外线强，帐篷里热得像蒸笼，夜晚寒风凛冽，冷得像冰窖。在一个多月的时间里，他始终坚持和同志们吃住在一块，带领参谋人员身背干粮和水壶，在二百平方公里的演习场上先后勘察了六次，爬遍了大小二百多个山头，掌握了第一手资料，保证了演习的顺利进行。在全国唯一不通公路的墨脱县，途中横亘着多雄拉大雪山，交通极其困难，被人称为“高原孤岛”。首长决心已下，不顾别人劝阻徒步攀登大雪山，穿过蚂蟥成群、毒蛇遍地的无人区，磨破一双新胶鞋，饿了啃干粮，渴了喝泉水，夜宿山洞，历尽艰辛，硬是走到了“高原孤岛”，调查解决了边防上的实际问题，受到了指战员们的好评。

一九八三年十二月下旬，首长带工作组来到察隅某部。部队领导要向首长汇报修筑一条边防公路的情况。首长当场拒绝说：“我不听你们坐在办公室里谈情况，我要和你们一块到现场去，具体了解掌握情况。”部队领导告诉他，这条路有一百多里，要穿雪山、过原始森林，道路十分险峻，只能骑马和步行。首长听后一笑说：“地形越险越复杂，越是需要我们到现场跑一跑嘛！”工作组的同志和我牵着驮运被褥和主副食的战马，跟随首长上了路。只见银亮的雪山下古木参天、沟堑纵横，道道飞瀑悬挂峭壁，山路越走越崎岖。“司令员，这路太难走了，要走两天才能到点，怕你吃不消啊。”檀瑞林部长有些担心地说。“不要紧，我身体还好着呢，哪会走一趟就吃不消？”“团里派警卫排长给你牵马，你怎么不要哇？看这路多难走。”“哈哈！我又不是太太，要人牵马干什么？”行进中，首长一会儿骑马，一会儿步行，边走边同地方公路勘察设计队的李书记和部队的同志们研究公路的设计施工方案。下午，我们来到一个叫本堆的地方，首长下马，对大家说：“这里地形复杂，公路桥修在哪里为好，要选个最佳方案。现在，我们把人员分成两路，分别沿河的两岸勘察。”然后，他带几位参谋和我沿着一条名叫贡日嘎布曲的河滩一侧走去。走了不到一公里，首长就避开大家连续解了四五次小便。我看他脸色不好，走路有些艰难的样子，就去扶着他，他并不表示过多反对。我心中有些疑惑，问道：“首长身体不舒服吗？”“没有。”他只这样简单地回答我。太阳西沉了，深山里显得黑黑的。首长带领我们来到一间小木屋前，就此安营扎寨。我们摸黑捡柴、淘米，简便地做了一顿晚饭吃。夜里，首长和我们十多个人就脚抵脚地挤睡在这间只有十多平方米的小木屋里。小木屋由四根柱子支撑在河水轰鸣的悬崖峭壁上，四面透风。山风吹进，使人感到分外寒冷，辗转难眠。天刚亮，首长第一个坐起来，吩咐大家收拾行李、开饭、上路，又整整奔波了一天。天黑到达目的地，住进宿舍，他的秘密才泄露出来。他坐在床边，十分疲乏地喝着开水，对我说："小何，过会把医生叫进来。"我吃了一惊，再三问他得了什么病。他只好告诉我说："尿血。刚才我把小便有意解在木板上，不知还能不能看见。"我要去看，首长让我同他一块去。在那块木板上没发现什么迹象。首长说："等我再解了，你看有没有，并让医生看一看。"我们回到宿舍，我找个玻璃瓶递给首长。过了一会儿，当我从首长手上接过瓶子，在电灯光下一照，差点惊呆了，只见瓶内的尿液显出鲜红鲜红的颜色，宛如一瓶红墨水。我忙将情况告诉檀瑞林部长。檀部长来到首长的宿舍着急地问："您是多久开始尿血的？""是昨天下午。"首长若无其事地说。"唉呀！您怎么不早告诉我们呢？""我想，要早告诉你们，你们可能不让我来呢。""唉！您呀……"檀部长叹了一口气，立即叫来医生，给首长诊断治疗。首长尿血的症状当晚被控制住了。第二天早上，檀部长和工作组的同志都劝他在这个点休息疗养一两天后再返回，但首长坚持说："我的病已经控制住了，时间不等人，要尽快把这段路勘察完。"吃过早饭，他又跨上战马，领队动起来。返回的路上，首长把修路中该定的事情都定下来了。回到某部的第二天，察隅地区下了一场大雪，首长对大家风趣地说："我们抢在老天爷的前边了。"首长啊，您那精神的力量，就是千年的雪山也会被感化消融的！

他把生命系在马尾巴上

其实，首长哪里只是尿血呢，他下部队前就患有肩周炎、左手中指甲沟炎、牙痛症及未查明原因的胸闷痛。在最后一次下边防的路上，他随身带有十支消炎的青霉素针药和一小瓶专治胸闷的药片。他在林芝某部队医院动了左手指手术，在昌都地区人民医院补了牙并作了胸透视。一路来，他带病乘车、骑马、步行九千多华里，跑了六十九个边防点。察隅边防将兴建的六座水电站分布在地形险要的山谷里，首长上陡坡、爬悬岩，每个电站都去了，实地考察水源足不足、冬季能不能发电。有个边防点毒蚊特别多，战士们只要用帽子一舀，就能舀进黑黑的一层。首长未戴防蚊帽，同志都劝他不要去，他说："有点蚊子怕什么，战士们长年累月住在那里都不怕。"坚持上到这个点，并为这个点的干部战士解决了一批蚊帐和防蚊帽。

一九八四年一月十三日，首长带工作组来到山南分区，准备去勘察另一条待修的边防公路。他在去山南某医院治病返回的路上，对同车的同志说："军区马顾问来电话，要我十九日返回拉萨，二十日参加一个重要会议。可是，我们准备按原计划把山南一线的边防点跑完。这样，我们的日程表就得重新安排一下了。"他扳起手指自言自语地推算起来："十四日到某团，十五日察看去陇站的公路，十六日从陇站返回某团，十七日到某团，十八日去山南，十九日回拉萨。"这个日程表安排得多么紧啊，工作组的方长林处长等同志考虑到首长有病，高原气候又不好，劝他说："这条路，请司令就不要去了，我们去后来给您作个详细的汇报就是了。"首长听后生气地说："不！我来就是为的这条路。修建这条边防公路，是军区定下的，这是我们边防建设中的一个重要任务，不亲自看看怎么行呢？！再说，快过年了，去看看边防点的干部战士，给他们拜个早年也好嘛。"他对战士的感情是如此深厚，他像雾海的灯塔，像戈壁的清泉。

十五日清晨五点，在宁静的三安曲林村，首长悄悄地披上衣服，溜下床来，开门看了看天，然后关上门，点燃蜡烛，拿出几份文件翻阅起来。我被这动静弄醒了，抬头望着他说："首长，你起这么早干啥子哟，身体要紧。"首长也望着我这个四川娃，亲切和蔼地说："心里有事睡不着哇。小鬼，你怎么也不睡呀？"我一骨碌坐起来说："首长都不睡，我还睡着要不得呢。""那也好，"首长说，"你起来把我的新衣服都找出来，我今天要全部穿新的。""首长，你平时总爱穿旧的，今天为啥要穿新的呢？"我有些好奇地问。"不为啥，去给边防点的干部战士拜个早年。"首长身高一米七九，膀阔腰圆，长着两道剑眉、一双长丹凤眼。当他穿上新军装，戴上新军帽，更显出一位年青将军的神采和风韵。本来嘛，他今年才刚跨过四十九岁的门槛，正值中年呢。他穿戴齐整后，庄重地用右手把头上的红五星和胸前的胸章摸了摸。他看看表已经过了六点，就对我说："你叫他们都起来，去伙房吃点饭，七点钟我们准时出发。"曙色的帷幕还未拉开，玉霜铺地，薄雾缭绕。祖国西南边疆像盖着一层柔曼的轻纱，正睡着安宁的黎明觉。我心里想着：睡吧，祖国母亲！睡吧，边疆的大山、村寨！为了使你长久安宁，我们的将军来了，来察看确定战备公路，来连接您身上的神经和血管。

这条山路长三十多公里，一边傍山，一边靠河，但大部分是羊肠小道，平时偶尔有运送给养的骡马经过，很少有人行走。首长带队走在前面，能骑马的地方就骑马，不能骑马的地方就步行。每经过一处险路和复杂地段，他都要和工作组的同志交换公路设计和修筑意见。中午十二点四十分，首长带我们来到斗玉，这里有个民政检查站，站里大部分是藏族同志，我们就在站里联系开午饭。藏族同志待我们很热情，为我们做了一餐“藏汉团结饭”。既有面条、皮蛋、油炸花生米，又有酥油和青稞酒。首长一上桌，眼睛里就闪现出兴奋的光，胃口仿佛好得多。他先吃了一碗面条，连连称赞说：“做得不错嘛，很有味道！”又端起一杯酥油茶，吹了吹，闻了闻，说着“真香！真香！”咕嘟咕嘟喝了下去。我数了数，不一会他就连喝了六七杯，然后又喝了一杯青稞酒。“吃得太多了吧，司令员？”工作组的方处长开玩笑说。“多了吗？哈哈哈……”他用一串笑声作回答。看了看表，已是午后两点整，首长对大家说：“时间不早了，我们加紧往前走。”出发四十多分钟，来到一处河滩旁，首长提议：“休息一会儿再走吧。”他下马坐在一块石头上，我拴过马，他招手要我到他身边去，他拉着我的手轻声说：“小何，不知怎么的，我感到心里闷得慌。”我望着首长那疲惫而坚毅的面庞，哀求说：“首长，您走不得，我现在送您回去！”他用略带责备的口吻说：“看你小鬼说的，哪能半途而废呢？”我知道首长这脾气，凡是他决定了要干的事，就是九牛二虎也拉不转啊！我只好从别的方面考虑作补救，于是对首长说：“那我给你削个苹果，看吃了好不好受点。”“那也好。”他点点头说。随后，他用右手从衣兜里掏出一个小药瓶，倒出一片止闷的药，放在手心上，往嘴里一抛，吞下去了。我削好苹果，拿给首长，他用刀划成两半，给了我一半。吃过苹果，他站起来，用手势示意继续开路，回头面带微笑地对我说：“小何，牵马来，我俩比赛一下，看谁跑得快。”我忧心忡忡地牵来马，先把他扶上去，然后我也上了马。首长将马打了鞭，沿河岸朝前冲了过去，我也打马前进，尾随在他的后面。他回头笑着对我说：“小何，你看怎么样？我还可以吧！”我含泪点点头，心情沉重地暗暗说道：“首长，您为了早到目的地，是在强打精神支撑啊！”过了河滩开始爬山，这时，天空下起鹅毛大雪，狂风一阵紧似一阵。首长对大家说声“抓紧赶路”，便下马穿上皮大衣，拄上拐棍，艰难地踏上最后的行程。

距今四千万年前，地壳板块构造的碰撞和挤压，造就了雄奇的喜马拉雅山山脉。两座狼牙似的高山拔地而起，挡在我们的面前。一条飘带似的羊肠小道，从“狼牙”的顶端悬挂下来，险峻异常。首长拄着拐棍，一步一喘，像登天梯一样，累得满身大汗，好不容易才爬上第一座“狼牙山”。下来后，本来可以好好休息一下，再爬第二座山，但首长说争取早点到站，和干部战士多谈谈，坚持一鼓作气地往前赶。第二座“狼牙山”比起第一座更险峻。山峰陡峭，直插云霄，风化石的小道，铺上积雪，又硬又滑，加上高山缺氧，行动更是无比艰难。首长咬紧牙关，吃力地爬着、攀登着，两行脚印，深深地留在山路上。此时，他正在用这两行脚印实践他“到现场指挥”的诺言。山路上，他已连续两次险些摔倒，都被我及时搀扶才免生意外。山南军分区参谋长蒋焕君见此情况，要上前扶着首长走，但首长见道路又险又窄，让他退回去了。蒋参谋长发现首长被高原紫外线晒得黑红的开始脱皮的脸上不住滴下豆大的汗珠……他心里很难受，急中生智地说：“司令员，您拉着马尾巴上吧，这样省力些。”我说担心马打腿，蒋参谋长上前拉着马尾巴试了试说：“没问题，司令员可以搭着上。”“好，那就这样办吧。”首长说着，便用左手拉住马尾巴，右手拄着拐棍，往上攀登。爬了几步，他回过头来，用细微的声音幽默地说：“没想到，这马尾巴还能助我一臂之力啊！”我和工作组的同志们听后，难以抑制感情的闸门，滚滚泪珠涌出了眼帘。首长抬头望了望，还差五六米就到顶端了。坚持就是胜利，他心里仿佛充满了希望，似乎看到，边防站的同志们迎来了，争着兴高采烈地向他汇报站里的工作和生活情况……他就像当年攻占敌人的山头一样，昂首挺胸，向山头逼进。他紧紧地拉着马尾巴，拼命地上。

此时，狂风发出怪兽般的尖叫，卷着鹅毛大雪，搅得天昏地暗，震得山摇地动。喜马拉雅几处雪崩，雷鸣电闪发威。长时间隐藏未发现的冠心病这个凶恶的敌人，向他射来了罪恶的子弹，击中了他。他不甘心就这样倒下去，建设现代化的雪山边防，还有好多工作等待着他去做呀。他张大着嘴，急喘着气，加大步伐，像一台开足马力的机器，一个目标地向上冲锋！这座“狼牙山”，只有快到山顶时，才能完全看清它的奇险：左边是高达几百米的悬崖，下临深涧；右边是几十丈高的绝壁，枯松倒挂，弥漫着风雪；先前奔腾咆哮的大河，此时在山下变成一条细微的白线。我看在眼里，内心好生惊奇，感叹不已地说：“首长，您看这山，好险、好吓人啊！”喂？怎么不见回话。我回过头来朝首长一望，大事不好，只见首长先前那有力地拉着马尾巴的手渐渐松弛下来，已滑到马尾末梢，右手拄着的那根拐棍，缓缓地掉在山道上。首长整个身子就像一棵遭到雷击的参天大树，顷刻就要栽倒下来！我赶忙上前一步，将首长的身子紧紧抱住，慢慢让他平躺在我的膝盖上，用手托着他的头……

其时为公元一九八四年元月十五日十五时十五分。我仿佛听到大河奏起了不尽的哀乐，仿佛看到喜马拉雅群山鞠躬低泣。无情的苍天纷纷落下冰冷的雪花。这悲壮的一切，首长全然不知道，他只知道，他把生命系在马尾巴上，还在继续攀登前进。他躺下了，头枕边疆的岩石，静静地躺在祖国大山的怀抱中，只睁着一双特别发亮的眼睛，最后看一看雪山的边防。“首长，您醒醒，醒醒啊！”我摇着他的身子发出呼喊。“首长，您醒醒，醒醒啊！”群山发出回声。我和蒋参谋长、军区司令部姚参谋轮流口对口地给首长进行人工呼吸。蒋参谋长命人跑步赶到站上报信。军医秦琪琳带上站里最好的针药和最后的一袋氧气，飞速赶来，全力抢救，也不见有任何反应。最后，蒋参谋长用手轻轻地合上了首长那双明亮的眼睛。首长就这样离开了我们，离开了他奋斗不息的战斗岗位。离别时默默无语，没有留下半句遗言。运送他的遗体前，我从他崭新的军衣兜里仅仅发现两件遗物：一个下边防工作的笔记本、半小瓶未吃完的止胸闷的药片。就这两件遗物，包含着多么丰富、深刻的内容啊！

啊！首长——人民的将军、党的儿子，要是传说中的伊甸园真有所谓的生命树，我愿为您摘回树上长生的果，哪怕那神用四面发火的剑将我粉身碎骨；要是人的生死能够调换，我宁可死一千次，也要将您的生命复活！因为，您不愧是我军高级指挥员的榜样，壮我军威、振我中华的先锋！谁说纪念您的“将军碑”而今才建立在喜马拉雅的雪山下，其实，它早已建立在我们每个西藏边防指战员的心中，碑体就是您的音容笑貌，碑文就是缅怀您的行行热泪。我们心中的“将军碑”呀，您是永远激励我们奔向未来更加光辉的里程碑！

茶浓情深

随着进藏采访次数的增多，西藏的风土人情和秀丽风光，包括藏族人纯朴、豪爽和热情、好客的性格，对我的吸引力越来越强，让我总觉得有一种亲切感。对我心灵最具震撼力的，是第二次进藏到日喀则边防采访的路上，在一个牧民帐篷里发生的事。

那是一个秋天，时近中午，我们驱车经过帕里不远，见山脚下有几顶冒着炊烟的帐篷，出于好奇，便把车拐了过去。车还未到，一顶帐篷旁拴着铁链、脖子上套着红绳圈的一只巨型藏獒，就冲着我们又吼又跳，声音浑厚雄壮，使远处传来阵阵回音。我们正在犹豫，只见帐篷里走出一老一少，老者是位阿妈，年纪五十岁上下，小孩是个七八岁的女童。老人把狗牵住，示意让我们进入帐篷。帐篷里有点暗，我们依次在一张卡垫上坐定后，才逐渐看清里面的家当：紧靠边铺在地上的四张卡垫上，各卷着一个用羊毛绳编织的藏被，地中间摆着一个藏式铁皮火炉，上面坐着一个铝壶，灶里的牛粪火燃得正旺。离炉子不远的木箱上，摞着好几个木碗和茶杯，挨着桌子后边，有水桶铁锅，还有四个热水瓶和一个半人多高的酥油桶，角落里几个装满东西的编织袋和藏式口袋，估计里面都是糌粑和青稞之类的东西。米袋上方，吊着一排风干的牛羊肉。进门右侧，堆着几副牛鞍和木架，我们知道这是牧民转场时必需的物件。

就在我们环视周围的时候，老阿妈已把盛满酥油茶的热水瓶提到我们面前，随后又从一床藏被后面的羊皮包里，小心翼翼地取出四个白瓷碗，用水洗完，撩起身上藏袍下角，挨个擦干，倒满酥油茶，逐个送到我们手上。老人左手端杯，右手提着热水瓶走到我面前，刚要给我倒茶，看见碗里边有个黑印，便腾出提壶的右手拇指去刮，看看没掉，又顺便用口水轻轻喷了一下，再擦没了，然后把茶倒满，微笑着递到我手上。老人的动作是那么熟练，那么自然，然而，此时我的心情却很复杂，眼瞅着碗里的茶，心里却在想着那油渍渍的藏袍，黑黑的手指和口水，实在难以入口。可是面对着藏族老人满腔的热情和慈祥的笑容，特别使人感动的是木箱上明明有空杯子可以用，老人却把自家舍不得用的高级瓷碗拿出来搞招待，这说明她把不请自到的四个解放军，完全当成了亲人和贵客。如果我稍有犹豫或者拒绝的表情，就会引起主人的误会，以为我们嫌弃和瞧不起他们。主人捧给我们的是烈火一般的情，浓茶一样的意，我们怎么忍心还给人家一盆冷水呢！想到这里，我毫不犹豫地将碗中茶一饮而尽。这期间，三位同事一直注视着我，我也清楚他们的心理活动。我刚把碗放下，他们也先后喝完了茶。老阿妈高兴地跷起大拇指，连声说："亚古都，金珠玛米亚古都！"（好，解放军好！）"突及其啦！突及其啦！"（谢谢啦！谢谢啦！）我们的司机是一名藏族老兵，通过他我们向老人说了来意，并对她的热情招待一再表示感谢。临别时，我们把车上带的罐头和水果，除留少部分自用外，统统留给了老阿妈一家。直到车子拐上公路，我隐约看见远处帐篷门口，一老一少还在向我们挥着手。

这件事虽然过去多年了，但老阿妈那亲切、慈祥的身影，一直深深地刻在我的记忆中。后来几次进藏采访，不论走访牧民和农户，还是参加各种群众性游园节庆活动，进到谁家里做客，都会受到类似的接待。我曾以为西藏只是军民关系特别好，可后来逐渐发现，凡是到访的外来客人，不管你来自何方，也不问你有何事，只要登门都是客，主人都会热情接待。部队里也是如此。我接触了很多藏族干部战士，有时是为工作，有时是聊家常，给我总的印象是藏族干部战士特别坦荡，豪爽，好客，待人特别热情、诚恳。正是由于这一系列的因素，使我对整个藏民族逐步有了深入的了解，被藏族的文化、风俗、人情所吸引，尤其对具有独特性和挑战性的边防部队生活，产生了浓厚的兴趣。说来也巧，进入二十世纪八十年代中期，赶上部队精减整编，成都和昆明两大军区合并，趁领导征求意见的机会，我主动表达了想进藏的愿望。不料还真的就心想事成了。接到任命我为西藏日喀则军分区政治部主任的通知之后，我从心里感激组织上的理解和信任。因我清楚地了解到，该分区是西藏乃至全国面积最大、边防线最长、部队最多、平均海拔最高、环境最艰苦的边防分区，不算所属正规部队，光下辖的县级人武部就有十八个。可想而知，自己今后的担子有多重。沉甸甸的责任压着我，生机勃勃的边防部队生活强烈吸引着我。我正是怀着这样的心情，于一九八六年八月，正式到日喀则军分区上任的。

藏族老两口儿拥军记

边防建设包括许多内容。其中，加强军地团结、密切军政军民关系，是维护社会稳定、巩固边防的一项重要任务。在这方面，日喀则地区历来有着光荣的传统。我到任之后，不仅听到很多军民之间互帮互助的感人故事，而且经常亲身经历一些军爱民、民拥军的生动事例。有一次，我带工作组到边防一线检查工作，就碰到了这样一件事。我还以《藏族老两口儿拥军记》为题，在《解放军报》上进行了报道。

地处西藏边防一线的岗巴县昌龙乡的驻地三连，是闻名全国的军民联防和军民共建先进单位，中央、四川和西藏电视台都专题报道过他们的事迹。军分区动员科参谋尼玛，结束在三连代职连长的三个月工作回到机关，逢人就夸："昌龙共建点名不虚传！"最令他难忘的，是昌龙乡党委书记格热和老伴拉吉待子弟兵如亲人的那股热乎劲。

先说格热书记吧。提起这老头儿，三连官兵的心里都热乎乎的。年初，正当高原最寒冷季节，在三连营房驻训的百余名新兵，燃料发生紧张，木柴当地没有，干牛粪也难买到，部队烤火、做饭都成了问题。消息传到格热耳朵里，老书记马上挨家挨户动员村民上山，突击给连队打柏丫柴。由于当地实行了土地和牛羊承包责任制，有的农牧民不愿丢下自家的活，加上柏丫柴是一种紧趴在地上的矮棵野生灌木，根深刺多，很难割取，所以上山的人不多。格热很生气，他把村民们召集起来开会，激动地说："金珠玛米（解放军）远离家乡来到咱们西藏高原守边防，不怕严寒缺氧，紧张地进行练兵，顶风冒雪地站哨、巡逻，他们为了什么？还不是为了咱们西藏人民的和平安宁！没有亲人们的艰苦守边，哪有我们今天这样的好日子？现在部队没有柴烧，我们能忍心看着不管吗？别说人家还要用钱买，就是看在三连为咱昌龙做的那么多好事，我们白尽义务，也是一百个应该的！”老书记的一席话，说得乡亲们心里直发热。是啊，自打三连驻防到昌龙，特别是开展军民共建活动以来，为附近藏族群众做的好事数不完。近两年，帮助群众秋收一千多人次，运肥一千五百余袋，义务理发近千人次，派出巡回医疗组为群众防病治病三千五百多人次，每年都出四十多个劳动日帮助村民维修水池。还给乡“民兵之家”刚购买一百多本农牧业科技书籍。特别令农牧民们感动的是，三连见格热整天为带领群众致富奔忙，顾不得自家事，全家七口人至今仍挤住在一间房，全连动手，为老书记修建了四间新房。其实，又有哪一家没有得到过子弟兵的支援呢。从第二天开始，到三连送柴的群众不断。有的不吭声、不过秤放下就走了，连队给养员上门付钱也不要，说：“这是拥军柴，要给钱，就是对我们藏族人民看不起。”从此，三连的烧柴问题再也不愁了。

再说格热老伴拉吉。尼玛刚到三连没几天，就发现有位五十多岁的老阿妈常来连队转悠，而且每次来都像管自家的事一样，这里看看，那里问问，他感到有点奇怪，问指导员才知道，原来这位老阿妈就是格热书记的老伴，她对连队特别关心，待干部战士就像亲生儿子一样。连队生活上有什么困难，她都能很快知道，并及时转告老伴，帮助连队解决，被战士亲切地称为昌龙乡的“拥军联络员”。干部战士谁有个头痛脑热，她都能随时发现，有时还没等连队干部看望，她已提着一暖瓶酥油茶和鸡蛋来到病号床前。战士们感动地称她是连队的“编外指导员”。有一次，八二无坐力炮班藏族副班长次旦加拉患重感冒，刚服完药躺在床上，拉吉阿妈就提着一只煮熟的羊大腿、一包糌粑粉和一暖瓶热腾腾的酥油茶，来到病人的床头。老人指着堆在床上的各种罐头食品说：“孩子，这些东西虽好，但不一定合你的口味，你最想吃的东西，阿妈给你带来了，快趁热吃点嘛。”次旦加拉感动得泪花滚动，不知说啥好。拉吉一连两天都来守候，见病人一直不好，便向指导员执意要求，把病人接到她的家里养护。她除了按时给病人服药外，每天都做最合藏族人口味的东西给病人吃，还把自家都舍不得吃的红糖拿出来，给病人做红糖面块，使病人的体质恢复很快。次旦加拉病好后回到连队对战友们说：“拉吉阿妈比亲生父母还亲。”当年二月十八日下午，上级分到三连的新兵刚下到班，拉吉就带着两个女儿，提着五大铝壶青稞酒，用筐背着八个装满酥油茶的八磅暖水瓶，来到连队，从一班开始，见屋就进，挨着到各班看望新战士，每人敬一杯，会喝青稞酒的就倒青稞酒，能喝酥油茶的就倒酥油茶。新战士连声感谢，拉吉用比较流利的汉话对大家说："你们离开自己的父母，刚从内地来到我们西藏高原，对这地方气候不适应，很辛苦的。酥油茶这东西营养价值很高，如果头痛的话，喝点就不怎么疼了，嘴也不会裂的。敬青稞酒，是我们藏族祝愿亲人吉祥如意的意思，请大家喝一杯，表表我们的心意。"拉吉阿妈的一片真情，使新战士们一踏进冰雪边防，便感受到了藏族群众对子弟兵的关爱。

三连的官兵热爱拉吉阿妈，不仅是由于她对子弟兵的感情深，时时刻刻把官兵冷暖挂在心上，还因为她对连队像对自己的家一样负责。哪怕见到战士晾在外边的衣服掉在地上，也要老远跑到跟前捡起重新洗净晾好。一次，连队进行野外训练，一个群众到连队找军医看病，见连队院里没人，便顺手牵羊，偷偷背走了一大捆柏丫柴。刚出营区不远，正巧碰上向连队走来的拉吉。拉吉知道此人一贯爱占便宜，又见他从连队驻地方向来，马上怀疑他背上的柴有鬼，便厉声问他："柴是哪里来的？"对方被突如其来的问话给吓住了，支支吾吾答不出来。拉吉心里立刻明白了是怎么回事，当即批评说："你这么大年纪了，像什么话，人家远离家乡来保卫咱们边疆，你不想办法为三连出力，还做出这种对不起三连的事，你不觉得脸上发烧吗？赶快把柴给人家送回去！"那个人乖乖地转身把柴送回了原处。拉吉把此事告诉了老伴，老书记格热向全乡群众进行了一次如何继承和发扬昌龙人民拥军光荣传统的教育，并制定了拥军公约，就怎样爱护和支持连队建设问题，提出了一系列明确要求和规定。此后，三连营区内再未出现过丢东西的现象。

暴风雪袭来之后

一九八七年秋，亚东县突然遭到暴风雪袭击，从县城到帕里镇，方圆几十公里都是银白世界，其中受灾最严重的就是帕里。当时我正驻帕里九连蹲点，亲身经历了全连官兵舍己为人、全力抢救遇险群众的全过程，并详细记录下了一个个感人肺腑的镜头。

雪，铺天盖地的大雪，从十月十九日中午一直下到二十日凌晨，近一米厚的“白被”，把海拔四千三百米的世界最高镇——帕里捂得严严实实；风，七八级的狂风，撒野地在帕里大地上横冲直撞，把方圆百十公里内搅得天昏地暗。不到十六个小时，气温从零上十几度骤然降到零下二十多度，十几名外出拾干牛粪的老乡，有四人冻成重伤，三人丧生；十多座民房被暴风雪刮倒、压垮，从亚东至帕里近五十公里内的几百根高压线电杆和电话线杆被折断。电灯不亮，电话不通，公路中断。整个帕里地区处于一片瘫痪之中。

紧急会议

十九日中午，云南省滇藏高原摄影考察队一车六人，结束亚东采访后，顶着纷纷扬扬的大雪来到帕里，在九连吃完午饭便驱车向日喀则方向出发了。九连连长李保浪把客人送走回屋还不到半个小时，突然见考察队的车子又返回了院内。一问才知道，公路上已积雪四十多厘米厚，车子拱了一公里，实在无法前进了。李连长风趣地对摄影考察队杨队长说：“人留不住你们，天却把你们留住了。欢迎你们在连队多住几天。”他把临时负责一排工作的一班长周时友喊来，叫他立刻腾出五个床铺，让给五名男记者住，并吩咐通信员把休假在内地的陈副连长的宿舍打开，给一名女记者休息。

安排停当后，李连长抬头望了望天，见鹅毛大雪越下越大。他凭经验判断，这样的雪短时间内肯定停不了，附近路上被堵的车也一定会不少，到连队来要求给予食宿帮助的驾驶员和群众肯定越来越多。怎么办？他决定开个干部和骨干参加的紧急会议。他把副指导员余静波、副连长加央和上级临时派到连队帮助工作的翻译尹立家，还有部分班排骨干，召集到连部。首先说明了面临的严重情况，然后发动大家献计献策。会议决定针对可能出现的几种情况，专门成立了以连长为组长，连队两名副职为副组长的临时接待小组，研究制定出了三种应急接待方案：第一案，来人如果不超过十个，就把一排一班的九个铺位腾出来。第二案，如果来人不断增加，就把一排三大间二十八个铺位全部腾出来搞接待。实在不行，就打地铺。让铺的同志，全部同其他排战士搭伙挤着睡。第三案，如发现附近公路上有车被困，三排全部出动，全力以赴帮助群众脱险，并接回连队安排食宿。紧急会议结束后，所有干部和骨干立即行动，按照分工和部署抓紧准备起来。

雪中送炭

二十一日晚饭后，一位道班工人来九连报信，说上边公路二十公里处，有二十多辆地方和军队的汽车被大雪堵住，六十多人已经一天多没吃没喝了，处境十分困难，特别是一些搭车的妇女和小孩很危险。听到这一消息，李连长马上集合三排十二名战士，带着铲雪工具向公路冲去。

这时，虽然大雪已经停止，但狂风怒吼，刮得野外一片昏暗，到处都是白茫茫的，分不出哪里是沟、哪里是路，更无法辨清前进方向。人也被风刮得直不起腰，出不来气。在一米多厚的积雪中拼搏了两个多小时，走出还不到一公里，没有办法，他们只好又返回了连队。夜里十一点钟，一辆东风大卡车突然开进九连院子。李连长出来一看，原来是西藏军区通信二站驻亚东机务站的查线车，刚从上边下来。李连长再次询问了上边的堵车情况，越发觉得必须马上前去救援才行。正困在九连避雪的国家地矿部成都地质矿产研究所研究队的同志们看到这种情况后，都为九连的舍己助人精神所感动，队长陈智梁主动提出派他们的方屁股北京小车协助，送李连长他们去救援被困车辆。李连长一边向陈队长表示感谢，一边和余副指导员商量决定，通知给养员王新明，从主副食仓库里拿出一箱四十斤装的压缩饼干、一箱二十四桶装的橘子罐头。小王想得更细，怕人多干粮不够吃，又从伙房里拣了满满一挎包每个一两半的新鲜馒头，灌了两瓶每瓶八磅的开水。和这些东西同时装上车的还有四件皮大衣、五把圆锹。东西一装完，战士们争着要求坐车前去救援。

小车迎风冒雪，顺着东风车开出的路，低挡加力前进，慢慢爬行。车子一打滑，战士们便下车又抬又推。李连长和战士们来到堵车地段，只见最前边的两辆军车滑在路边雪沟里，后边排着长长一大串军队和地方的汽车。他意识到救援工作的关键是尽快把挡在前边的这两辆车拖出来。可半夜三更的，到哪去找拖拉机呢？他灵机一动，对余副指导员说："你在这里抓紧组织铲雪，我去一下就来。"说完转身就向上边方向走去。他迎着狂风，艰难地在齐大腿根深的雪中，一步一步地跋涉着。他来到四公里外的一个道班，叫醒推土机手，详细说明情况后，把两包压缩饼干放在驾驶员手里说："师傅辛苦了一天，今晚又得麻烦你吃苦了。"驾驶员二话没说，开起推土机就和李连长上了路。挡在前边的两辆车被拖出来之后，二十多辆车又徐徐前进了。可走出还不到十公里，原来压出来的车辙印，就被暴风雪覆盖得无影无踪了。为了安全和保险起见，司机们决定在附近的道班停车休息，明天再说。李连长本想把车队接到连队，见大家执意不走，便把带的干粮、罐头、馒头和开水，全部分给了六十多名司机和搭车群众。在暴风雪中一两天滴水未进，正饥寒交迫的人们，见到九连同志风雪夜不仅前来救援，还送来这么多好吃的，激动得不知说什么才好。一名地方藏族司机紧握着李连长的手说："你们真是雪中送炭，金珠玛米突及其啦（谢谢解放军）！"

李连长正准备带领战士们返回，突然听到有辆车里传出小孩拼命的哭叫声，急忙赶过去，走近一看，原来是两名妇女各带一个不满三岁的小孩，大的冻得受不了，直哭，小的已冻得奄奄一息了。两名身穿单衣的妇女也在浑身打战。李连长马上给他们披上大衣，领进自己坐的小车里，吩咐司机马上开车。当李连长和战士们连推带抬，把汽车弄回连队时，已是第二天早上七点多钟了。

温暖如家

各带一个幼儿的两名妇女一到连队，李连长就主动腾出自己的屋子让她们休息，并叫值班负责接待工作的文书魏文仓拿来二十块固体化学燃料，一边给他们母子取暖，一边烧洗脸、洗脚水，做稀饭。饭后，连队医生又给她们看了病，留了药。见她们身患感冒，高原反应较重，不想吃饭，连部的文书、通信员、卫生员轮流值班，不是用高压锅压稀饭，就是做面条。这两个妇女一再向连队表示感谢。

第二天早饭后，李连长估计昨夜停在道班上的二十多辆车，很快就会下来，于是组织全连突击清扫院里的积雪，做好停车和接待准备，并安排炊事班做好了六十人的饭菜等着。十一点左右，二十多辆车陆续停在连队门口公路旁，李连长带领接待组的同志，热情邀请司机和搭车的群众到连队休息、吃饭。其中有二十四人要求在连队吃住。连队按第二方案安排完住宿后，仍有十四名司机无住处，李连长赶紧组织战士在会议室里打起地铺。这边刚安排好，又有人来向李连长报告，说有两辆拉柴火的军车开进了院子，车上有五人需要吃住在连队。李连长看能住人的房子已全部腾完，但又不能把兄弟单位的同志拒之门外，感到很为难。给养员王新明见状主动提出建议：能不能腾出一间主副食仓库？听到小王的提醒，李连长高兴地一拍大腿："对，马上腾出一间仓库来！"屋子打扫干净，安好铺板后，小王见他们五人只有两套被褥，水泥地上又格外凉，便喊炊事班战士郭新茂一块打开仓库抱出四床鸭绒被、两床卫生被和十床狗皮褥子，送到兄弟单位五位战友面前。

二十三日上午，公路已开始通车。可是，停在九连院里的不少汽车却因气温太低怎么也发动不着，司机们想向连队要点柴火烤一下，又觉得已经够麻烦连队了，况且全连一冬就那么点烤火柴，怎么好再向连队伸手呢？司机们的心思很快被接待组的同志猜到了，他们主动把劈好的木柴一堆一堆地送到汽车旁。一辆辆汽车启动了，司机们频频向九连欢送的人群招手致意，有的控制不住感激的心情，边招手边擦眼泪。成都地质矿产研究所研究队的同志也要走了，九连同志考虑到他们路途远、困难多，特意送给他们二十包压缩饼干和四桶橘子罐头，作为路上应急用。研究队的五名同志拉着九连干部的手说："来到你们连队，我们像回到了家里一样，真从心眼里感谢你们。"云南省高原摄影考察队的同志们，登车出发前，还恋恋不舍地拉着九连的干部战士合影留念。他们说："九连给我们的印象太深刻了！他们身居世界高镇，风格也是高的。"

九连真好

帕里通车的当天，到亚东检查工作的中央工作组，在西藏自治区江措副主席陪同下，从亚东返拉萨路过帕里，来到九连驻地休息。中央工作组领导走进九连大门，见院坝里停满了各种车辆，班排宿舍住满了地方司机和群众，战士们跑前跑后忙着搞接待，风趣地说："好家伙，九连成了不是兵站的兵站了。"见工作组夸赞九连，人们纷纷围过来为九连摆好。这个说："这几天真把九连的同志累惨了，短短的几天里，他们就接待了六十多人。"那个说："他们处处为别人着想，铺腾出来给我们睡，饭菜做好先送我们吃，宁肯自己挤着、饿着也毫无怨言。"还有的说："九连同志真没说的，为了让我们这些遇险者穿得暖、睡得好，他们让出自己的被子和大衣，结果从连长到战士，全连百分之九十的同志都冻感冒了。"若不是李连长笑

一九八七年冬，亚东县帕里镇遭遇特大暴风雪袭击，驻军某连变成"不是兵站的兵站"。图为正在该连蹲点的本书作者(后排左二)，与以公安部俞雷副部长带队的中央工作组成员，以及内地新闻记者合影留念。

着把首长们让进连部休息，人们简直收不住话匣子了。“好哇，你们不让人家说，那就请你给我们讲讲这两天的情况吧！”李连长见首长点明了题目，只好简要做了如实汇报。在场的军队和地方的各级领导，听了李连长的介绍，连连点头，感叹不已。中央工作组的领导同志见在连队避雪的人群中，有云南省赴西藏高原采访的新闻工作者，便对他们说，“你们有亲身感受，一定要把九连的这些事迹宣传出去，让我们的人民了解我们的高原边防战士，并向他们学习。”西藏自治区江措副主席临走时，紧紧握着李连长的手说：“九连真好，危难时刻看到了你们的可贵精神和美好品质。”这篇以《暴风雪袭来之后》为题的通讯获得了成都军区《战旗报》优秀奖。

站在第三极的男子汉

查果拉，喜马拉雅第七峰，“地球之巅”、“生命禁区”、“风雪世界”是它的名片，我们有个哨卡就设在这里。常年在此执行边境守卫和巡逻任务的，是一支被中央军委授予“红色高原边防队”称号的先进集体。多年来，从该连涌现出的英雄模范人物接连不断，班长吕永喜就是他们当中的一个突出的代表，《解放军报》和《西藏日报》都在显著位置宣传过他的事迹。我与罗鸣合作的报告文学《站在第三极的男子汉》，就是其中的一篇。

力与美的雕像

你，站在我们的面前——从雪域高原中走来，从紫外线烈焰中走来，从暴啸昏天的风沙中走来，从冰崩雪塌升腾的迷雾中走来，大头鞋、皮大衣、水银镜是你的装饰打扮。你——一张被高原风旋转的雕刀以及紫外线雕刻的松树皮脸苍老黧黑，线条粗犷。若不是脸上凸出的几粒青春痘，谁也猜不出你是一个二十岁出头的年轻人。你——一身裹着的国防绿，油渍斑斑点点显得过于邋遢。假如不是你头上戴的军徽金光耀眼，谁也不敢相信，你竟是一个八十年代末的中国军人。你给我们行军礼时粗糙的大手指甲倒凹，使我们这双玩笔的手惭愧退缩！你——吕永喜，全军优秀班长，二等功臣。

你的风采在中央电视台的荧光屏上亮过相。你的事迹被《解放军报》头版头条宣传过。在我们的脑海里还清晰地留存着这样一个长镜头——时间：一九八七年六月十一日。地点：北京。初夏，红彤彤的太阳照在天安门城楼上。中央电视台的记者首先把话筒伸向了来自西藏的全军优秀班长。然后，你登上了人民大会堂主席台作了长达三十分钟的《让青春之火在查果拉哨卡闪光》的报告。之后，你又被邀请到成都、云南、贵州等十三个城市作了二十九场讲演。据悉：你的演讲很成功，反响强烈、掌声雷鸣。日记本、花手绢争先恐后地伸到你的面前，请你签字留名。你的事迹被全国十多家报刊电台宣传。拍摄你的纪录片《哨卡强兵》在播放之后，骤然间，你的名字从雪山飞往祖国各地。

一枚自我设计的大学校徽飘落，你踏上了一条充满荆棘的雪域军旅之路……

“嘟——”的哨音，震响了海拔五千三百米的查果拉哨卡。一百多名士兵挺立在连队的操场上。“命令——唰！！”“任命吕永喜为八班班长！”张连长刚劲响亮的声音漫过操场，流荡在你的脑海。“班长！”你吃惊又自信。

难忘的一幕又在吕永喜记忆的小河中浮现：在一条乡间的小路上，你感到步履沉重腿似灌铅。你想哭，却没有眼泪。你更怕见熟人。你把脖子缩短了两寸，头部压得没人能看得清你的脸。你睡在床上翻来滚去，你用被子紧紧蒙住双眼：这就是命运的安排吗？仅两分之差就失落了一枚大学校徽，“耻辱啊！”“喜娃，起来把这碗鸡蛋面吃了吧。妈听说部队好考军校。唉……”母爱是伟大的，为儿子的喜而乐，为儿子的悲而忧。昏睡的你从朦胧中听到母亲那沉重的劝慰叹息声。你为之心动了。一九八二年，你怀揣着一个普通农家子弟所共有的理想，踏上了世界屋脊的军旅之路。载着你们新兵的大篷车一路跳荡颠簸，吃力地爬行在第三极地的脊背上。你的鼻子里塞满了扬起的股股风尘和高原的彪悍气息。你眼睛充血，咽喉肿痛，恶心呕吐，头痛欲炸……你紧裹着皮大衣蜷缩在方块形背包上。面对如此冷酷凄楚的自然环境，你悄悄地抹着滑落下的眼泪。你又情不自禁地想起了家乡的春色迷人之夜，那绿草茵茵的小路、淡淡的月辉、神秘眨眼的星星。眼前的路蜿蜒起伏连绵不断。车，像一个虔诚的佛教徒一路叩头喘息而行。你，却闭着眼睛纳闷沉思……“查果拉山到了。”接兵的副连长指着雪山之上几座像乱石一样的房子说。这是一座终年覆盖皑皑白雪的山。这山，就像一只张着血盆大口的雪狮正等待吞噬大自然的一切。车上那一张张稚嫩的脸上流露出沮丧失望的神情。“这是鬼都不能藏身的地方，人怎么能生存。”你揉了揉惺忪的眼睛抬头望去，只见银蛇飞舞的雪山耸入云端，一条盘山的简易公路像一根从天上飘来的哈达绕山而动，冰峰上几栋闪闪烁烁的铁皮房子，就是连队的营地。你，脚踏实地朝查果拉山的八班走去。你的第六感官明显地感到在你的背后有许多只眼睛在望着自己。“走着瞧吧！”你在心底发誓！

水菜柴电的慢四步，在你的脚下踩出了新的篇章

查果拉哨卡，是中国境内的又一世界之最！这里“天上无飞鸟，地上不长草。风吹石头跑，四季是雪岛”。在这人迹罕至的生命禁区，你是如何挥动哨卡“最高司令官”这根指挥棒的。让我们从你们的日常生活谈起吧。

人生存的第一需要是空气和水。西藏高原空气稀薄，水也不足。哨卡的生活用水要到十二公里外的冰沟里取。一车要装一百桶左右。每次取水需要打穿冰层。有一次，在钢钎上砸了五十重锤才破开了冰冻层。潺潺的雪水冒着袭人的寒气，十多个战士站在你旁边。扑通——你照例首先跳下去了，咬着牙一桶一桶往上提。你手指的骨关节嚓嚓响，破碎的冰块像刀子割破了你的小腿，鲜血一点一点凝固在腿上。人心都是肉长的！战士简超心疼自己的班长，一把夺过你手中的水桶跳进冰窟。残酷无情的冰冻坏了你的十个手指甲。为了守好哨卡，首先要生存！你带着战友们忍受着环境造成的痛苦，在天天、月月、年年的取水、背水、拉水中，战士的意志得到了锤炼。苦吗？请看一位战士写的取水诗：钢钎死死砸向冰层，铁锤叩打沉睡的溪魂，我们大口大口吞下冰寒，我们大块大块啃掉冬季，叫哨卡变成绿色之春，班长便是这送春之神……在冰天雪地里，战士们吃水难，煮饭也难，要用特别的压力锅压三十多分钟，还常常吃生饭。更难的是吃菜。新鲜蔬菜要到二百多公里外去买。因此，只能常常吃干菜。高原缺氧加上维生素不足，战士们的脸呈紫色，头发逐渐稀疏发黄，嘴唇凸起血泡整天“哭笑不得”，脸上的皮一片一片地往下落，手指甲一天天凹陷……一日，一位戴金黄色牌子的老军人上查果拉哨卡检查工作时，问战士最需要什么，几个战士异口同声地说：做梦都想吃一顿青菜汤。战士的要求绝对不苛刻。那位将军心酸地从眼角里滑落出几滴老泪。那天，你搭车到距哨卡三百多公里的日喀则买菜，返回离哨卡十多公里处时突降大雪。车上不了山。战友们渴望吃鲜菜的神态又出现在你的眼前。你，不顾冰寒刺骨、路滑山高，你在漫天风雪里艰难地向前走动、挪动……实在坚持不住了你就躺在雪地里休息一会儿，饿了抓把白花花的雪往嘴里塞，顿觉肠子冰冷，冷至心骨。“胜利，在于坚持！”你给自己打气。你终于满身是雪精疲力竭地于晚上十点将两袋蔬菜一根不少地轮番扛、拉、拖、背上了哨卡。“靠买菜过日子不是办法！自己种！”你带头扛上了铁铲，拿起铁镐。查果拉山响起了“叮叮当当”的镐声，震惊了雪山之神。不几日，就从你们冻僵的手中堆出了三座由乱石子垒成的小山。沉睡多年的冰山被唤醒，在查果拉开出了几块荒地。在冰巅上，在石缝中，你和战士像衔泥的燕子，一点点一滴滴地积累了八百多立方米的土，建起了两个温室，付出了比内地种菜多出十倍的劳苦。你们终于在地球脊背上种出了莲花白、土豆、大白菜和萝卜。你当班长的第一年，在世界屋脊创造了奇迹，班里收蔬菜一万两千余斤。从此，哨卡结束了常年啃干菜的历史！

这里净是些没穿裤子的山，光秃秃的。哨卡只能烧干牛羊粪。拾一麻袋干粪要走一百多里路。在严寒缺氧的雪山上徒步行走都很困难，何况还要把粪背回哨卡呢？这天，旭日从查果拉山的云层中徐徐而升，天格外晴朗。“这是一个捡牛羊粪的好天气。”你带着几个战士向山下走去，一路哼些东拉西拼的诸如“真情像草原一样广阔，层层风沙不能阻隔……紫外线就是一把火……”的歌儿。你在宽广无垠的草甸上寻觅。蓦地，你的眼睛发亮，躬腰拾起一块黑乎乎的东西，兴奋地放在鼻子上嗅——香！又用手轻轻地摸了几下才扔进手提的麻袋中。你的脸上露出一丝异样的笑容向茫茫的草原走去。火辣辣的太阳烘烤着高原，紫外线烧灼大地。谁知高原的天像小孩的脸说变就变。霎时间，满天狂风追着沙石，倾泻而下的冰雹击打着捡粪的战士。——立即撤回哨卡！你向同伴们发出号令。——嘭！新战士汤仕荣昏倒在地。小汤的脸色像他身边的积雪一样苍白，死神一步一步向他逼近，唯有回到哨卡才有生的希望。你二话没说背起小汤顶着狂风冰雹，忍着饥饿疲劳拼命地往回赶……小汤得救了，你却病倒了，一连三日高烧不退，脸浮肿得像刚出炉的面包。哨卡升起袅袅的炊烟。那燃烧的是战士的汗水、心血和灿烂的青春年华！

电，是生命之光，希望之火。没有电的地方便失落了现代文明。为了建设钢铁边防，连队决定修建一座一百一十千瓦的水电站和一些营房。因此，又把你从哨卡调回了连队。你又重新带领一个班。原来的代理班长当了战士心里有疙瘩，有时故意给你找碴子捅娄子。你不计较，你主动接近他，解决思想问题，把全班人的心结成一股绳。施工中，你都是抢先抡锤打眼。每次点炮你总是走在最后。一次爆破中出现了哑炮，副班长叫你先撤。“不排除哑炮我不能离开！”你冒险排除了哑炮，保证了战友的安全。“我不喜欢蜗牛速度！跳快三步更精神！”你一干起活来总是爱发火发狠。装运一车沙石往返要两小时，连队规定每天每班装运四车，你却带领全班风风火火，一天就完成了十二车。“小吕，你们莫非有什么绝招？”连长问。“拼出来的！”你欣然回答。在你们班的鼓动下，全连赶在冬季来临之前建成了电站和营房。查果拉的战士搬进了新居，用上了电灯，烤上了电炉，吃上了自来水，结束了二十多年住破房子、点油灯、烧牛羊粪、吃水靠人抬的山顶洞人的原始生活方式。查果拉哨卡乐了！边关的夜亮了！你笑了！

年轻人的梦五光十色。然而，你的梦总是萦绕在
风雪与“红线”的结合部

中华人民共和国版图上的红线绕着喜马拉雅山很长很长。你带着战友们沿着红线走了很远很远。一九八六年六月，你们班接到上级的命令：对6001号界桩实施巡逻。你们打起背包带上干粮罐头，背起枪支弹药，借着闪烁的星光，凌晨从查果拉哨卡向巡逻方位出发了。

宁静的雪山聆听着战士的匆匆脚步声。你们蹚过了四条冰河，爬过了十一座冰山，走出了片片沼泽地，露宿了三个风雪之夜。雪山怀抱着又一条冰河横躺在你的眼前。“这冰层究竟有多厚？摸不清可不能下去。”“真要命，我不过了。”你遇事深思熟虑，而面对这条冰河也束手无策。你的手动了动，无意之中触到了肩上的背包。你用背包带拴住自己的腰，然后把另一头交给了战士小黄，就试着向冰河中走去。小黄、小冷、小汤、小朱一个个都仿效着你的动作。八根背包带系着八个兵依次走进冰河……“哗啦——”冰层破裂，小冷跌进了冰河。连成一串的背包带牵动了八个人的心。“快——死死拉住！”走在前面的你使劲把小冷拉出了冰河。上了岸，有跳脚的，有搓手哈气的。你一把拉过小冷紧搂在怀里为他挤干湿透的衣服。对着军用地图看，6001界桩就在眼前。它像一条张着血盆大口的蟒蛇随时等待吞噬这八个“外星人”。“上冰峰，查界桩，要是雪崩了我们就……”“死也要死在界碑旁！”小冷平时爱发几句牢骚，此时此刻也许是班长给了他温暖才显得乐观。“有种的跟我上！”你预料着生死。谁愿让战友去送死？背着尸体回去说不定要蹲班房的。

山腰八个背枪的战士向上蠕动着。你们没有爬山的工具。你们的手指就是一副铁钩子，紧紧插进冰缝向6001攀去。（此刻，我们自然联想到那群为国争光攀上8844高峰的英雄！然而，查果拉哨兵攀登上去没有任何奖杯！滑落下去也许也无人知晓。）雪末飞溅，你们一寸一寸地往冰峰爬去……一股瀑布似的雪溅飞起来，“战士朱启洪不见了！”只听见哗哗的落雪声。“雪山有眼！上帝显灵！”朱启洪滑到山坡下紧紧地卡进了冰石缝里。他暗自庆幸自己的命大。你和战友们迅速滑到朱启洪跟前形成“人”字形支架，推的推，拉的拉。一分钟、三分钟过去了，终于把朱启洪拉出了石缝。朱启洪躺在雪坡上嘴唇微微地颤动。你拿出水壶给小朱喂仅有的一点茶水。半个多小时后朱启洪才缓缓地坐起来。战友们眼睛盯着眼睛。小汤竟急得痛哭起来。翌日的下午你们才攀登上了6001界桩所在的峰顶。山高风大，战士们只好卧着潜伏在雪地里，在界桩旁观察了六小时。风雪冻得你们咬舌头，咬手指。饿了，你就带着大家啃几口干粮吞几把雪末。夜临近。为了抵御冰山上的狂风，你用八根背包带把七个人和七床军用睡袋捆在一起，拴在坚硬的冰石上，自己迎着风雪观察情况。翻腾起伏的云海像一条洁白的纱绸缠绕在祖国边陲连绵的雪峰上，美丽的云彩仿佛是五彩缤纷的绸带伸手可摘。此时此景，一种边防军人崇高的自豪感油然而生，心情格外激荡，跋涉时的艰辛苦痛都被踩在脚下了。

巡逻结束了。你们脚上的鞋脱不下来，脸冻肿了，人变形了，一个个瘫倒在床上。你又凭着超人的毅力烧来盐水给战友洗脚，还煮稀粥端到战友的床边。值得欣慰的是这次巡逻你们收集了宝贵的资料。这是听你们介绍的一次普通的巡逻！

你的战友告诉我们：你是查果拉哨卡之魂

风雪，严寒，缺氧，孤独，苦闷……这些利刃时时刻刻袭击着查果拉哨卡。你当然是一班之魂，有你在战士们就有主心骨，什么艰难苦困也不在话

“红色高原边防队”守卫的查果拉哨卡，是西藏海拔最高的边防点。图为本书作者（穿大衣者）在分队干部陪同下，正在视察阵地。远处山下为印军哨所。

下。生活单调，你就带领全班开展读书演讲会，举办乒乓球、军棋、象棋比赛，你还组织演唱组，编演文艺节目，发动战士向刊物投稿。其中有七首诗歌在《西南军事文学》创刊号上发表。这稚嫩的诗是你们理想的心曲。我们思想苦闷时，你以兄长般的热情引导战友树立正确的人生观和理想。战士严开富有过失、被劳教八个月，回连队后感到前途渺茫，思想包袱沉重，产生了厌世情绪。你利用一切机会同他交心谈心拉长道短，他终于启开了关闭的心房，扬起了人生的风帆。西藏籍战士的文化普遍比较低，尤其是小罗布几乎不识汉字。你找本汉语小字典一个字一个字地教，反复教授百问不烦。经过三年的努力他已经能看书报，能用汉字写信了。

魂！你说：“我的魂系在界桩上！”你已经在查果拉山头走过了七个年头。这七年中，为了实现你那个编织的梦，你动摇过，沉思过。然而，每当你走进哨卡的荣誉室看见毛泽东、周恩来、邓小平等党和国家领导人与哨卡前辈的合影，还有那无数堆积的慰问信，你又点燃了理想之火，你就更明白哨卡在“金鸡”版图尾巴上的重要位置。雪化了又积，兵走了又来。几年的时光过去了，报考军校的机会都在执行任务的缝隙中溜走了，你却把班里的四名战友送进了军校。当然，你也有收获：那些奖章奖牌和查果拉哨卡可以作证。七年中，你立了三个三等功、一个二等功，扛回了“全军优秀班长”

的奖牌，出席了分区、军区党代会、先代会，参加了北京“国庆三十五周年”观礼。你的足迹为“红色高原边防队”这面雪山红旗增添了风采!

你已经二十六岁了。你的父母亲友在家乡先后给你介绍了几个对象，可姑娘们一听说是西藏兵就吓跑了，躲得远远的不敢见你。你是一个典型的雪山男子汉，然而，你在爱的天国屡打败仗。你说：“姑娘爱英雄的时代已经过去了。”今天，你仍处在一个被爱遗忘的角落。“小吕，退伍回来吧！我爸爸为你找好了工作。我是多么需要你呀！……”曾经有个姑娘这样说，但你没有为之所动，姑娘久久不见你的影子。最近，你收到她的信：“真不明白，冰天雪地有什么值得你爱恋的。爱你的哨卡去吧！”她很难明白，战士的心中绝不只装着一个哨卡。不过，吕永喜说：“我不记恨她！真诚地祝她找到一个如意的伴侣！”不久，我们又在那齐天高的雪山上见到了吕永喜，他已经是肩扛红牌一道杠的连队司务长了，而且干得很称职、很卖力、很来劲，深得全连的信任。小吕还喜滋滋地告诉我们，他已经快当爸爸了。

发生在无人区的故事

边防部队的生活是丰富多彩的，它就像变化多端的高原气候一样，遇上艰苦环境和恶劣气候及危险任务时，它会犹如魔鬼般地疯狂折磨考验我们的战士，甚至索取生命，而在日常的生活和工作中，它又如同温柔多情的恋人一般，给我们的战士带来无穷的欣慰和欢乐。一九八八年夏，我在边防某部就切身感受到了这种生活，并有感而发，写了一篇以《发生在无人区的故事》为题的见闻。

七月，是发烫的时节。发烫的天，发烫的地。然而，我们来到日喀则军分区最西端的边防某团所在地——雅鲁藏布江的源头马泉河调研，这里却是另一番天地。请把目光盯在祖国金鸡版图寻找东经二十九度五分，北纬八十四度的交点上，你一定会想到这片广袤神奇和充满迷幻氛围的土地。它，在第三极地的背上，是一个荒僻的角落。这里既是冰峰雪岭，又是茫茫荒原，几百里乃至上千里不见人烟，名副其实的无人区。这里，喜马拉雅山脉和冈底斯山脉拔地而起，宛若一双正待合拢的巨形手掌，从巨掌的指缝里钻出一枚玲珑的“马头”，大口大口地喷吐出清澈的泉水，任其向下流。这里是“天河”雅鲁藏布江的源头——马泉河。这里海拔平均四千二百米，含氧量只有海平面的百分之四十九。这里“天上无飞鸟，荒山不长草，风沙如卷席，夏秋穿棉袄”。我们在这里听官兵讲了许多富有神奇色彩的故事。

一个从四川南部入伍的小个子新兵，刚分来K哨卡不久，一天下午下岗，他见岗棚只有一米来高，他想，就势跳下来省事，不料这一跳，他竟再也没有从地上爬起来。战士们指着岗棚带着眼泪回忆说：“他十八岁宝贵的青春，燃烧在了这冰雪荒野上。什么原因？还用说——缺氧！”缺氧，对K哨卡来说，是一个罪恶的魔鬼，它向你招手时，凭你有三头六臂也无法阻挡。它是一个罪恶的魔王，一把罪恶的毒剑。一个陕西籍的张老兵，在Y哨卡站了三年的岗，从未下过哨卡。那年他退伍下山，在日喀则下车时，发疯似的奔向一棵大树，紧抱大树号啕大哭。有人不解地问他为何这般痛哭？谁欺负了你？还有的人当他患了精神病。他泣不成声地说：“我在Y哨卡站了三年岗，从未见过绿色，更没有见过一片树叶……那里是白色和黄色的世界，喝的是‘出口风’，吃的是‘进口雪’，因此，我已患了眼病。”他边哭边说。没想到他哭过之后，站在树下高声地大喊大叫：“奇迹！奇迹呀！我的眼睛好啦，能看清楚东西啦！”

一天，战士小李突患感冒。在西藏，感冒很容易引发肺水肿，控制不及时是要致命的。由于哨卡缺药，小李高烧不退，已两天没有进一滴水。战友们看在眼里，急在心头。去连部取药要走五六个小时，天又快黑了，漫天风雪。顾不了那么多了，王班长带上小徐连夜去连部取药，走到卡拉力山口时天色黑沉，在他们的前面十几米处出现了一群阻路的怪物。王班长走近一看：不好——狼群！新战士小徐躲在王班长身后战栗。在这千钧一发之时，王班长毕竟是老兵，见多识广，他堵在前面一动不动，叫小徐赶紧脱掉衣服点火。狼群见火心虚，吓得逃跑了，小徐背脊则冒出了一阵冷汗。他俩一路小跑，连夜取回药，小李终于脱离了危险。

那年冬天，有一辆外地来的北京牌吉普车经过无人区，准备穿越这片方圆几百公里的沙丘，经阿里向新疆进发。不料，车行至马泉河抛锚，难以求援，无法修复，车上的四人盼望有过往车辆和行人援救，可一直等到天黑不见人影。夜晚，寒风呼啸，气温在零下四十多度，他们烧掉备用的轮胎取暖，接着又先后把四个轮胎和车上的物品点着，最后车体也成了他们的救生燃料。然而，仍然没有抵挡住无人区的侵吞。第二天，一辆解放牌汽车经过这里时发现，烧焦的车体旁摆着四具冻僵的尸体……

边关的月亮，苍白如银，凄迷之冠，独具一轮，又圆又白又低又近。农历八月十五，大漠上支起的军帐旁边，升起袅袅的牛羊粪宿烟。为了军马越冬，哨卡的战士在荒原上寻割马草已露宿五天了。他们疲惫不堪地回到帐篷。朱连长习惯地取出身上带着的一个小半导体，他开机一听才知道，今天是中秋节。举头望明月，低头思故乡。空寥寂静的荒夜，更增添了想念之情，挂惦自己的亲人……蓦然，朱连长一股念妻思儿之情油然而生，泪水潸潸止不住。儿子出生一年零八个月还没见过面。见是见过，但那是爱人寄来的照片。索性，他掏出儿子的照片，在清亮的月光下翻来转去，朦朦胧胧，怎样也看不清，更加重了他的心思，泪水从眼角滑落。“真是没出息的东西！”他骂自己，“军人，就应该坚强，尤其是边关军人，儿女之情只有埋藏在心底。”他揣上照片，抹去眼泪，去和战士们叙论中秋节……刘军医，这位哨卡老兵，也没有逃脱思情的折磨。他与爱人结婚八年，把团圆的分分秒秒累计在一起，也超不过两年，牛郎织女的生活使他显得苍老。人们说，医生最富有感情细胞，然而他的感情细胞却在逐渐萎缩。他说，他娶了一个货真价实的老婆，她从来没有给他写过一封能表达感情的信，因为她写信靠求人。但是，她是一个典型的贤妻良母，孩子带得好，孝敬父母无可挑剔。这样也好，刘军医可以少分心思，把更多的精力用于关心战友的身体。西藏边防干部，法定一年半休一次假，实际上由于种种原因，许多人两年休一次就不错了。三排长新婚归队两年没有回家。这不，惹来了麻烦，他的新婚妻子只知他的部队驻在边境线上，与三国交界，故怀疑丈夫有外遇，或者被外国女人迷住了才不回家。因此，她给部队来信，查询丈夫的“问题”，并责令丈夫限期回家他再不回家就离婚。部队首长哭笑不得，想了个万全之策，托在内地休假的干部把她接来部队。当三排长的妻子来到部队实地考察之后，看了实地的自然环境才知道冤枉了丈夫。因为这里哪里有什么女人哟，连耗子都是公的。他们俩自然是一个圆满的结局。

A哨卡急电：主副食只能维持一天。张国芝指导员二话没说，雪夜出发，给A哨卡送粮。风雪弥漫，积雪淹没了公路，解放牌汽车一路喘息，在雪线上像头久病的牛在拉车爬行，一寸一寸地向前挪动。三十七公里雪路，他和驾驶员下车探路三十九次；三十七公里雪路，汽车行驶了十五个小时。去年九月的一天，W哨卡的几个老烟鬼相聚之后，只从副班长陈建平的衣包里掏出一根烟。大家你争我夺，吞云吐雾之后就不再冒烟了。长期的寂寞生活，使战士们都学会了抽烟，且烟瘾很大。他们说：“抽掉寂寞，烧去烦恼。”没烟怎么办？杨宏伟突然想起前几天他外出捡牛羊粪时，见一藏民从仲巴县买了两条烟。他的这一福音，立即给战友们注射了一支兴奋剂。大家举荐他去找老乡买。老乡见他连夜来买烟过意不去，只好卖给他五包。杨宏伟兴奋地往哨卡赶，不料天黑，在荒漠上转了无数个大圈小圈，转昏了头转迷了路，转了整整一夜。次日旭日高升时他才辨清方向，回到了哨卡。

“车来了，车来了！”这是大雪封山半年之后第一次来车，哨卡的官兵兴奋极了，因为，来车肯定有信。家信对西藏兵来说是唯一与外界联系的方式。他们把吉普车围得水泄不通，争先恐后地从车内拖出几大麻袋邮件。据记载，这天哨卡是个大丰收，共收信件581封，报刊装了整整一车。这一夜，哨卡沸腾了。手电光、蜡烛光一直亮到天明，他们有的为喜讯来得过迟而怨恨，有的为不幸来得过早而悲伤。总之，喜怒哀乐、笑声哭声同时在收信后出现。但是，不管是喜是悲，都锁不住哨卡兵渴望来信的心情。马泉河里的鱼密度很大，伸手可捉，味道鲜美。节假时，战士们经常去河里捕鱼，有时碰上好天气，一人一小时可捞几十斤，甚至上百斤，这不但能改善生活，而且更能给哨卡战士带来快乐。野味最好的还是黄羊，无人区的黄羊到处可见，一群一群，上百只，随处可捕。牧场上，野羊和家羊常常在一起做伴，战士放牧归来，把野羊和家羊一起赶回哨卡，到家才发现家羊里夹有野羊，那自然又是一个丰收，又给寂寞的哨卡带来欢笑声。

我们沿着马泉河的河床走了很远很远。官兵给我们讲的故事像雅鲁藏布江一样很长很长。他们讲的故事并不是天方夜谭，的的确确是发生在西藏兵身边的故事。他们身在无人区，虽然被冰封雪锁，但是，其青春、其心灵、其向往、其朴实无华的感情，既像那一座座终年不化的雪峰，沉默、坚毅、纯洁，又日复一日地随着喜马拉雅山脉在升腾！他们甘愿用青春去拥抱雪山、亲吻哨卡，用忠诚和无私谱写了一曲荡气回肠的雪山军人之歌！他们在生与死的夹缝之中苦争苦斗所显示出的钢铁般的坚韧，那种无所畏惧的精神，与严酷的自然环境搏斗的男子汉气概，不正展现了当代军人一颗颗报效祖国、忠于亲人的赤子情愫吗？！不正是军魂国魂所在吗？！

给母校校庆的贺信

一九八八年九月的一天，也是我调到日喀则军分区的第三个年头，突然接到一份从东北老家寄来的请柬，打开一看，原来是读高中时的母校邀请我回去参加四十周年校庆活动。一石激起千层浪。夜深人静，我坐在卧室办公桌前，思绪万千，望着手里的请柬，脑子里闪出了一件件读中学时的往事。有同学间的趣事和烦恼，也有老师的表扬和批评。感受最深的，还是几任班主任老师对自己的重视和培养。说真的，若不是经过三年班上团支部书记工作的磨炼，就不会有自己入伍后的顺利成长和进步。一朝为师，终生难忘。我真想借此机会，回到母校与老师和同学们欢聚一堂、尽情畅谈。然而因工作原因，这种愿望当时无法实现。于是，我在寄贺金的同时，写了一封发自内心的贺信。

尊敬的各位老师，亲爱的各位学友：

在东丰二中隆重庆祝建校四十周年的大喜日子里，我以一名学子的身份，在雪域高原向母校表示热烈的祝贺！在西藏，哈达是圣洁的化身，珠峰是崇高的象征。为了表达我感激慰问的心情，我愿以蓝天的白云为哈达，用巍峨的珠峰做奖杯，敬献给远在东北故乡的母校，敬献给曾教育、培养过我的老师们，敬献给与我一起同窗苦读过，如今正战斗在改革开放各条战线上的学友们。我虽然不能亲临故乡参加校庆，但我的心与大家同在，我的情感和大家一起激荡。二十二日这天，我将举杯面向北方，遥祝母校生日吉祥、兴旺发达！我生在东丰，长在东丰，从二中步入军营，走向社会。小学给我启蒙，中学教我知识、教导我做人。我参军后所以进步较快，从普通士兵成长为师级军官，以至转业后能很快适应地方工作，除了其他因素外，基础教育起了重要作用。可以说，在我的成长进步中，凝聚着母校老师们的心血和汗水，特别是高中三年的团支部书记工作的锻炼，使我受益匪浅。我深深体会到，作为一个合格的社会人才，既要有书本知识的积累，更要善于创造性地工作。只有把知识和能力有机地结合起来，才能成为一个有为的人。我们六三届高一班班主任王海涛老师等，身体力行，既是良师，又是益友。尤其令我难忘的是，我参军临走时，王老师冒着严寒亲自到车站送行的情景，至今历历在目。在此四十周年校庆之时，我要向海涛等老师们深深鞠躬，并说一句：学生谢谢你们！中学教育是人才培养的基础工程。四十年风雨历程，东丰二中为国家基础教育立下汗马功劳，取得了桃李满天下的丰硕成果。我衷心祝愿母校再接再厉，锦上添花，不仅要做全县中学的榜样，还应成为全地区乃至全省中学的重点。在实现祖国跨世纪的宏伟蓝图中，在振兴教育事业的奋斗中，更好地发挥培养人才的摇篮和苗圃作用，让更多的“小苗”成长为为母校争气、为祖国争光、具有市场竞争力的栋梁。祝愿各位学友事业成功，家庭幸福，在各自的岗位上高奏凯歌，再创辉煌！

本书作者与高中时期的同班同学合影。

校庆过后没几天，有同学来电话说，母校对我的贺信十分重视，在庆典大会上宣读完之后，又在学校广播里连续播放了好几天。

国门杜鹃花

西藏高原的春天，是迷人的季节。万物吐青，百花竞放，给冰封雪裹了半年之久的世界屋脊增添了无穷的生机。以“西藏江南”著称的边境重镇樟木口岸，更是多彩多姿。特别是那遍山盛开的杜鹃花，把口岸的山山水水打扮得分外美丽诱人。

我是在杜鹃花开的时候，来到西藏边境重镇樟木口岸的二班哨所的。阵阵杜鹃花香扑鼻而来，令人心旷神怡。举目四望，只见群山环抱，一条浪花飞溅的大瀑布，从哨所下五十多米的深涧里发出隆隆巨响。宽二十多米的深涧上，一座木桥横架。桥的那头是海关，这边便是二班，岗棚就立在桥头上。樟木口岸是西藏边境的门户，这里，既是我国对外通商贸易的繁华市场，也是国际国内军事和政治斗争的前哨阵地。近一两年来，在西藏分裂与反分裂的斗争中，二班战士怀着对祖国和藏族人民高度负责的精神，做出了突出的贡献，被誉为“国门哨兵”，全班荣立了集体二等功。

在樟木口岸了解情况的日子里，有关二班的赞语随时都能听到。二班“反潜入、抓走私”的故事如满山盛开的杜鹃花一样，那么迷人。一天下午，二班战士杨文权站哨时，见从境外方向走来一人，快到桥头时停住了脚步，既不过关接受检查，又不马上返回，一边来回走动，一边四下观望。这引起了小杨的警觉，立即向在班里蹲点的排长作了报告。排长根据经验判断做了周密的安排。凌晨一时三十分，透过暗夜可以看见，有四个黑影从路边树丛中窜出，然后跃到公路两侧，猫着腰悄悄向桥头摸来。正当他们准备爬过桥的时候，突然两声怒吼在他们头顶炸开：“不许动！”四个非法入境者魂都吓飞了，立即乖乖地站在原地不动。当他们发现跟前只有两个解放军时，胆子马上又大了起来，一齐围上前，想强行闯关入境。恰在这个节骨眼上，已得到小李暗号报告的排长和二班班长李治奉及时赶到桥头，一举将这四个非法“外来客”逮获。经审讯和从大量证据中发现，这四个非法入境者，都是被派进来企图进行分裂祖国、搞颠覆和破坏活动的。

二班守的木桥，是境内外走私者必经的咽喉要道。大年三十早上十点多钟，轮到藏族战士边巴站哨。他在桥头来回巡查，两眼不时地扫视着四周的一切。突然，他发现对面大山上爬过来两个可疑的人。坡陡林密，人影时隐时现。他向班长请示后，立即和另一名叫拉巴的藏族战士一道，带着冲锋枪迎头向对面山上爬去。那两个人见山下来人追来，慌忙逃窜，越跑越快。边巴和拉巴两人不顾山高坡陡、荆棘丛生，顽强地向上攀登。经过一番较量，那两个家伙终于败下阵来，匆忙把东西藏起来，然后装作砍柴人。边巴和拉巴仔细在周围搜索，结果从一个石头缝里找出两个布袋，里面装有价值人民币一万多元的七百七十八块银元。在铁的事实面前，那两个走私者低下了头。

一次副班长熊文俊站早岗的时候，发现对面山坡上有个人，借着晨雾和树林的掩护，时蹲时站，时走时停，企图翻山越境。熊文俊严令他立即下来接受检查。那个家伙见已无法逃脱，便来到熊文俊面前，嬉皮笑脸地从腰里掏出五十元钱，用半藏半汉的话说：“金珠玛米个个都是菩萨心肠，你就行行好，放我过去吧，与人方便与己也方便嘛。”小熊严厉拒绝了对方的钱，当即将这个人押送到了樟木检查站。经查问得知，此人是正在通缉的一名在逃犯。

从樟木返回的路上，望着车窗外郁郁葱葱的崇山峻岭，我思绪万千。二班的故事，二班的印象，总在眼前旋转。我仿佛看到，“国门哨兵”在杜鹃花的映衬下，更加威严可敬、光彩照人。

情系雪山　爱在哨卡

不知是因为长期从事新闻工作，还是边防部队的新鲜事特多、令我兴奋的故事层出不穷的缘故，我不想动笔都难。就说一九八九年四月间的一件事吧。当时，军分区政治部接到上级指示，说“十一”要在北京举行全国“为边海防优秀军人妻子挂奖章”活动，要求各单位自下而上，选一名模范军官家属。通知一发出，全分区一下子上报了四五个人选，事迹都很突出，特点各有千秋。经过反复比较，某边防营二连连长牛俊宏的妻子一举入选。

她叫王金莲，是山西省沁县市单厂幼儿园的教师。结婚六年多来，她努力尽到当妻子的责任，操持家务，孝敬公婆，侍候孩子，照顾俊宏年幼的弟弟和妹妹。乡邻赞她是好媳妇，婆婆夸她比亲生闺女还亲。工作上她也不马虎。她带的幼儿园班年年是先进，县里组织的幼儿智力竞赛，十个第一她的班就拿了九个。县里还把她评为“三八红旗手”。她说：“俺这样拼命干不图别的，只图叫俊宏省心，不牵挂家里和我的事，一心把边关守好。”

俺选中了第十三个，就因为他是合格的军人

王金莲与牛连长的结合，经过了不少磨难。阻力首先来自家庭。那是一九七九年十月，经牛俊宏舅舅介绍，金莲与俊宏相识了。她见他长得结实标致，言谈举止稳重，人挺聪明老实又打过仗立过功，正在成都陆军学校读书，便打心眼里爱上了他。可她回家跟娘没谈上两句就崩了，老人坚决不同意，骂她傻透了，“先前人家介绍了十二个男子，有工人、教员、干部，还有在北京读书的大学生，你一个都不中意，如今偏偏看上了一个当兵的，他常年在外，离家那么远，结婚后分居的苦你吃得了吗？娘这辈子跟你爹东跑西颠的日子你还想重蹈覆辙？”老人家数落不下去，伤心地哭了起来。金

莲十分理解娘的心思，爹也是当兵出身，转业后东调西调，娘跟他吃了不少苦，特别是十年动乱中，爹遭政治迫害被下放到内蒙古，以致后来病故。娘一人在家拉扯几个孩子，实在不容易。自己又是娘最小的女儿，因此娘格外疼爱，总怕自己将来受罪。可金莲看中的是俊宏的职业和人品。当兵的个个都是经过各方面严格挑选送到部队的，有什么不好。再说，没有他们，哪来的祖国安宁和人民的幸福？这些献身国防的人，为什么不该得到爱情呢？嫁给像俊宏这样的有出息的军人，即使将来吃苦再多，也认了！她把俊宏领到家里，想用小伙子的堂堂仪表和谈吐，打动老娘的心。不料，不仅没有管用，还叫俊宏坐了冷板凳。看到娘那个态度，金莲也横了心："自己的事自己做主！"俊宏看到金莲的决心已定，心里很高兴。可他嘴上却劝金莲慎重对待这件事，叫她冷静地想一想，还说老人家的话并不全无道理。小王懂得他的意思，没见面前，他就在信中详细介绍过他本人和家里的情况，说他家住偏僻农村，家境贫困，母亲严重贫血，常年卧床，生活难以自理；父亲双腿患严重关节炎，半身不遂；家中有两个年幼的弟妹，里里外外全靠一个妹妹撑着。还说他毕业后很可能要分配到西藏工作，将来结婚后无法照顾家。正是从这些情况中，小王看到了他那一颗金子般的心，越发感到他是个值得信赖的人。于是小王对他说："正因为已经慎重地想过了，所以才下定了跟你好的决心。快别傻了，今儿下午俺就随你一块到你家去看望老人，怎么样？"

俊宏的家住在松树乡古台村，离金莲上班的县城四十多里，全是乡间机耕路，坑坑洼洼颠得要命。他俩骑自行车蹬了四五个小时，还没走上三十里。最后一截路连车也没法骑了，全是山间小道，只能推车步行。掌灯时候，他俩到了俊宏的家。只见破草房里黑漆漆的，两脚踏进门，一股霉臭味直扑鼻子。进到屋里，一盏萤火虫似的煤油灯下，俊宏的娘盖着被躺在炕上，俊宏爹在女儿的搀扶下，从另一屋走出来。全家人对金莲的到来又惊又喜，忙着叫俊宏的妹妹烧火做饭。虽然来前小王已有思想准备，但没想到未来的婆家这么困难，看了真叫人寒心。屋里除了几个旧柜破桌外，几乎一无所有，两个老人连褥子都没有，盖的被子又脏又破，不少地方已没了棉花。小王见了鼻子直发酸。那一夜，她和俊宏妹妹反搭伙盖一床被子，翻来覆去睡不着。第二天一大早她就起了床，忙了一上午，把俊宏家里的所有被子和衣服都洗了。午饭后，她又抓紧把被子都缝好才叫俊宏送她上了路。走到村头，牛俊宏问她来家这趟有啥想法，小王笑着回答：“你别搞试探了，俺的心思，从这多半天的行动上你还没有看清楚吗？”可是，当她把俊宏家的情况给娘说了以后，老人说死说活不同意这门亲事。为了给女儿施加压力，老人还把亲戚和长辈们请到家里来，轮流进行开导。见女儿听不进去，老人又进而威胁说，如果不听话，就不认她这个闺女了。小王见软的不行，也跟娘来硬的，明确告诉她：“既然如此，那俺也对不起你老人家了。别说俊宏常年守边防回不了家，就是献身祖国、永远不回来，俺当牛家的女儿也心甘。就是他将来真的没有出息，他在前边拄棍讨饭，俺也要端个碗在后面跟着他！”这几句话不要紧，可把老娘气得连躺了七八天，不跟女儿说话。经过三年的磨难，娘见女儿对俊宏铁了心，也慢慢想通了。小王和俊宏结婚时，老人还为女儿陪送了嫁妆。

两次临产俺尝尽了苦头，但从未报怨过他

结婚前，对小王的婚事不仅她娘反对，不少女友也说她傻气，凭自己那么好的条件，找个穷当兵的，又远在西藏边防工作，将来有苦吃的。当时小王对这些话很反感。可结婚后，她的确感受到，当一个军人的妻子，尤其是当一个西藏边防军人的妻子，实在太难了！丈夫一年半才能休假一次，而且常常假没到期就被电报催回了部队。六年中俊宏不在身边，啥事都靠自己撑着。买粮拉煤没人帮，大事小事全得自己跑。特别使人寒心的是，每当她生病时，屋里连个问寒问暖、端水拿药的人都没有。节假日像人家小两口儿那样亲亲热热游公园、逛商店的生活，她就更不敢奢望了。最气人的是，有色狼见她丈夫常年在外，常明目张胆地跑到家里来欺负她。对于这些，一般做妻子的是难以想象的。她虽然痛苦过，也流过不少泪，但时间长了也就磨出来了。可是，两次临产给她带来的痛苦和折磨，却是她一辈子也无法忘掉的。

第一次临产期是一九八四年腊月。临产前几天她还在上班，感到快要生了，她才托人给婆家捎信，叫赶紧来接。论条件，她能在娘家生孩子最理想不过了，离城近，上医院也方便。可按当地习俗，闺女在娘家生孩子是不吉利的，所以老人说啥也不敢收她。带去信的第二天傍晚，公公便赶着毛驴车，跑了一天路接她来了。第二天回家的路上，见公公拖着病体，赶车十分吃力的样子，小王心里很不是滋味。可是，家里除了公公，又有谁能驾车呢？驴车在零下二十多度的风雪中颠簸着。她穿得已经够多了，但仍挡不住寒风的侵袭，不一会两脚便冻得麻木了。由于路太颠，小王肚子疼得越来越厉害。公公见她疼得满头大汗、叫声不止，硬逼着她躺下。她知道，车厢太小自己一躺下，公公就没有地方坐了，老人腿脚不好，咋能跟着车跑呢？公公看出了儿媳妇的心思，只见他两脚蹬着车辕，身子趴在驴背上，对小王说："你看这不很好嘛，赶快躺好！"驴车跑了一会，小王见公公两脚直打战，两手紧紧抓住驴套，几乎全身都趴在了驴背上，弄不好，随时都有摔下去的危险。她知道公公的关节炎又犯了，实在于心不忍，可自己又不能动弹，只能悄悄地流泪，心想，若是俊宏在身边该多好哇！

临产那天更惨，到处请不到助产师，常年卧床不起的婆婆只好在小女儿的搀扶下，给儿媳妇接生。当时正是大年初三，天冷得滴水成冰，小王睡的又是钢丝床，屋里一点暖气都没有。公公从附近小学借来一个炉子，炉子还没生着，烟已灌满了屋子，呛得小王咳嗽不止，老人赶紧把炉子搬走了。婆婆见儿媳产后流血不止，弄来一个装满草灰的布口袋，硬是逼着小王坐在上面。小王知道这样很不卫生，可又没有别的办法，只好由着婆婆摆布了。由于天冷，条件太差，孩子没活上七天就死了。

生第二个孩子时，说起来也够叫人心酸的。本来，部队领导考虑到小王生第一胎时的情况，所以提前安排牛连长休假照顾。小王很高兴，以为再不会遭头一胎那样的罪了。按时间推算，俊宏到家时，离她产期起码还有三个月。俊宏说他还有一个外调任务要去四川跑一趟，小王想时间还早，就让丈夫走了。没想到俊宏前脚一走，小王后脚就出了事。一天晚上睡觉时，她突然觉得肚子不舒服，越来越疼，赶紧穿好衣服，骑上车就往医院跑。当时是凌晨一点多钟，门诊值班医生听她说怀孕只有五个多月，说啥不收。正好又赶上腊月天气，深夜里气温降到零下三十多度，小王在门诊室外走廊里冻得浑身发抖，走不得，坐不得。冷疼交加，她实在无法坚持了，又去敲门，好话说了一大堆，医生才给挂了个号。可到妇产科又受到刁难。她被安排在一张光板床上躺下后，医生马上钻进屋里睡觉去了。床上垫没垫的，盖没盖的，那阵子她已顾不得这些。不一会儿，嘴里连吐黄水，她感觉不好，急忙下床，扶着墙来到接生室门口，可怎么敲门也没人理。当时风很大，她像掉进冰窟里，喊呀，叫呀，十多分钟门一直不开。她嗓子喊哑了，头急昏了，无力地瘫坐在走廊里冰板似的水泥地上。也不知是什么时候，她突然觉得有个东西滑在裤子里，热乎乎的，马上意识到是孩子生下来了。她慌了神，这回无论如何也要保住，可不能再让俊宏失望了！听她发疯似的打门，接生室的电灯才亮，不知磨蹭了多久，门终于开了。她们把小王和孩子一块抬到产床上，大人和孩子已经奄奄一息。第二天早上，等小王清醒过来时，才知道，可怜的第二个孩子又夭折了。她恨呀，气呀，拼命地大哭了一场。

不知命运有意折磨她，还是故意和她开玩笑，第二天下午，牛连长回来了。见丈夫走进病房，小王心里的委屈憋不住了，泪水止不住地流。她对丈夫一肚子气："领导安排你回来照顾俺，偏偏在需要你的时候你又走了，叫俺受了那么多的难。"真想狠狠地痛骂丈夫一顿，可见到他眼泪在眼圈里打转的那个难过劲，知道他的心里也很不好受，又于心不忍，于是把满腹的怨气，归成了一句话："还愣着干啥，赶快收拾东西，咱们回家吧。"回到家里，小两口儿干啥的心思都没有，常常对坐着，你看我，我瞧你，谁都不说话，但谁都知道对方在想什么。眼看就要过春节了，而且还是他们婚后的第一个团圆年，按理说，本应过得热热闹闹的才对，可他俩都没情绪张罗，连过年的门联都是厂里工会写好后给贴的。大年三十晚上，外边鞭炮齐鸣，正是家家户户欢天喜地吃饺子的时候，可他两口子仍在为再次失去孩子而痛苦。正月还没过完，牛连长突然接到部队电报，说有紧急任务，要他立即归队。他看妻子身体虚弱，担心她没人照顾，有些犹豫。说心里话，小王也十分盼望他能多留几天，哪怕再待上十天或一周也好。可她又一想，电报就是军令，军令对军人是绝对的、至高无上的。要求丈夫当合格军人，就应该支持丈夫坚决按军令办事。为使俊宏能放心地走，她故意装着没事的样子，帮他整理东西，托人给他买好车票，还强作笑脸把他送上了南去的客车。可她回到家里后，一人蒙着被子大哭了一场。

为了让他安心守边，俺甘愿当他的好后勤

从打金莲与俊宏相爱、结婚，一直到如今，她始终抱定这样一种信念：既然打定主意嫁给边防军人，就应该一心一意支持丈夫的事业，不仅不能拖后腿，还要当个好后勤。记得俊宏刚分到日喀则某边防营的时候，他来信说，那里海拔四千九百多米，到处是石头山，一棵树都没有。由于严重缺氧，他整天头昏，流鼻血，吃不好饭，睡不好觉，实在没信心干下去。小王从信中发现他情绪不对，马上回信鼓励他说：“男子汉要有骨气，树立自信心，别人能干下去，你也一定能干下去。既然组织上已决定了，你是个军人，就应当以服从命令为天职，不能对不起部队的培养和教育。你干好了，家里人都会跟你沾光。你是个军官，像你现在这个样子，怎能把战士带好，怎能守卫好祖国的边疆？”接着还告诉丈夫，说他离家后，也就是结婚后她做的第一件事，就是回到农村家里看望了公婆和两个小叔子、小姑子，并用全月的工资给全家每个人从里到外、从头到脚都换上了新衣，还给公公、婆婆做了新被子，买了新床单。牛连长接到这封信后，又羞愧又激动，高兴地一拍大腿说：“俺有这样的好媳妇，还有什么理由不在部队好好干呢！”

以前常听俊宏讲西藏如何艰苦，小王总不太相信。一九八五年六月她第一次来部队探亲，可真尝到了西藏艰苦的滋味。到成都一下火车就转了向，花了十元钱雇个向导，才摸到了川办二所。等了二十多天，好不容易买到一张飞机票，可到贡嘎机场下飞机后，由于严重高原反应，她便晕倒在了机场的水泥地上。多亏一位老工人相助，她才搭车到拉萨，住进了招待所。可一连四五天也找不到一辆去日喀则方向的车，她急得团团转，到处打听。第六天，终于找到一辆拉货的车，说是去日喀则的。司机是个藏族人，挺好说话，跟她要二十元车费，她二话没说就掏了。到江孜兵站又等了两天，这才到丈夫所在地。一路的磨难，一路的颠簸，一路的怨气。小王在到连队前就想好了，见到俊宏后，非要拿他出出气不可：“生孩子俺吃了那么多苦，你也不请假回去一下，这回明明知道是俺第一次来，路不熟、身体又不好，起码也应到拉萨或日喀则接接吧！”可是，当她见到丈夫那张熟悉的脸的时候，简直不敢相信，这，就是自己日日夜夜想念的他。只见他又黑又瘦，两只大眼睛像掉在井里一样，嘴唇发乌，还裂着血口。顿时，满肚子的怨气全被心疼代替了。牛连长笑着对妻子说：“对不起，连队走不开，没能接你。”围在旁边的战士们也跟着帮腔：“嫂子不要生气，要不是赶上搞临战前强化训练，连长一定会去接你的。”小王亲昵地打了丈夫一下，说：“检讨也不知找个时候。”战士们听了，都大笑起来。

当晚，由于过度疲劳，加上严重缺氧，小王的头一炸一炸地疼，久久不能入睡，只听外面狂风大作，刮得房顶铁皮噼啪作响，好像房子随时都有被掀翻的危险，令人不安。丈夫告诉她，这里海拔高、风大雪大，一年四季都是这样，他已经习惯了。若是哪个晚上风小了，他还倒睡不着呢。小王一直睡到第二天中午才起床。拿着脏衣服准备去洗，可走起路来只觉得头重脚轻，身子飘悠悠的，像宇航员在月球上一样。牛连长看见，马上跑过去把衣服抢走，说这里的家务活全由他包了。没事干，小王一边散步，一边仔细观察周围的一切。只见营房坐落在一个山坡上，四周全是石头，一家老百姓也没有。举目远望，茫茫荒原上果真见不到一棵树，阵地南方边界上皑皑雪山在蓝天白云下格外雄伟醒目。看到这里，小王心里一动，好像对丈夫的事业和追求有了更深一层的理解，对丈夫无法照顾家的解释有了真切的感受，同时也似乎看到了自己含辛茹苦，一人承担家庭重担的价值和作用，进一步认清了祖国和家庭之间的关系，懂得了军人妻子的崇高责任。

走时，单位只给她一个月假，光路上就跑了二十八天，到连队没几天就已假满。她想走，牛连长不让，怕妻子连续在路上折腾，身体受不了，提出要给单位发报续假，做妻子的又何尝不这样想呢！“牛郎织女”的生活小王过怕了，苦够了，巴不得永远留在丈夫身边才好。看到丈夫对自己恋恋不舍的样子，她也下定决心，反正探一次亲也不容易，超假就超假，能陪丈夫多住一些日子，扣工资、挨批评也值得。在连队两个月的时间里，小王对丈夫工作的苦与乐有了深刻的了解，亲眼看到当好一个连长实在不容易。几乎每天都是两眼一睁，忙到熄灯，比战士起得早、睡得晚，有时忙得连饭都顾不上吃。在缺氧条件下，消化功能受损害最大，他又经常饱一顿、饿一顿，冷一顿、热一顿，结果到连队没几年，就得了胃病。加上一九七九年在对越自卫反击战中，近半年多潮湿的猫耳洞生活，使他的腰部得了严重的风湿，到边防后经常犯，有时疼得腰都直不起来。有一次，牛连长带队到边界雪山口执行巡逻查踪任务，直到天黑才返回连队，进屋一头就倒在床上，嘴皮起壳壳，脸被紫外线晒得像紫茄子，满身是灰，简直人都变了形。小王看丈夫累得连话都说不出来的那个样子，心里难受极了，忍不住哭了起来。后来听参加巡逻的战士说，他们水壶里的水，到了雪山上全被冻成了冰坨坨，没有水，干粮也无法咽下，饥渴得没办法时，只好一口干粮一口雪。在海拔五千多米的雪山上，本来就缺氧很厉害，加上饿着肚子徒步跋涉，人当然受不了。然而，这种情况对他们来说，已成了家常便饭。

看到丈夫和战士们建设连队，守边御敌这么辛苦，小王觉得自己在家里吃的那些苦、受的那些难，完全算不了什么。相反，她倒产生了一种强烈的愿望：不仅以后要把家里的事操持得更好，叫丈夫感到满意放心，还应利用在连队的这段时间，多替丈夫做点事，为他分忧解难。发现丈夫经常为连队后勤工作发愁，她就主动到炊事班帮厨，亲手教炊事员如何点豆腐，怎样调好包子馅。有几天，她发现经常来玩的炊事班班长许安卫，很少登门了，便问丈夫怎么回事，牛连长不耐烦地说："管他那么多，不来就不来！"她一听不对劲，到炊事班一了解，原来是连长前几天狠训了小许一顿，批评他工作时冷时热。他想不通，对连长心里有气，还顶了几句。弄清来龙去脉后，小王一边到炊事班干活，一边和小许拉家常。从他的家境，亲人的期望，谈到哨所的艰苦，战士的责任，青年人的理想，最后谈到连长的心地和脾气，使小许领悟到了连长的严格要求，完全是为了他好。当晚，小许就来到家里主动向连长承认错误，作了检讨，并表示今后一定干好。开始，牛连长还搞不清怎么回事，当了解到事情的经过后，高兴地对妻子说："你还真有两下子，我干脆招聘你来连队当连长助理算了。"小王认真地对他说："当连长助理俺没那个本事，俺提醒你几句倒是需要的。你是一连之长，也是战士的兄长。战士们远离家乡和亲人，到这么艰苦的地方当兵不容易。教育他们是应该的，严格要求也是对的，但不能动不动就吹胡子瞪眼睛地教训，更不能骂。带兵靠牛脾气不行，要靠感情、靠耐心、靠引导。"妻子的这番话牛连长还真听进去了。年底连队被上级评为"基层建设先进单位"。后来他给妻子写信说："我管理方法上的进步和连队的荣誉，也有你的一份。"

连续两个孩子夭折，特别是第二个孩子的死，对牛连长的打击很大。眼看快三十的人，还没有孩子，怎能不着急。小王从丈夫的信中，明显看出了这种盼子的急切心情。为了缓解丈夫的情绪，安慰他难过的心，除了多次写信劝导外，小王还精心安排了一次实况录音活动。赶巧，营里有个干部休假，受牛连长之托，专程赶到山西沁县看望小王，小王便托他把这盘磁带捎回了西藏。牛连长接到磁带的时候，正赶上连队搞训练刚结束，他顾不得卸装，忘记了疲劳，急急忙忙洗完脸，吃了饭，就一人关在屋里听起了收录机。机器一打开便是妻子的声音："俊宏你好，又分别半年多了，俺很想你，知道你很想要孩子，等你下次休假回来，俺一定再给你生一个好吗？最近俺回了几次家，父母和小弟小妹都很好，不必挂念。还告诉你一个好消息，俺带的班参加县里‘六一’儿童节文体比赛，获得总分第一名。下面你听到的就是得奖的歌。”几个娃娃的歌声停止后，又是妻子的声音：“俊宏，咱们现在虽然还没有孩子，但俺身边有很多活泼可爱的小宝宝，你想孩子的时候，就把他们当作咱们的孩子吧。”话音一落，收录机里马上传出娃娃们铜铃般的儿歌：“爸爸妈妈你们好，我们是你们的小宝宝！”最后是妻子和另一位女老师合唱的《夫妻双双把家还》和《十五的月亮》。牛连长听着听着，眼泪止不住地往下流，好像亲人就在身边，完全忘记了疲劳和寂寞。这年底，牛连长带领连队再次跨进了先进行列。更值得庆贺的是，他们终于有了自己可爱的小宝宝。

汉族妈妈和藏族儿子

有一次，我到驻吉隆县边防某部蹲点。由于这里地处边境一线，历来有军民团结的好传统，反映军民关系的佳话不断。可有一件事却引起了我的好奇，说是有位汉族妈妈收养了一个藏族孤儿，民间传得很玄乎，甚至说是观音菩萨派神仙下凡做的好事。后来又了解到，这个濒临绝境的孤儿，已成为西藏大学的一位在校生。

收养一个孤儿，又是异族骨肉，谈何容易。那是十五个春夏秋冬，五千四百多个日日夜夜啊！把一个咿呀学语的孤儿拉扯成为大学生，作为养母的要付出多少母爱和心血呀！利用休假的机会，我访问了阿旺的养母——成都军区女作家杨星火。她虽然年纪已经六十开外，享受离休待遇，住进了干休所，可创作热情仍不减当年。当知道我的来意后，她一个劲推脱，说没啥讲的，更不值得写。然而，一问起她的三个孩子，她那慈母的性格立刻显露出来。我乘兴借题发挥，执意要求，她才从头讲起收养阿旺的故事。

孤儿认母

一九七一年七月，星火为了完成歌剧《雪山红松》的创作任务，再次深入到她曾生活和战斗了二十多年的西藏高原体验生活。她在吉隆边防处生活不到一个月，便和驻地军民成了知心朋友。一天，藏族女区委书记巴桑来找星火："我们有件事，想请你帮个大忙。"星火见她郑重其事的样子，赶忙请她到屋里细谈。原来，这个区的吉甫村有个双目失明的独身女人，半年前生病死去，丢下一个两岁左右的小男孩，名叫阿旺次仁。孤苦伶仃的小阿旺一人住在阿妈留下的破土屋里，饿了，就抓两把政府救济的糌粑面充饥，渴了，就爬到水磨房旁边的河沟里喝冷水，还经常跑到后山坡树林里吃野果。

村民们见这孩子面黄肌瘦，肚子胀得越来越大，周围森林里野兽又多，很可怜他。但家家生活都困难，谁也无力收养。巴桑接到群众的信，立刻骑马赶到吉甫村。小阿旺见到常来家里送粮送物的亲人，一头扑到巴桑的怀里，哭着说："阿妈叫我像你一样，也到内地学习，回来当干部。你带我走吧。"巴桑的眼睛湿润了。她清楚，眼前还不懂事的孩子，是不会理解妈妈遗嘱的，但这话却实实在在地表达了一位普通藏族妇女对党和党的干部的充分信赖。她很想把这小孤儿收养起来，可一想到自己整天东奔西跑地忙工作，两个亲生孩子还都放在日喀则父母家里，再领回一个孩子又怎能顾得过来呢？她想了不少办法都不是长久之策。在与星火的接触中，她发现这位女作家不仅有聪慧的头脑，更有着一副慈母的心肠，而且家庭条件也不错，便把希望寄托在了这位汉族母亲的身上。巴桑介绍完情况，拉着星火的手恳切地说："你能把这孩子带回内地，就是为我们做了件大好事啊！"

女书记的一席话和小孤儿的可怜处境，深深地打动了星火的心。可她一想到自己已有一个十三岁的女儿、一个三岁的儿子，特别是想到丈夫老唐年纪已大，身体不太好，因自己经常外出，他的负担本来就够重了，再给他带回一个孩子，他能受得了吗？她为难了。没过几天，在边防站召开的"八一"军民座谈会上，巴桑书记当着星火的面再次提出，"希望老杨能收养孤儿阿旺"。当晚，星火思绪万千，在西藏生活和战斗的二十载里，每到一村，藏族群众送鸡蛋、递酥油茶的情景历历在目。可以说，自己是吸吮着藏族人民乳汁成长起来的。如今，藏族人民需要自己了，自己怎能推辞呢？第二天，她就给老唐拍了电报："我准备收养一个藏族孤儿，小男孩，可否，速回。"等了一个星期也没消息。

这天中午，关在屋里赶写一上午剧本的星火，走出房门准备去吃饭的时候，一眼发现台阶上坐着一个藏族小男孩，便用藏语问道："且让名拉卡热色格（你叫什么名字）？"小孩答："阿旺，阿旺次仁应。"她不由得一怔：是不是那个孤儿哟？旁边的边防战士告诉她："对，就是要给你的那个小孩。"星火仔细一瞧，眼前的孩子又瘦又脏，肚子鼓得老大，头发蓬乱，浑身上下只围着一个破麻袋片，但一对又黑又大的眼睛却特别明亮有神。她对孩子说："你先不忙来，等家里回了电报我就接你，好不好？"孩子接着她给的糖，边吃边摇摇晃晃地走了。快吃晚饭时，星火见孩子又坐在门口台阶上。“阿旺……”还没等她喊完名字，孩子一把抱住她的腿说：“我不走了。”星火只觉得眼圈发热，立刻说：“好吧，我收下你了。”

星火决定收养阿旺的消息一传开，吉隆镇上立刻引起一片热浪。在区委、边防队、供销社和区医院的支持和帮助下，星火给孩子彻底洗了澡，理了发，置办了两套布料衣服和两套呢子藏装，还给孩子查了病，打了蛔虫。临离开吉隆那天，巴桑书记带领全镇和吉甫村的群众热烈欢送。小阿旺一路上高兴得不得了，坐飞机还在唱《金珠玛米亚古都》。

回到成都那天，早收到星火信的老唐和两个孩子，远远就跑出门口迎接他们。儿子小武牵着阿旺的手高兴地说：“妈妈采访回了一个弟弟。”晚上，老唐悄悄地问星火：“我没给你回话，怎么就把孩子带回来了？”星火笑了笑，说：“我还摸不透你的心思！你不回电报说明不反对，不表态就是叫我自己做主对不对？”老唐低头笑了。第二天，星火到派出所落户口，紧接着女儿唐雪松、儿子唐雪武的名字后边，一笔一画地填上了“儿子唐雪兵”的名字，并在别名栏里写上了“阿旺”两个字。

亲如一家

阿旺的到来，给星火一家带来了欢乐，也带来了麻烦。碰到的第一难题，就是幼儿园的老师听说他是藏族娃娃，不会说汉话，直摇头，说什么也不收。没法儿，星火跟老伴商量，干脆雇个保姆，把小武也从幼儿园退回来，两个儿子一块放在家里带，既便于抚养教育，又可增强一家人的感情。经过星火的几天张罗，一位有经验的阿姨很快来到了家里。

阿旺的生日，他自己记不得，乡邻也说不清，星火便给他定在“七一”，每年和党一起过生日。她对两个儿子一视同仁，不管买吃的、穿的，都是双份。阿旺从小营养不足，身体瘦弱，她和老伴常常给阿旺一些特殊照顾。发现阿旺精神不好或者生了病，不论白天黑夜、刮风下雨，老两口都马上背到门诊部检查和治疗。就连睡觉搂谁，星火对两个儿子都是一样的，规定每人跟妈睡一周，不得耍赖。过早失去亲娘的小阿旺，在温暖的新家庭里又重新得到了母爱，而且这种爱又是那样的真挚和强烈。在他幼小的心灵里，养母就是自己的阿妈。

一次星火出差回来，两个儿子都争着晚上要跟妈妈睡。经过协商，妈妈走前最后一周搂的是阿旺，所以讲好小武先跟妈妈睡，一周就换。阿旺好不容易等到换班的日子，晚上睡觉时他抱着自己的小枕头，兴高采烈地来到妈妈床前一看，小武还躺在妈妈的身边。他气坏了，上前一把扯过小武的枕头，狠狠地摔到了地上。经过妈妈一番耐心劝解，才平息了这场风波。

通过这次小矛盾，星火意识到了家庭团结教育的必要性。第二天晚饭后，她把三个孩子叫到身边，给他们讲电影《红灯记》的故事，用李玉和一家三代人三个姓，关系比亲生骨肉还要亲的事例，启迪孩子们对新家庭观念的理解，要求他们要像亲姐弟一样相处。做姐姐和哥哥的，更要特别爱护弟弟。打这以后，三姐弟的感情更深了。小武虽然比阿旺大几个月，但处处像个哥哥，吃东西不争不抢，玩起来有谦有让。小哥俩从来不打架。姐姐雪松更不用提，对两个小弟弟爱护备至，有空就带他俩玩。按照母亲的嘱咐，她不仅每周都要为自己的弟弟洗一盆衣服，还要辅导两个弟弟洗袜子和手帕。阿旺的袜子老是洗不干净，每次洗完之后，雪松都要再给他洗一遍。有时，两个淘气的弟弟在外边惹了祸，被爸爸妈妈打屁股，她心痛得直流泪。邻居都夸她们三姐弟“像一个娘生的孩子”。

阿旺五岁那年，星火到西藏出差的日子较长。阿旺想母心切，一见到文化部的叔叔就问：“妈妈啥时回来？”一天，部里有位叔叔来到星火家，在门口遇到阿旺，对他说：“雪兵，你妈中午就回来，快回去杀鸡准备着。”说者当玩笑，听者心开窍：是呀，有只鸡招待妈妈，妈妈一定会高兴的。正好，他见楼前草地上有只大母鸡在寻食，也不管是不是自己家的，便不顾一切地向母鸡扑去，费了九牛二虎之力，终于把鸡按住了。星火到家刚坐定，邻居一位阿姨便提着一只断腿鸡来告状，说雪兵要杀她家的鸡吃。星火问明了情况，觉得孩子又可气又可爱。她处理完鸡案之后，把阿旺搂在怀里，亲亲热热地给儿子讲了一通哪些事该做，哪些事不该做。

苦心婆口

两个儿子上学后，星火更操心了。小哥俩学习不用心，耍性特别大。为了培养孩子的读书习惯，开个好头，每天晚上当两个儿子写作业时，星火都坐在他俩中间，边看书报，边督促检查他们的作业，发现不会或者错误的地方，及时进行辅导。她出差不在家，就交代老唐每晚守着。渐渐地，两个孩人的耍劲减了，学习兴趣浓了，成绩一直保持在优良状态。初中一年级期末考试，小哥俩各科分数都在九十分上下。

两个孩子刚读初二，星火就到西藏体验生活去了，一搞就是一年多。第二年秋天她回到家里，见两个儿子都长高了一大截，心里很高兴，孩子们也很高兴，可当她问到他们的学习情况时，两个儿子的表情突然出现了差异。小武洋洋得意地把成绩单递到妈妈面前，各科仍都保持在九十分上下，而阿旺却低头不语。星火预感到不妙，要过他的成绩单一看，不由大吃一惊，除了语文六十二分之外，其他科都不及格，数学和外语还不到三十分。星火急了，问老唐，这是怎么搞的？老伴说他辅导不了。问雪松，当姐姐的为什么不管？女儿说想管管不住。问学校老师原因何在，班主任说雪兵太贪玩。星火彻夜难眠，费劲地思索着如何补救。

一天晚上，她把阿旺叫到跟前，把他的身世讲给他听，问他："阿妈临终前对你说的话还记得吗？"阿旺点头，又问："你知道为啥给你起名叫雪兵吗？"阿旺摇头。星火语重心长地告诉他：为了实现你阿妈遗愿，为了使你能够将来成为建设新西藏的有用人才，下至家乡村邻、边防战士，上至自治区党委书记、西藏军区司令员，多少人为你操过心、出过力啊！吉隆边防队的叔叔还盼着你长大后回去当一名祖国雪山的哨兵呢！你的名字就是这么来的。可你把这些全忘到脑后去了，学习不努力，整天只想玩，成绩落千丈，这样能对得起谁？"看到儿子的两腮挂满了泪珠，星火知道自己的话已对小阿旺产生了效果，心里觉得一阵宽慰。

尽管如此，由于阿旺在课程上欠账太多，星火还是不踏实，她跟学校商量，能不能叫雪兵留级一年，把功课赶一赶，老师不同意，说他可以跟班走。可是这种成绩还能升上高中吗？星火不敢出长差了，每晚都守着阿旺，重点辅导他。为了和学校配合，她专门买了一个本子，作为每天与老师保持联系的"信息簿"，托邻居一个阿旺同班的好同学当传递员，发现问题立即采取措施，有了进步及时鼓励，狠抓了一年，阿旺终于成了高中生，而且总分超过录取线一百多分。

高中普通班倒是读上了，可与考进省重点高中的小武相比，阿旺升大学的问题仍是星火的一块心病。不管她怎样使劲，阿旺的数理化成绩还是跟不上。星火决心让他重点攻文科，可是学校说普通班的学生不能进分科班学习。她又找到班主任商量，希望能允许雪兵到文科班参加旁听，班主任也不同意。星火耐不住性子了，把阿旺的身世介绍完之后，激动地说："这孩子将来要上大学的。西藏人民把这孩子托付给我，我要负责的呀！"班主任被感动了，主动找有关领导做工作，并得到了同意。从此，每当文科班上历史、地理课时，后边都坐着一位旁听生。

母子情长

高考结束，阿旺落榜了。星火和老伴为儿子的前途，思前想后琢磨出三条路：一是把孩子送回西藏，恢复藏籍重读高三，明年再考大学。西藏高考线比内地低，加把劲可能有希望。二是军区学校正在招生，也有名额，考进去将来当个司药或卫生员，享受军队干部待遇也不错。三是老唐已快到退休年龄，等着顶班也行，早就业，早自立。老唐倾向后两种方案，觉得容易实现，比较有把握。星火却想的不一样，认为第三条路是下策，第二条路也不理想。雪松已从四川工业学校毕业，获得学士学位，被评为助理工程师，雪武也考进了北京航空学院，唯独自己这个藏族儿子受不到大学教育，这怎么行呢！她说服了老伴，又去动员儿子。阿旺对考大学缺乏信心，加上不愿离开温暖的家庭，思想犹豫，不肯表态。星火用道理反复启发他，不要忘记家乡和藏族人民的期望，一要树雄心，立大志，有理想，二要不怕苦，做好拼搏的思想准备。还把他爸爸当年进军西藏时，每天靠挖四个元根充饥的故事，以及如今西藏面貌发生的可喜变化讲给他听。十六岁的阿旺，在父辈创业精神和民族责任感的鼓励下动心了，愉快地接受了妈妈的安排。

为了减少阻力，不误孩子入学，星火给正在北京的西藏自治区党委书记阴法唐写了封信，详细汇报了情况，请求支援。阴书记很快回了信，赞扬她给西藏人民办了件大好事，并说他已给拉萨市文教局打了长途电话，叫把阿旺安排在西藏教学质量最好的拉萨中学补习。拉萨市教育局局长也给她回信，说他们欢迎阿旺回去读书，入学、落户都没有问题。星火很感动，主动向领导要求把到西藏采访的任务提前，顺便送阿旺上学。在飞机上她一遍又一遍地叮嘱阿旺："你能回到西藏上学很不容易，一定要争气，明年高考拿下三百分。"

把阿旺的入学手续办理妥当，校长告诉星火，学校对藏族学生统一不收伙食费，一个学生每月有五元零用费就够了。星火却给儿子每月留下十元，叫他把买牙膏、肥皂剩下的钱，买点营养品补身子。她还不放心，又跑到四位老熟人家分别做了交代，拜托西藏军区宣传处何副处长两口子，阿旺每个星期天住到他们家里，希望多关照阿旺的生活，勤督促孩子换洗衣服；拜托西藏自治区医院门诊部魏主任，常费心给阿旺查病治病，有好吃的多送点；拜托《西藏文艺》的李编辑和他在拉萨中学团委工作的爱人多关心阿旺的思想，培养孩子入团。

不料，临近高考还剩三个月了，熟人和老师纷纷来信向星火反映，阿旺最近染上了一些不良习气，不仅学习放松，不讲究卫生，还用假话从两位熟人家里各借走三十元钱，下馆子、抽好烟、买穿戴，不到一个月就花掉了九十多元。有位老战友来信劝星火，说阿旺这样不争气，不如趁早送他回吉隆算了，把一个孤儿培养成为高中生，你已经尽了责任。星火虽然又气又急，但不灰心，她对自己的养子心里有数。她当即给两位熟人汇了款，同时连着向阿旺发出两封信，既有霹雷闪电般的批评，又有循循善诱的开导。阿旺受触动很大，马上回信做了汇报和检查，表示一定听妈妈的话，改掉坏习气，努力用功，争取好成绩，在信的结尾写道："请爸妈放心，到高考时再见！"高考刚揭晓，星火就接到了阿旺从拉萨寄来的航空信，开头第一句话就是："报告你一个好消息，我的高考考了三百零五分，是我们班藏族学生第一名。"过不久，阿旺又来信说，他以高分成绩被西藏大学录取。多么鼓舞人心的消息！多么来之不易的成果！邻居们、同事们、一切了解情况的人们，纷纷用不同的形式，向星火和她的老伴祝贺。

上大学后的第一个寒假，阿旺怀着万分激动的心情，冒严寒、顶风雪，一路搭车挨冻，千里迢迢绕道格尔木回到成都，一进家门，就恭恭敬敬地向两位老人献上一条洁白哈达，说道："感谢妈妈爸爸的苦心养育之恩，孩儿没有金钱孝敬，请收下你们藏族儿子的一颗祝福之心。"老两口儿深知哈达在藏族人民心中的价值和分量，顿时发现小阿旺真的长大了、成人了、懂事了。两位老人会心地笑了，笑得那样开心、甜蜜。

采访结束时，我向主人提出一个问题：你收养藏族孤儿还有其他什么想法没有？星火笑了笑说："是的，在一些人看来，我收养藏族孤儿肯定还会有个人的动机。然而，我没有，也不图什么报答。讲儿女双全，我自己有儿有女，而且都很孝顺；讲老有所靠，我和老伴都可享受离、退休待遇，经济条件好，无后顾之忧。对我收养阿旺起主要作用的是一个‘爱’字。我把深厚的母爱给了藏族孤儿，正是由于藏族人民给了我深厚的爱。每当我回想起自己在政治思想和创作道路上的进步都与培育我二十年的西藏高原分不开时，就常常有一种能为藏族人民多做好事而后快的冲动。”

告别主人乘车返回的路上，“作家”“孤儿”“母爱”这三个词，像走马灯一样在我的脑海里旋转，越转越快，于是，文章的题目有了，构思也出来了，我兴奋地想编一首诗，一首精神文明的赞诗。是的，作家的行为和胸怀不正是一首掷地有声、诵起动人的诗吗？

在日喀则分区工作四年间，所有边防一线分队和哨所，包括十八个县级人武部，我几乎跑了个遍，对一千五百多公里边防线的情况，基本做到了心中有数，其中有艰辛，也有快乐。特别是对边防部队的自身建设，情况摸得最多，思考得也最多。针对部队基层建设存在的一些普遍性问题，我分别在各种会议和工作研讨中，发表过讲话和意见。

忠诚于祖国的战士

驻守在喜马拉雅山山麓的人民解放军某部一连指战员，以“为了人民乐，苦累何所惧”的伟大胸怀，战胜了罕见的艰难困苦，屹立在世界屋脊上，被成都部队授予“硬六连式的连队”的光荣称号。

只要人民住得暖，我住坑道不觉寒

一连驻守的某山口，海拔四千三百多米，空气稀薄，每年有八九个月的冰冻期，经常刮起七八级的大风。人们说这里是“一山分四季”，一点不假。我们上山时已是初夏五月，山脚下阳光明媚，杜鹃花盛开；半山腰云雾茫茫，寒气袭人；到了战士们驻守的山顶，则是一片冰雪世界。公路和阵地上到处覆盖着两三尺深的积雪，气温常在零度以下。不少战士当兵三四年从来未脱过棉衣。

由于山高、谷深、寒冷，而且没有水源，在山上生活颇不容易。夏天，战士们剪开罐头盒拼接成一条条水槽把屋檐水积蓄起来备用；冬天就用冰块化水，过的是“半年雨水半年雪”的生活。但不管环境多么艰苦，边防战士在这里扎下了根，筑起了捍卫祖国的钢铁长城。在九班的地堡出口处有一副对联，上联是：夏住水帘洞，下联是：冬住水晶宫，横批是：乐在其中。

他们住的地堡是湿漉漉的。夏季一出太阳，山上的积雪和冻土开始融化，壁上不断渗出水来，流水滴滴答答，真像“水帘洞”。最厉害的时候满地淌水，要用脸盆往外舀。一到冬天，顺壁而下的雪水冻成晶莹的冰柱，长达一两尺，“水帘洞”又变成了“水晶宫”。不住在这里行吗？战士们说：“不行！这里是社会主义祖国的前哨阵地，边防前哨哪有不苦的，只要人民睡得暖，我住坑道不觉寒。”

艰苦的环境最能锻炼人，风雪不断的喜马拉雅山哺育着一代新人的成长。来自“天府之国”的六班战士冯登勇就是其中一个。小冯是个高中毕业生，过去把部队生活想得很浪漫。一九七九年入伍后，来到这冰雪世界。“这种生活有意义吗？”他抚弄着从家里带来的小提琴，奏起了缠绵的思乡之曲。艰苦的生活和老战士那种“乐在其中”精神的感染，以及亲人来信的鼓励，使冯登勇的情绪逐渐安定下来。一天连队放映电影《上甘岭》，他联系边防战士的生活，越看越感到亲切，特别被《我的祖国》那首插曲所表现的爱国主义精神感动了。他想，我今天同当年的志愿军很相似，我在雪山哨卡吃点苦，家里的父母和十几亿人民才能有安宁的生活。要做一名无愧于祖国的忠诚战士，就要乐于吃这个苦。他的思想开朗了，成天乐呵呵的，站岗、铲雪什么都很卖劲。他常操起小提琴奏起欢快的乐曲，战友们伴着琴声唱道：“朋友来了有好酒，若是那豺狼来了，迎接他的有猎枪。这是英雄的祖国，是我生长的地方，在这辽阔的土地上，到处都是明媚的阳光。”边防战士豪迈的歌声在喜马拉雅山深谷飘荡。

忠诚于党和祖国，要在岗位上体现

风雪高原的特殊环境，给一连战士带来许多特殊的困难。指战员们豪迈地说：“革命不是一句空口号，忠诚于党和祖国，要在岗位上体现。”他们在各种艰巨任务面前，高标准，严要求，忠于职守，努力创造第一等的工作。打坑道，他们克服山高缺氧等困难，尽力把时间提前再提前。碰上大雪天气，运送维修阵地的各种材料和连队主副食品的汽车上不来，他们就一步一喘地从半山腰背上来。在大半年积雪的日子里，全连几乎要用半天时间清雪开路。

至于站岗、查哨，那就更艰苦了。冬天，这里零下三四十度，寒风凛冽，刮得电线直闪蓝光；夏天，阵地上云雾笼罩、雷雨交加，战士站哨，刺刀尖上常闪火花，但没有一人胆怯。阵地上堑壕交错，怪石嶙峋、高低悬殊，查哨时如遇上风雪雨雾天气，非常困难，他们仍然坚持。去年冬天的一个晚上，连长魏周太和通讯员陈加坤查哨时，遇上大雪封门，除门框上边还有一条缝外，门口全被堵死。他俩在同志们的帮助下，从门上边钻出来，只见漫天皆白，分不清哪儿是路，哪儿是山。他俩不顾这些，在齐胸深的大雪中摸索前进，一会儿走，一会儿爬。当走到两个阵地接合部时，魏连长一脚没踩稳，掉进路旁的深雪里。他一米八四的个头，只可伸出两手，陈加坤怎么也够不着。经验丰富的魏连长知道下边是公路，便从雪中开路，一个劲地朝下冲，好不容易才钻出来。当时虽然是零下三十多度，可他的衬衣已被汗水浸透了。他们来到一个哨棚时，只见战士蒋贵成浑身冰雪、满脸挂霜，像一位身披冰盔的勇士，正迎风傲雪站立在哨位上。魏周太急忙走上前去，帮助蒋贵成拍打掉身上的雪花，关切地问："怎么样，老天不开恩，用风雪招待我们，受得了吗？""连长，说不冷是瞎话，可我的心里热乎着呢，不信你摸摸我的手。"蒋贵成边说边把紧握枪杆的手，从皮手套里抽了出来。魏连长握住一摸，果然热乎乎、汗渍渍的。他心里不由得一阵阵发热：多么自觉的战士，多么忠诚的哨兵啊!

在第一线担任站岗任务的战士是这样，战斗在后勤岗位的同志，也都在用自己出色的工作，为把连队建设成牢不可破的钢铁堡垒，增添优质"材料"。就说养猪吧，以往没有在这里喂活过猪，而战士王长辉当上饲养员后，创造了奇迹。为了防寒，他把猪圈修得严严实实；为了增强猪的御寒能力，快点长膘，他把每天喂三遍改为喂六遍，天天夜里起来三次，热食喂猪；为了保护猪崽，每生下一窝崽后他都把猪崽抱回寝室，天天用皮大衣裹着，再按时抱到猪圈里喂奶。母猪奶不够，他就用发给自己的奶粉喂，从而使小猪的成活率达到了百分之八十。王长辉就是这样想方设法，把每头猪平均喂到了二百四十多斤，保证连队每月都能杀上一口大肥猪，成为西藏军区"模范饲养员"，连续两年荣立三等功。

为了祖国的利益，个人的事算不了啥

环境艰苦，气候恶劣，任务繁重，给一个连干部战士的家庭生活和个人问题带来了一系列困难，但他们把祖国和人民的利益看得高于一切，热爱阵地胜过爱自己的家，忠心耿耿地守卫在祖国的这块前哨阵地上。

在一连，许多同志都不同程度地患有高山症——头昏脑涨、心跳气喘，有的还发展成心脏病、风湿性关节炎、严重的胃病，但没人放在心上，更没人闹着下地方工作。请看看一班战士秦光礼的一段日记吧："我们的任务是在这里为祖国站岗放哨，哨所就是我的家。我的身体虽然越来越差了，但我不要照顾，不能下山，就是死也要像雷锋那样死在自己的工作岗位上。”这哪里是一个战士的日记，分明是一颗献给祖国边防的火红炽热的心啊！机枪班副班长李培书失恋不失志、立志守边防的动人故事，则是边防战士生活中另一个方面的缩影。李培书的家住在风景如画的长江边，一九七六年入伍时，他说服了在公社当广播员的未婚妻，来到了西藏边防。他俩经常书信往来，互相鼓励。一晃三年，小李一直坚守着哨位，可那位姑娘见信难见人，感情渐渐淡了，心变了，一封信吹了灯。去年年初，家里又给他介绍了一位姑娘，几封信后，这个姑娘又觉得远隔天涯的边防战士可敬不可爱，也断绝了关系。但小李觉得，爱情是崇高的，志同道合的伴侣才是幸福的，那种只追求个人安乐的人，有什么值得爱的呢？他深深地爱上了阵地，爱上了哨位。今年三月，在老战士复员下山的那天晚上，他为了照顾班里三位战友，冒着风雪和零下二十度的严寒，整整站了一个通宵的哨。入伍以来，他两次受到嘉奖，“五四”又被西藏军区评为优秀共青团员。正是这种把个人利益和国家的前途紧紧连在一起的崇高思想，给了一连指战员无比的勇气和力量，涌现出许多一心扑在边防建设上的好同志。

古往今来，在我们中华民族的历史上，有多少优秀儿女，为了保卫祖国，御敌守边，血洒疆场，谱写出无数可歌可泣的英雄事迹。今天，硬一连的指战员们为了保卫祖国四化建设，以更加崇高的爱国热情，任劳任怨，克服重重困难，日夜战斗在风雪高原的边防前哨。让我们为祖国有这样坚强的钢铁堡垒，有这样忠诚的边防战士骄傲吧！

雅鲁藏布江畔鱼水欢歌

“金珠玛米的情谊啊，
比山高，比水长，
啊……
是你们帮咱建家园，
从此生活变了样……”

这首荡漾在雅鲁藏布江畔的高亢动听的藏族民歌，是当地藏族人民对边防某部子弟兵从心底发出的赞颂。

抢修水电站

一天下午，洛扎县蛇公社二队的打麦场上机声轰鸣，广播喇叭里传来阵阵愉快的歌声，男女社员怀着丰收的喜悦，正在紧张地忙碌着。突然，机器停止了转动，喇叭也不响了。怎么回事？原来电站水渠被洪水冲开了一条二十五米长的缺口，电机不能正常送电了。

正当二队抢修电站水渠感到人力不足时，边防五连得到消息，立即派出一个排前去支援。二排排长才央带领战士迅速赶到工地。为了减缓水的冲力，才央和班长马义才、李银全，跳进刺骨的激流之中，手挽着手，用身体筑起一道人墙，直到缺口被堵住才上岸。战士彭社喜患感冒，他瞒着领导和同志们，带病参加了抢修电站的战斗，手被石头磨破，悄悄戴上手套；背石运土累得昏倒了，醒了爬起来继续干。抢修工程进行到关键时刻，队里的水泥用完了。连长陈锡卿立即带着十多个战士，扛着水泥来到工地。二队的干部和群众一下把五连的同志围了起来，伸着大拇指连声说：“金珠玛米亚古都（解放军好）！”

经过军民连续三天的日夜抢修，水渠缺口堵住了。随着电站机器的轰鸣，二队打麦场上又响起了藏族社员欢乐的歌声。

三架娘姆桥

正值秋收大忙季节，错那县塞姆沟连降大雨，山洪暴发，娘姆河上的木桥被冲垮。山村里的门巴族群众，眼望着河对岸熟透了的麦子、青稞无法收割，心里十分焦急。

驻地边防某部七连把群众的困难当作自己的困难，决定突击架桥，帮助群众抢收庄稼。指导员李开明带领战士来到河边，发现木桥已被大水冲走，只剩下一根粗钢丝，在奔腾的浪峰上跳跃。要架桥，必须两岸有人。任务交给了水性好的王高杰。小王腰系保险绳，攀上了钢丝。当他滑到河心时，身子已坠得快挨到水面，一个急浪打来，强大的冲力又把他荡起老高，身子在半空中晃来晃去。岸上的同志都为他捏一把汗，但小王沉着地不停加快倒手，终于爬到了对岸。接着，其他战士也过去了。经过一场奋战，木桥架好了。七连指战员和门巴族群众并肩抢收，只几天工夫，便把河对岸的麦子和青稞全部割完拣净，并在收割完的土地上种上了荞子。

秋收以后不久，娘姆河上的木桥又被洪水冲走。七连帮助群众重新架了一座新桥。谁知新桥架起没几天，遇到一场特大山洪，新桥又被卷走。这丝毫没有动摇七连干部战士为门巴族群众造福的决心。他们吸取前两次的教训，设计了一座抗洪能力更强的木桥。李指导员带着战士们上山伐木，用粗大的红松当桥梁，用木质坚硬、抗腐性强的桦木做桥桩。他们顶风冒雨，日夜奋战，一座高大坚固的木桥很快建成了。当地门巴族群众激动地说：“金珠玛米为我们架起了一座造福后代的金桥。”

“阿姆几”救亲人

部队为了解决驻地群众看病难的问题，专门设立了门诊部，开设了病床，不光深入村舍巡回治病，还把患重病的老乡请到部队治疗。当地群众中流传着很多“阿姆几（神医）”救亲人的故事。

一天深夜，几个门巴族社员用担架抬着一个病人，来找医助李广富。病人是门巴族青年，叫乌金旺堆，是烈士的儿子。病人嘴里流血，口腔溃烂，已有五天没有进食，处于昏迷状态。李广富连夜进行检查和抢救，在卫生员侯大炯的配合下，经过几天几夜的治疗，乌金旺堆的病情开始好转。听说乌金旺堆能吃东西了，部队领导派人送来了大米、白糖。在子弟兵的关怀下，乌金旺堆很快恢复了健康。

一天下午，在边坝河岸山坡上放牧的十三岁牧童仁多，被一头黄牛撞倒，身上被牛角刺伤多处，肠子外露。军医李正元闻讯赶来，小仁多已昏倒在血泊中，生命垂危。这里离县城二百多里路，送医院已来不及。李正元立即和群众一起，把小仁多抬回部队卫生所。这里一无储备血浆，二无验血设备，而病人又急需输血，怎么办？李正元果断地采用葡萄糖盐水代替的办法，给病人做手术，直到第二天凌晨才结束。经过半个多月的精心治疗，小仁多的伤口痊愈了。出院那天，小仁多的阿爸阿妈拉着李正元的手，称赞他是藏族人民贴心的“阿姆几”。

僜人巴都

快要到家了。巴都爬了一个陡坡，急匆匆登上台地。这个中年男子，具有典型的僜人形象：头上缠着一大圈白布巾，好似戴了个大礼帽，上身黑毛衣外面罩一件灰制服，下边穿着一条青布裤，脚蹬一双旧胶鞋，腰间右侧佩着一把两尺多长带有漂亮皮鞘的腰刀。他个子不高，也不胖，白净净的脸，颧骨略突，浓眉下一双深灰色的眼睛不算大，却炯炯有神。冷眼一看，便知这是一个宁折不弯的硬汉子。

他停下脚步，右手习惯地按着刀柄，左手扯起半边衣襟在脸上抹了把汗，一边扇着风，一边望着故乡的山水。离家虽才半个多月，可他觉得比半年还长似的，对一草一木都觉得那么亲切。突然，一阵"噗噜噜"的声音伴着轻快的鸟叫掠空而过，一群翠绿色的鹦鹉，从他的背后向左前方森林中急速飞去。顺着鹦鹉消失的方向远望，只见海拔五千多米的德姆拉山，像座天然屏障屹立在察隅的北面。此山素以风光秀丽著称，一山之地，却可同时欣赏到四季之景。他这次坐车回来经过山顶时，上面终年积雪，冰冻雪封；顺着盘山公路绕到三千米的山腰处，灌木丛生，杜鹃花盛开，气候宜人；下到一千米以下的谷底，则又是另外一番景象，树木参天，葛藤缠绕，流水潺潺，鸟语花香，潮气随着热风飘散，闷得人穿一件衬衫还直冒汗。

巴都的家——呷腰僜人新村，就坐落在德姆拉山东南方的一条支脉的山脚下，眼前二里外的山坡上。远远望去，寨子里木楼排排成行，白铁皮房顶在阳光照射下闪闪发亮。远有蓝天白云映衬，近处稻田一片，平展展、绿油油，多么熟悉、诱人的新村啊！他仿佛听见寨里的溪水在流，看见每家房前屋后的果树上挂满了花果。村中间最前排那座开着窗子的木楼里，升起缕缕炊烟，他猜想可能是阿妈正在烧饭。一条弯弯曲曲由小路改造成的机耕道，从村里延伸出来，一直经过他的脚下。过去听人们称赞家里胜似西藏的江南，他没在意，今天他留神品味，风景如画的呷腰，真如他亲眼见过的江南差不离儿呢！这个半辈子在苦水中磨炼了一副刚直性格的汉子，还从来没有这么诗意般地仔细欣赏过自己的山村哩，更少像今天这样动情过。

他触景生情，大步走到台地西边沟坎上，视线停在三个已破旧得快要趴架的烂草棚上。这里是昔日出名的“野人沟”，草棚便是巴都一家当年“野人”生活的见证。他永远不能忘记，自己跟着阿妈刚来这里安身时，虽已是半大小伙子了，可还没有裤子穿，下身只挂块遮羞布，上边穿件火麻（一种野生植物）纺织成的背心，赤着脚。可是，从前毫无社会地位，世世代代躲在深山老林里过着原始生活的“野人”，如今成了这里的主人，自己还是这些主人中的头。前些天在拉萨开会，自己还以西藏自治区人民代表大会常务委员的身份坐在主席台上，同自治区领导同志一块商讨建设新西藏的大事。从“野人”到人大常委会委员，这个变化多么大呀！

二十五年前，阿妈带着他和三个姐姐、两个弟弟，从国境线那边逃难过来时，他还只是个十六岁的阿仔。

本来，僜人是祖国多民族大家庭里的成员之一，共三万余人，散居在察隅流域。虽然只有语言，没有文字，生活贫穷，生产落后，隐居深山，靠结绳记事，但也是个完整的族系。由于国际和历史上的种种原因，僜人居住的大部分地区，被邻国划进他们的版图，万千僜人兄弟因此沦落异乡，饱受欺凌和奴役。平时，他们生活没有保障，经常遭到野兽袭击，邻国军队向我发动侵略战争，抓他们当背夫，出苦力，用绳子连起来，鞭子抽，皮靴踢，驱赶他们翻山越岭运送军需。

经受不住残酷折磨和生活的煎熬，巴都的阿爸和哥哥等七个亲人，先后惨死在非法的国境线那边。冬季刚过，听说这边共产党对穷人好，阿妈带着六个孩子逃生，不顾一切地踏上了回归的路程。

娘儿七个怕被发现抓回，不敢走大路。白天爬山穿林，晚上露宿山洞，渴了喝泉水，饿了吃野果、嚼草根，走到第二天头上，眼看就要翻越海拔五千四百多米高的支拉山了，过了山，就是祖国地界。可是，全家人连累带饿，都得了浮肿病，阿妈吃的东西少，小弟咽不下草根和野果，饿得直哭。这一老一小肿得最厉害，走着走着，阿妈倒下爬不起来了，小弟连哭的劲都没有了。姐弟中，唯有巴都算是个半大小子，苦难生活使他过早地挑起了家庭重担。他懂得，原路返回是死，停止不前也是死，继续前进也可能死，但翻过山去就有希望。他蹲下身子，强撑着把阿妈背到背上，大姐背着小弟，一家人又开始挪动了。阿妈觉出儿子的腿在抖，身子发烫，直喘粗气，心疼啊！虽然是最大的儿子，但毕竟还未成人，怎么能承受住一个大人的重量呢！说什么要下来自己走。小巴都停下把脚稳一稳，不仅没放下，反倒把阿妈往背上颠了颠，一声不吭地又向山顶走去。阿妈知道儿子的犟脾气又来了，只好由他。

全家人一步一挪地爬到山顶。支拉山突然变脸，狂风怒吼，暴雪纷飞。饥累交加、衣不遮体的人，怎能抵住严寒如此残酷的袭击？阿妈看到路旁堆堆白骨，心里一颤，周围又无避风之处，绝望了。正在他们喊天不应、呼地不灵，哭作一团，紧紧搂在一起等死的时候，一件老羊皮袄搭在了他们的身上。巴都抬头一看，一位肩背猎枪，面容慈祥的藏族老人站在面前。老猎人把他们娘儿几个救到山下自己的牛毛帐篷里，烧起火塘，拿出糌粑。几天不见粮食了，饥肠辘辘的姐弟们，抓起糌粑粉就往嘴里塞。又干又细的糌粑粉直糊嗓子，噎得喘不过气来。老猎人见他们饥饿过度，糌粑粉咽不下，又赶紧熬了一锅稀饭，端到他们面前。

老猎人名叫群培，孤身一人。为了感谢他的救命之恩，阿妈带着儿女们趴在地上就给他磕头，群培赶忙扶起，连声说："要不得，要不得。藏家有首牧歌唱得好：豺狼跟着虎豹跑，弟子伴着弟子行，土司、头人心肠狠，苦命奴隶一家人。不说咱们都是苦命人，从远古论起，也是一家人呢。"

"一家人？你是藏族，我们是僜人，怎么是一家人呢？"

看到巴都那个较真劲，老人爽朗地笑了起来："来来来，我给你们讲个故事，愿意听吗？"一听说讲故事，姐弟们一下把老人围了起来。

群培把火塘挑旺，接着就讲开了。他说的是一个关于汉、藏、珞巴族和僜人同源的故事。相传很久以前，大地上有个金人叫阿加尼，十分勤劳，地是他开的，山是他立的，水是他引的。由于发生了地震，地下煤燃烧起来，阿加尼便搬到了山上，发现各种衍生植物，便把它们栽种起来，又创造了石灶和石锅等，发展到今天，就是人们种植的粮食和蔬菜，以及家庭使用的炊具。阿加尼射箭误杀了太阳的一个儿子，太阳十分恼怒，八年不露面，大地又阴又湿，漆黑一片。阿加尼为了请罪，用竹棍摇动小铃铛，还把生姜、葱头等做成糌粑，献上酒，给太阳送鬼，请求太阳宽恕。太阳果然出来了，大地又重见光明。阿加尼牵回一个母猴做妻，生了四个儿子。老大叫东克衣，老二叫东马，老三叫东都，老四叫东代。四兄弟情同手足，亲密无间。后来父亲老了，说树大分枝，儿大分家，弟兄不能老生活在一起。父亲死后的一天，老四东代上山开荒种鸡爪谷去了，三个哥哥各自分家出走。老大走得远，住在平原，是出金子产粮食的地方，成了汉族。老二喜欢高原，以牧为主，成了藏族。老三恋四弟，没走多远就安了家，成了珞巴族。老四从山上开荒回来，三个哥哥都不见了，把主要家产都留给了他。老四去牵牛，抓住牛角，牛角断了，牛跑到山里成了野牛。去抓羊，羊尾巴断了，跑进山林成了野羊。猪也没有拦好，跑掉成了野猪。家里本来有文字，但被大哥二哥带走了。他们给老四留下了字条，老四回来饿得慌，把字条吃掉了，所以一直没有文字。老四后来成为僜人，把父亲送鬼的办法，始终作为驱灾辟邪的风俗习惯。

“后来呢？”小巴都见老猎人停住了话题，迫不及待地追问下去。群培向火塘上加了两块松木拌子，火苗忽地蹿了起来，照得人脸上红彤彤的。他瞅着巴都好奇的眼神，深情地告诉他，这个神话传说不一定是真的，但汉、藏、珞巴族和僜人是亲密的兄弟，这可是支拉山顶开雪莲——千真万确的事儿。历史有记载，清朝末期，朝廷大臣赵尔丰的后营管带程凤翔，率领部队进藏巡视边境时，曾给僜人带来过盐巴、护照和证书。藏族和僜人相处就更密切了。虽有支拉山相隔，翻山艰难危险，但交往从未断过。最早翻过山口的是两个僜人，他们在山口套獐子，发现了北坡放牧的藏族人。这位藏族牧民叫阿波扎增，他把两位僜人兄弟迎到自己的帐篷里，用藏族最爱吃的糌粑、奶渣和奶茶招待客人，双方还互相交换了牲畜、奶渣和兽皮、麝香。为了珍惜和发展这种友谊，两个僜人回去的路上，沿途砍木为记。从此后，两边来往的人就多了，日久天长，山口两侧被踩出了一条小路。“不少僜人像你们一样，顶风冒雪翻越支拉山口，来到我们这边安家立业、开荒生产。特别在共同反对农奴主阶级残酷压迫的长期斗争中，僜人和藏族农奴互相关心，抱成团跟土司、头人斗，像亲兄弟一样亲呢。”

“这些都是真的吗？”巴都和姐弟们听入了迷，又高兴又疑惑，生怕后边这些事也是传说的。阿妈撑着虚弱的身子对孩子们说：“你们不已经亲眼见了嘛，我们娘儿几个今天大难不死，不正是托这位藏族老阿爸搭救的福吗？”明白了，眼前这位老猎人，和故事中的那个名叫阿加尼的藏族兄弟多么像啊！

“老阿爸，你是藏族兄弟选派出来，专门在这里迎接我们僜人的吧？”巴都天真而又认真的问话，引起帐篷里一阵笑声，群培老人的声音爽朗洪亮。

撒了两天野的暴风雪终于停止了，支拉山又恢复了平静。高原初春的早晨寒气逼人，然而，中午太阳出来后，山坡上很快又变得暖融融的。巴都走出帐篷，啊！眼前一幅多么美丽的画卷：湛蓝湛蓝的天空，飘浮着朵朵白云；重叠起伏的雪山、冰峰在阳光映照下，洁白耀眼；近处牧场上绿草茵茵，牛羊有的在安闲地吃草，有的在欢蹦乱跳地互相追逐、戏耍。这就是祖国的大地，自己和亲人们倾心向往，拚着命要回来的地方。这里山亲，水亲，人更亲。从群培老人的身上，巴都深深感受到了祖国多民族大家庭的温暖。虽然这才是他刚刚回来的第一印象，今后的生活道路还将有许多沟坎，但他从心里觉得自己适合这里的空气。他的目光随着牧场上放牧人的骏马在疾驰，感到自己的生命也同眼前的大地和骏马一样，有了新的生机。在苦难中熬大，从没想过什么叫欢乐和幸福，脸上挂了十来年愁云的巴都，看着，想着，第一次对生活充满希望地笑了。

巴都一家在“野人沟”落了脚。

支拉山北坡的僜人，虽比南坡那边僜人的光景好些，但由于西藏还没进行民主改革，闲着的好多沃土，都被土司和头人霸占着，僜人不敢居住，只好躲在深山老林里，靠狩猎和刀耕火种为生，吃的是野菜、芭蕉，穿的是火麻和兽皮，住的是烂草棚。就这样，藏族领主、土司和头人还经常带着农奴闯进老林，强入僜人草屋，搜走麝香、兽皮，装走仓里苞谷，抢走僜家姑娘。僜人被迫过着这种原始流动生活，因此被领主和头人诬称为“野人”。

偏僻荒凉的“野人沟”里，只住有三户僜人。巴都一家在群培老人的帮助下，刚在“野人沟”搭好窝棚，解放军边防站的吴向奎副站长，便代表人民政府看望他们来了，送来二百多斤青稞、荞子和大米，一床棉毡，还有三十多斤僜人很少吃到的盐巴。接着，又派人送来了一大堆锅、碗、瓢、盆和锄头、斧头等生活和生产用具。开初，巴都还不能理解，这些戴红色领章和八一帽徽的扛枪人，为什么对僜人这么知冷知热，心肠这么好。他在非法的国境线那边见到的军人，都把僜人当牦牛一样差使，说抓就抓，说打就打，僜人的命比羊子还薄。两种军队，对僜人的态度多么明显地不一样啊！

特别是民主改革胜利后，在人民政府动员僜人下山过定居生活的日子里，巴都亲眼看到工作组的解放军，为了帮助僜人早日结束“野人”生活，每天爬山越岭、钻林跨涧，不怕累、不嫌脏，和僜人一块睡窝棚、肩拉犁，流血流汗地干，就悄悄地跟阿妈说：“这些人准是汉族老大哥派来搭救我们僜人跳出苦窝的菩萨兵。”感情上一亲，接触就多了。

巴都从工作组那里听到很多故事，也懂得了很多道理。他坚信跟着这些人干没有错，做啥都愿意学着工作组的样子。工作组号召僜人下山定居，他说服阿妈改变流动生活习惯，最早搬到了平坝上；工作组耐心做思想发动工作，他也主动找群众谈心，帮助乡邻们打消顾虑；工作组动员群众使用先进方法种田，他带头改变刀耕火种的那套原始办法，开荒平田；边防连在附近搞战术进攻演习，他主动率领民兵班参加，和连队一块冲锋陷阵，抢救“伤员”，运送弹药。个别人议论他“乱出馊点子”，他说“民兵配合部队搞演习没有错！”照干不误，还受到了上级的表扬。

看着巴都长大的阿妈，对儿子的变化心里最清楚。确实，自从过到支拉山这边以来，从小就不爱说话，整天只知憨声憨气出傻力的巴都，似乎变成了另外一个人，笑容多了，话也多了，劳动积极，工作带头。看得出，儿子不仅得到了乡邻们的拥护，也得到了领导的器重。阿妈为儿子的变化高兴。然而，她所看到的只是儿子外表的变化。要说巴都变化最大的一点，还是精神世界的解放，由相信鬼神变成了相信共产党。而要更好地实现这一转变，又是多么地不容易啊！

一次，巴都的姐姐佣全羊患了重感冒，周身发烧疼痛，脸上浮肿，几天不见好，巴都心里焦急，张罗着要给姐姐送鬼。按照僜人习惯，每当家里人生病、出远门打猎或季节转换，都要送鬼，讨个吉利。为驱病魔送鬼最甚，排场拉得很大，首先要花高价请来巫师，然后邀来左右村邻。巫师作法那天，一边嘴里念念有词，一边抡动砍刀，把牛、羊、猪、鸡等家畜和家禽当作鬼邪替身，大开杀戒。有的人家一次就杀掉七八头大牲畜，请乡邻大吃一顿，每人一份，吃不完也要带走，表示鬼邪已被全部消灭。家境贫寒、没有家畜家禽的，就捉麻雀和老鼠代替。巴都觉得姐姐吃的苦太多了，如今又被病魔缠身，一定是中了鬼邪。正在他东请西借，抓紧筹备为姐姐送鬼的时候，工作组组长、县人武部叶部长听说了这事儿，动员他不能光在工作上带头，还要做破除旧传统习俗的模范，赶紧送姐姐到部队卫生所治病。巴都却说，我姐姐的命不好，那些白片片、药水水管不了她的病，只有驱走鬼魔，才能免去她的灾。

叶组长操着满口四川腔说："啥子鬼神嘛，你阿爸等七个亲人的性命，神灵咋一个也没给保住，而你们娘儿七个过山这边以后，一没求神，二没送鬼，反倒日子一天比一天安逸起来了呢？"一提到阿爸等七个亲人，巴都的心碎了。是啊，这七个亲人在危险时，哪个没有送过鬼？就说阿爸和两个哥哥吧，被邻国军队抓走时，全家大送了一次鬼。最后，只回来了一个遍体鳞伤的哥哥，倾家荡产又送了一次鬼，结果神灵还是不保佑。难怪民间流传着这样一首歌谣："高高的山哟，清清的水，求吉祥要送鬼；可惜鬼神只姓穷哟，僜家送不回；送次鬼哟，毁次家，全是血和泪。"自己家不正是这样吗？几个亲人先后死了，家也空了。正是在这种情况下，娘七个才冒着九死一生的危险翻山的。在山顶遇到暴风雪，一家人眼看着要冻死的时候，被一位藏族老人救了；全家生活无着、无吃无盖的时候，边防站及时送来了生活用品；实行民主改革后，僜人翻身过上了定居生活。这几个重要的生活转折点，哪一次是靠送鬼求神灵保佑的？一次都没有！

巴都是个急性子，憋得心里发慌。姐姐已病了几天，不能再拖了。怎么办才好呢？叶组长的话是有道理，可是不按老辈子的章法办，万一得罪了神灵如何得了！巴都被难住了。他提着一个镢头向后山坡走去，到地里就吭哧吭哧翻起地来。树枝上一群小鸟欢快地叫个不停。平时巴都听到这种声音觉得悦耳，可现在听起来却感到心烦，他猫腰抓起一个土块，狠劲向树上撇去，小鸟飞了，他的心绪乱了。

"你还巴实哩，丢下病人不管，倒跑到这里使起憨来了！"叶组长喘着粗气来找巴都，"快点回去！边防站卫生所那边我已安排好，咱们马上就把你姐姐送去。"

"那，若是把鬼神得罪了可咋办呢？"老叶知道，对巴都最有说服力的是事实，便说："好商量嘛，咱们先送人治病，要是不灵，再按你的主意办，请神送鬼，你看要得不？"巴都半信半疑地跟着叶组长回到家里。不料，说服了家里人，姐姐却不干，听说不给她送鬼，从火塘里捡起劈柴棒就甩，生气地骂道："不给我送鬼，我死了，你们也得被鬼抓去！"趁姐姐发烧昏迷不醒，巴都和姐夫一块儿，在老叶的帮助下，把姐姐背到了卫生所。

看到姐姐在边防站医生的精心治疗下，不到一个星期病就好了，巴都心里高兴，窗台上的花也随着他笑了。他动情地拉着老叶的手说：“我信了，我服了。”老叶装作不解地问：“你信啥子嘛？”“我信你，信工作组，信解放军，信咱们的党啊！我看清了，信神不灵，还是听你们的话才灵啊！”老叶兴奋地拍了一下巴都的肩膀，连声夸道：“好！好哇！你的思想又进了一大步哩！”是啊，一个在世世代代僜人土地上长大的青年，五体投地信奉鬼神，变成了真心实意相信共产党，这是一个多么深刻的变化啊！老叶对巴都的这一变化，比看到巴都带头下山定居那阵子还高兴。

边防站坐北朝南，房前一大片麦田，麦田下边便是察隅河。老叶和巴都边走边谈，不知不觉来到河边崖上。脚下浪花滚滚，源源南流。远方峻峰重叠，气势磅礴。从巴都脸上不时露出的笑容可以看出，俩人谈得很知心，很投机，此刻都有点激动。作为党代表的叶栋梁，正在用党的主张和僜人的前途，帮助巴都认清僜人要真正获得翻身解放，就必须砸碎精神枷锁，彻底同落后的传统习惯一刀两断。巴都仔细琢磨着叶组长的话，越听思想越开窍，心胸像眼前的大地一样宽阔了。他不仅看到了僜人的美好未来，也明确了自己的责任。

巴都真的变了。人们看到，他不光与鬼神断了交，连烟土和酒也和他绝了缘。以前他是寨里有名的“大烟鬼”，生产大忙季节，常常别人上工多半天了，他还一人躺在家里过大烟瘾哩。自从姐姐的病好了之后，他把剩下的烟土烧了，地里正长着的罂粟花拔了，烟枪也砸了。他还有个怪毛病，酒一沾嘴就收不住，量一过就要耍酒疯，打架骂人是常事。寨子里有他这种毛病的人不在少数。为了带头改变这种坏习惯，他决心滴酒不沾，而且说到做到。这一招还真灵，群众从此很少见到他醉酒耍泼的样子了。

巴都像一株雪山上最先开放的杜鹃花，随着它的吐艳，很快引来了满山的花香。

巴都的成熟和能干，深得乡邻们的赞赏。雪村、呷托、呷腰和“野人沟”四个自然村的僜人，合并到呷腰之后，二十岁刚刚出头的巴都，便成为群众拥戴的村长。公社成立民兵连，他又被选为民兵连连长。从前世代过着原始流动生活的“野人”，一步跨进了新生活的美好天地，心情该是多么激动啊！僜人的命运和前途，乡亲们的信任和期望，使这个血气方刚的僜人青年的心像七月里察隅河的流水一样不平静。他用好钢重新打了一把腰刀，两寸多宽，二尺多长，本来已够锋利，碗口粗的树杈，甩手就落，可他还嫌不快，在磨石上磨了又磨，试了又试。看那气势，他好像在告诉人们：为了带领群众发展生产，开辟新生活，他将披荆斩棘，不怕一切险阻和障碍。

当个好村长实在不容易。过惯了原始流动生活的人们，从不知道什么是政府、什么叫领导，大家只有收获多与少的差别，除了共同抵御外民族的欺负之外，内部都是各顾各，从没有谁剥削谁、谁统治谁之说。年轻力壮者征服人主要靠威望和力气。个别争强好胜的小伙子，看到巴都博得重彩，心里不服了。一天，巴都到区里开会，滑过溜索桥，在察隅河对岸刚落脚，一个僜人青年站在面前，叉着腰叫号："巴都，你要是只有本事的山鹰，咱们就较量较量，你赢了，我就佩服你的翅膀硬，输了就跪在我的脚下磕头，敢不敢？"从来没有服过输的巴都怎么能忍下这口气，他心里想，山上的狗熊、豹子我都不怕，还怕你？！今天就叫你看看我这个村长的本事。他把火麻背心一甩，抽出腰刀，拉开了格斗的架势。俩人拳飞脚舞，刀来刀往，拼了一袋烟的工夫之后，对方渐渐体力不支了，终于拜倒在巴都的脚下。

为这事儿，叶组长狠狠地刮了巴都一顿"鼻子"，说他这个村长当得还真够可以的，竟把自己的阶级兄弟打了，劲没用到正地方。照着老叶的指点，巴都集中精力抓生产了。土地不足，他把劳力编成组，分头上山开荒。很多人不习惯种水稻，他一面搞思想发动工作，一面请从小在水稻之乡四川长大的叶组长做技术指导，带领一伙小青年围堰造田、垒池埂平水田，起早贪黑地忙活，还学会了施肥。

这一年庄稼长势喜人。群众第一次吃上了自己种的大米，坡地上的苞谷和鸡爪谷也比往年好。喜庆丰收的呷腰僜人，再不担心两条腿的"豺狼"来抢劫劳动果实了。然而，四条腿的野兽却常使人们伤透脑筋。每年秋收季节，野猪、狗熊、猴子之类都特别活跃，要叫它们得了手，一块苞谷地转眼就会被洗劫一空。巴都体会到丰收来之不易，更清楚保护丰收果实的重要。他白天组织群众抢收，夜晚带领民兵巡逻。

一天早晨天刚冒亮，身挎腰刀的巴都，来到后山偏僻处一块苞谷地边。从他那满身被露水打得湿漉漉的样子可以看出，他已经转了好几块地了。突然，他听到苞谷地里有响动，从熟练的“咔嚓”“咔嚓”的掰苞谷的声音判断，肯定又是偷苞谷的老手——狗熊所为。巴都借着杂草和树丛掩护，靠近一看，果然不出所料，一只体态笨拙的大狗熊，正在贪婪地“行窃”，两只前爪左右开弓，掰下一棒又一棒，还不时放在嘴里啃两口，苞谷被糟蹋得满地。“畜生！”巴都暗暗地骂了一句，悄悄抽出腰刀，猫着身子，一步一步向狗熊背后逼近。只有两步远了，他举起腰刀，狠狠地向狗熊背上砍去。不知是听到了声音，还是本能的反应，刀落的瞬间，狗熊猛然转过身来，虽然砍中了，但没能一下子击中要害。身负重伤的狗熊向巴都扑来。距离太近，巴都还没抽回手，腰刀被狗熊一巴掌扇飞了。他清楚，大野兽受伤后报复性强，狗熊这一招尤为厉害。他手疾眼快，转过身就从背后把狗熊抱住。他那两只像铁钳般的大手，死死掐住狗熊的脖子不松。狗熊被卡得喘不过气，猛一甩头，把他抡了个趔趄，差点摔倒。巴都一分神，死死扣在一起的手脱开了，但两手仍抓住熊脖子的皮毛不放。还没容他站稳，狗熊乘势向他手上咬去。巴都只觉得右手连着胳膊一阵麻痛。他意识到，无论如何，绝不能让狗熊转过身来。他顾不得右手血肉模糊，马上倒手抓住狗熊的两只耳朵，任狗熊怎么挣扎都不松劲。正在这当口，他的好伙伴、民兵措美闻讯赶来，手持腰刀，从侧面对准狗熊肚子就是一家伙。狗熊惨叫一声逃跑了。连累带饿的巴都，无力地坐到了地上。

那是西藏民主改革胜利后的一个春天，边疆的水特别清，山花开得特别艳。寨前水田里和寨后山坡上，不时飞出人们愉快劳动的歌声：

“天上那个白云哟，飘万里来，

地上的杜鹃花哟，遍山开来，

僜人日子像火塘，胜蜂蜜哟，多红火，多甜美来！

共产党不拉（共产党好），塞把黑阿妞巴（解放军亲）哟，永不忘来。”

入党不久的巴都，正在水田里耙地，突然被一个通知叫到边防站，新任站长叶栋梁笑盈盈地向他祝贺：

“巴都，有件大喜事等着你哩。”

“站长净能哄人，民改的胜利够使人高兴的了，还有啥比这更喜人的事？”

“领导上研究，决定派你去北京参加民族参观团，到全国各地参观学习。”

“上北京？”“到全国各地参观学习？”巴都简直不敢相信自己的耳朵。北京，是祖国的首都，毛主席住的地方。老猎人群培讲的产金子的地方，不就在那里吗！巴都第一次在电影上看到天安门就想，自己什么时候能到北京亲眼看看该多美气。后来听人说，察隅离北京有万八里路程呢，他又心凉了。今天愿望真的实现了，又来得这么突然，他只觉得心跳加剧，眼泪花止不住地滚。他拉住老叶的手急切地问："那，什么时候出山呢？""啥子，你就想这身打扮到北京去吗？"

巴都低头一看，自己浑身上下只有一件火麻背心和一块遮羞布，急了："那怎么办呢？"老叶示意他等一下，转身从里屋捧出一个大布包，放在他的面前。巴都打开一看，全是新崭崭的衣服：四套外服，两套衬衣，两双胶鞋，还有袜子、毛巾等。他怔住了："这些都是给我的吗？""当然是给你准备的啦。"老叶亲切地说，"晓得吗？你是代表僜人兄弟出去的，担子不轻啊！"从这天起，巴都第一次甩掉了遮羞布，也第一次感到了肩上的担子有多重。

巴都在内地参观学习了五个多月，各种交通工具坐了个遍。头回乘坐飞机，看着气象万千的祖国大地，他心里涌起一股股热浪。一种爱祖国、感谢党、为僜人争气的强烈感情冲撞着他的心头。他如饥似渴地学习内地发展生产的好经验。

他一回到呷腰，立即照着内地农民走集体化道路的样子干起来，成立了第一个生产互助组。在他的带动下，互助组犹如鲜艳的春花，很快开遍了僜人的各个村寨。随着生产的发展，一九七〇年，巴都又在全区成立了第一个生产队，兴修水利，改造农田，粮食产量九万斤，第一次实现了口粮自给，没吃国家一斤返销粮。第二年又增产六万斤。 到了一九七五年，也是十年浩劫风正盛的时候，"唯生产力论"的大棒在祖国大地上飞舞正急的时候，恰是呷腰生产队农业发展的火红年月，粮食年产已达十九万斤。

妖风恶浪翻不过德姆拉山，粉碎"四人帮"的胜利喜讯却很快传遍了察隅沟。怀着渴望发展生产心情的巴都，再次参加了全国少数民族代表参观团。内地农民科学种田的成果，极大地鼓舞和吸引着他。长这么大一直靠结绳记事的巴都，在繁多的耕种经验和良种名字面前有点头晕了。在"天府之国"见到一种高产水稻良种很适合察隅的土质和气候，巴都像着了迷，听生产队长的现场介绍，下来马上找到那位队长要了些种子，又从选种、育秧、栽播、施肥，一直到防虫、收割等管理，详详细细从头至尾问了个遍。吃完了饭，其他代表都已上车准备走了，他还在饭桌上缠着那位生产队长问这问那。

良种带回了呷腰，名字却没有记住。巴都悔恨地想，管它呢，只要能高产就行。他挑了几个细心人，选了两块水田，精心进行试种，获得了丰收。第二年，他放开胆子大面积栽播，尽管遇上大旱，全队总产仍增四万斤，二十九万斤还出了头。九年工夫不到，粮食产量翻了两番，县里在呷腰召开现场会，各地代表听了经验介绍，看见呷腰生产的变化，都夸巴都干得好。大家问他水稻良种的名字，他红着脸说不出来，人们便风趣地给这个良种起了个美号："不知名"。"不知名"在呷腰落户后，集体富了，家底厚了。队里先后增加了打米机、脱粒机、扬场机、磨面机和柴油机，还有三辆拖拉机。社员们减轻了体力劳动，生活水平也有明显提高，劳动日值一元九角，人平均口粮一千多斤，集体积累一万六千多元，储备粮三万七千多斤，牛羊成群。社员们家家有余粮、存款，副业兴旺，多数家庭购置了手表、收音机、缝纫机，有的人家还新添了收录两用机。

"巴都回来了！"正在路两旁稻田里拔草的社员们，大声地喊着他的名字，有人还挥动着手里的杂草向他示意。巴都一边同人们打着招呼，一边挽起裤腿准备下田，民兵副连长措美拦住他："快回家看看吧，阿妈盼着你哩！"

巴都走进寨子，见一群光着屁股的小孩正在水渠里耍。这条渠是他带领社员挖沟引水，从后山一条清泉引进村里来的，渠水从家家户户的门前屋后流过，妇女们洗衣、洗菜勤快了，男人们浇灌果树和菜地方便了，最高兴的是那些整天一丝不挂的孩童们，经常在水渠里洗澡戏水，小黑泥鳅的形象不见了。飘散着各种花香的果树，绿葱葱，一片片，在弯弯曲曲、疑似银河落人间的满渠波光映衬下，整个山村如同世外桃源一般诱人。

图为本书作者在察隅采访时，下车察看路况的情景。

巴都知道群众对自己生活的变化是满意的，欢欣的。他也喜悦，但并不满足，更不轻松。他常想，和内地民族比，过去僜人几乎落后了一个世纪，那是旧制度造成的。今天共产党给僜人指出了幸福路，再不加劲干，仍顶着落后的帽子，对不起国家，也对不起祖宗，跨大步赶才行。

僜人住惯了破草棚，常年和家畜、家禽混居在一起，又潮又脏，疾病很多。为了改变这种传统居住条件，巴都模仿内地生活方式，结合当地特点，搞了一份新村建设规划，还专门成立了一个木工组，自行设计，自己动手，从住房破烂的社员家开始，先后盖起了一幢幢白铁皮做顶的双层新式木楼，上层住人，下层圈养家畜、家禽，既防潮又卫生，队里统一开销，不收群众一分钱。这是僜人生活中的一件大事，但还没有最后完成，必须抓紧快干。

全村已有十三个中小学生，六个大学生。毕业回来的大学生，有的当了医生、教员，有的当了干部。但巴都仍感到文化教育远远跟不上形势发展的需要，他大声疾呼："没有文化的民族就没有出息，我们僜人结绳记事的苦果子，再也不能留给后人去吞了！"他极力说服不愿送子女上学的父母把眼光放远，千方百计地给孩子们创造上学读书的条件。

他从建设新村给人们带来的喜悦，想到了群众生活进一步改善。"僜人不光要吃饱肚子、住好房子，还应有个舒适的家庭环境。"他决心用自己家庭试点，先搞出一套沙发、木床等新式家具，然后组织群众参观，用事实打通人们的思想，破除落后的传统生活习惯，逐渐在全村和全公社推广，引导人们一步步向生活现代化目标迈进。

……

会议上传达的党中央对西藏工作的指示精神鼓舞着他，自治区党委对僜人的关心和希望激励着他。一张张蓝图在他的心中形成，一幅幅美景在他的眼前展现。

巴都对自己部族的前途和未来充满信心，立志为僜人的文明、进步和幸福，贡献出自己的全部力量。

本书作者在边境县开展工作调研时，与村干部合影。

舍家忘我保边疆

西藏军区边防部队某团团长魏培德，在风雪高原二十五载，兢兢业业为部队建设操心，舍家忘我保边疆，以身作则，为人表率，两次立功，多次受奖，深受干部战士好评，被成都部队评为优秀共产党员。

“七一”前夕，我们专门驱车千余公里，翻越几座海拔五千米以上的大雪山，来到这个地处西南前线的边防团，了解团长魏培德的事迹。魏团长人称“老边防”，名不虚传。他那种热爱祖国边疆的浓厚感情，干工作舍得拼命的革命精神，令人佩服。平息叛乱时，他跃马横枪，冲杀在前，勇不可当；自卫反击战中，他率领突击排，插敌后，打阻击，战绩显著；营房意外失火，他冒着浓烟烈火，带头爬上房顶，揭开热得烫手的铁皮，切断火路，保护了电报密码和文件；高原的三月，寒风刺骨，他首先跳进冰河，和战士一块清泥沙，抬石头，修起一座电站。

魏培德常说：“要为祖国守好边疆，就必须练出一身好本事。”他当过重机枪手，也当过班长，后来又从连长、副营长、副参谋长、副团长到团长，不论在哪一级岗位，他都努力精通本职业务，不仅对步兵各种武器能熟练掌握，每次实弹射击考核都在良好以上，而且对团以下各级指挥业务也很熟悉。特别在边防斗争的长期实践中，魏培德除了对所辖地区的地形、道路、气候特征了如指掌外，还随时注意调查研究。当外军的番号、编制、装备等情况变化时，经常做到心中有数。因此，同志们都说他心里有一张边防斗争的“活地图”。

魏培德钻研本职业务肯下苦功夫，抓部队训练、搞传帮带更舍得流汗。前不久，部队进行分列式队列训练缺乏教员，他亲自到团训练队任教，每天和班长们一样扎着腰带，在烈日下踢正步、走方块。几天之后，年轻的学员们感到腰酸腿痛了，年过四十并开过刀的魏培德却每天早上照样着装整齐地提前来到操场。有一天，他带领机关同志到二连检查训练情况，发现连长石生忠对连队进攻战术生疏，便亲自指导连长组织训练。课目刚进行了半个小时，突然变天下起小雨，接着狂风夹着冰雹，打得脸生疼，睁不开眼，随后大雪纷飞，落在身上化成水，大家的衣服全被打湿，帽檐和领章上结了冰。魏培德推开警卫员送来的雨衣，挺立在风雪中，继续按照连队进击战术的四个阶段，一项一项地下达着命令，边做边讲，认真进行示范。在魏培德的帮助下，石连长教学能力有明显提高。军分区到二连验收战术训练情况时，参加抽考的三个班全部获得优秀成绩。

在边境线上巡逻，是边防团的重要任务，也是一项十分艰苦的差事。魏培德为了直接掌握第一手材料，每年都亲自参加。团侦察参谋马跃岑，给我们讲了一个生动的故事。有一次，他随魏培德团长带着一个四十多人的巡逻队，到某山口执行长途巡逻任务。这条路线隐没在深山峡谷密林之中，十四年前部队走过一次之后，再无人行，异常艰险。在魏培德的组织下，巡逻队经过充分准备之后，带着砍刀、斧头、截锯、粗细绳子和铁丝，以及电台和干粮出发了。第一天下午就遇上了难题。左边是一眼望不到底的深渊，前面是一道七十多米高的绝壁，绕不过，走不通。要想前进就必须贴着绝壁斜拉一根粗绳，人再顺绳攀登。可是谁先上呢？担任向导任务的当地两名珞巴族猎人，爬了二十米，坚持不了下来了。在多年边防斗争中练就了一身过硬侦察本领的魏培德，深知危险性大，不能叫同志们冒险，决定亲自上。他和马跃岑参谋腰系保险绳，互相配合，凭借着石棱和岩缝，脚蹬手攀，硬是在绝壁中间一块斜台上落住了脚。魏培德考虑马参谋经验少，叫他留在这里担任一号位保险员，自己继续向上攀登，到崖顶挂大绳，担任二号位保险员。他不顾马参谋再三劝阻，紧了紧腰间的保险绳，又开始攀登。这一段绝壁更险，全队四十多双眼睛，目不转睛地盯着他，他的一举一动都牵动着战士们的心。突然，左脚蹬空了一下，大家不由得心往下一坠，齐声高喊：“注意！注意！”魏培德爬上崖顶后，左手两个指甲已经抠翻，鲜血直流，他顾不得疼痛和疲劳，马上组织巡逻队登崖。他将大绳固定在一棵树干上，脚蹬一块仅能容身的大石头，双手紧抓拴在战士腰间的保险绳。有几个同志因体力不支，爬到一半大绳突然失手，重量全落在魏培德手中的保险绳上，他手疾眼快，使出全身力气把他们吊上来。等四十几名同志全部安全到达崖顶，他浑身已被汗水打湿了。当晚，魏培德安置部队就地宿营后，随手将雨布铺在一块悬崖下，夜里越睡越凉，第二天一早才发现躺在水湿处。打这开始，他感染了细菌性痢疾，每天拉肚子十多次，便脓便血，头晕腿软，直冒虚汗。尽管这样，他仍拄个棍子坚持，每到艰险处，他总是走在前头，亲自修筑栈道，给部队开路。巡逻任务结束时，他的头肿得一号帽子都戴不上了，体重下降二十多斤。干部战士感动地说："咱们老团长，为了保护战士和边疆安全，真是豁出命来干哪！"

魏团长一心拴在部队建设和边疆工作上，正确处理个人和家庭问题，被同志们传为佳话。他爱人在内地老家长期有病，一直没有治好，经常住院，还拉扯着四个孩子。一次，他爱人病重住院，来信叫他回家去看看，上级领导也很关心，批了他的假，但他考虑当时团里人手少、工作多，假期一推再推，一直等到两个在外地学习的团领导干部回来后，他才离开部队。还有一次，家里来电报，说他爱人又住了院，他悄悄写封信，寄回一百元钱，没向组织吭一声，照常坚持工作。魏培德对自己和家里的事想得少，关心得差，

本书作者在中印边境线上，与边防团团长的合影。

可以说是一个粗心人，但对解决部队建设上的问题，却是有名的急性子。有一年秋末，他从内地休假回到部队。按常规，从内地刚回来的同志，为了适应高原气候，一般都要休息几天后才能上班。当时部队正贯彻中央工作会议精神，任务比较重，而且正赶上部队老战士退伍工作的紧张时刻，他回团第二天，就边服药边投入了工作，每天晚上忍着胸闷和头痛，连续开会到深夜。当他听说有三个单位自来水供应不足时，马上带着后勤有关同志，实地调查研究，采取有效措施，合理分配放水时间，制止浪费现象，使缺水的问题很快得到解决。群众称赞他是“舍家忘我的好团长”。

烈火中永生

在西藏白那拉山山下，竖起了一座新的墓碑，墓碑上铭刻着为扑灭一场特大山火而英勇牺牲的烈士的名字。其中有某团一营机炮连二班的六名战士，他们是：张宁、刘浩、王华忠、姜廷武、曾智新、姜方银。

山间缭绕的白云，像一条条哈达，垂挂在烈士墓旁，仿佛在向前来致哀的人们述说着英雄的事迹。

一九八一年六月十九日晚六点钟，一营机炮连接到上级指示，米林县卧龙地区的原始密林突然起火，要他们做好第二天起早上山扑灭森林大火的准备。连长作了紧急动员，各班分头进行了讨论。夜深了，二班的宿舍里还亮着灯光。谁能睡得着哇！新战士姜廷武，这个入伍刚刚半年的四川娃，已经像热爱他那富饶的蜀中平原一样，深深地爱上了现在守卫着的西藏高原，亲切地把西藏称为第二故乡。他刚才听了连长的动员，山火好像正在烧灼自己的身体。多毁掉一棵大树，建设西藏就缺少一根栋梁啊！他在当晚写的家信中表示，为了人民的利益，就是豁出命也要得。二班班长张宁此刻也没合眼。刚才讨论会上，同志们那一句句掷地有声的钢铁誓言，一直响在他的耳旁。在这节骨眼上，偏偏下午连里决定派自己明天到拉萨去采购营建工具。班里新同志多，副班长刘浩明天又轮上厨房值班，打山火这么大的事，班里没有头怎么行？当天夜里，他悄悄起床，把出发前的准备工作一件件做停当。

第二天早晨四点钟，部队的战士一起床，张宁便找到连长杨俊杰，坚决要求上山参加灭火战斗，并表示打火回来，就去购买营具。连长答应了。四点半开饭时，副班长刘浩也找到连长，说他为了能跟全班一块上山灭火，三点钟就起了床，已完成了全天厨房值班任务。连长看他参战心切，也同意了他的请求。

二十日早晨五点钟，部队摸黑向十七公里外的火场进发了。一营机炮连赶到山脚下，只见山上多处着火，风急火猛，烈焰冲天。同志们顾不得长途奔跑的疲劳，像一把把利剑，直向山顶火场劈去。张宁带领二班冲在最前头。灌木丛生，坡陡路险，同志们身上被划出道道血口，全然不顾。

山高缺氧，二班的同志冲到山顶火场，都累得上气不接下气了。他们一口水也没喝，就立即同凶猛的山火展开了搏斗。

经过几个小时的激战，山火基本扑灭了。部队向山下转移时，大家看到三面是悬崖绝壁，好似上了狼牙山。刘浩坚定地说："我们学习狼牙山五壮士，不向火焰低头！"这时，他们突然发现山顶正斜面一个崖坡上还有片余火，蔓延速度很快。张宁见到那里两侧是绝壁，下面是悬崖，灭火难度大，有危险，便主动向指导员程德兴请战。指导员命令五班和六班各抽出四人配合二班，指定由一排副排长苏联邦统一指挥，去扑灭这片大火。当时火借风势，烧得噼啪作响。还没等苏副排长下命令，战士们就争先恐后挥舞着铁锹、树枝扑打起来。姜廷武看火势压不住。急红了眼，不怕火烧土烫，干脆丢下树枝，用两只手刨土压火。张宁马上把自己的铁锹扔给小姜，自己捡起一根树枝打火。这时，一班新战士张勇，也赶来参加到了他们的打火行列。有的同志胶鞋被烧化，头发眉毛被燎焦，有的手脚烫起了泡，被荆棘划破刺伤，仍然坚持战斗。

从二十日凌晨到午后，二班这个小组的十多位同志粒米未进，滴水未沾，已经连续奋战了七八个小时。正当他们在崖顶上同烈火紧张搏斗的时候。突然，山下刮起一股强大旋风，顷刻间，山脚下的余火又腾空而起，火苗蹿出树梢几十米高，呼啸着向山顶上卷来。苏联邦见此情景，大声命令："不要慌，五班六班向西，二班向东，快撤！"距张宁打火位置只有几米远的新战士朱占鹏，跑出十多米后回头看，见张宁正在催促着跑在最后面的新战士姜方银："快，朝着左前方跑！"话音刚落，大火"呼"的一声从天而降，崖顶上顿时火海一片。战友们几次组织救援，都被强大的火势压了回来。被大火包围的二班七名战士，奋力突围，但终因火势太大，严重缺氧，体力耗尽，除一名战士被气浪冲下悬崖受重伤外，其余六人全部壮烈牺牲，为建设团结、富裕、文明的新西藏，保卫国家森林资源，献出了年轻的生命。

风停火灭。当同志们赶到崖坡上时，呈现在眼前的是这样一幅壮烈的景象——郁郁葱葱的松林不见了，大块大块的岩石烧崩了，一把把铁锹烧变了形。在不到五十平方米的陡坡上，躺着六具烈士遗体，像一群雕塑，各自保持着生命最后一息时的战斗姿态。大家看着，思索着：为什么二班新战士姜廷武把一班新战士张勇的腰部搂得紧紧的？为什么当时有些战士能够迅速撤离火场安全脱险，而副排长苏联邦、班长张宁、副班长刘浩却撤得很慢，牺牲在火场中心？曾和二班一块灭火的新战士朱占鹏含着眼泪讲述了当时的情景。原来，张勇是带着病参加灭火战斗的，姜廷武是烈焰卷来时，挽着小张一块转移的啊！苏联邦、张宁和刘浩看到战士们还没有完全冲出险区，他们是把生的希望推给战士，把死的威胁留给自己，退却在后啊！

程指导员望着烈士英勇献身的壮烈场面，回想起二班团结战斗的一桩桩往事。不由得从心底发出赞叹："多么可敬的战士，多么坚强的集体啊！"

二班的七个同志，除一个初中毕业外，全是高中生，多数同志还下乡插队锻炼过，因此，大家亲切地称二班是"知青班"。他们思想活跃，团结互助，好学上进。战士姜廷武在遗留的日记中写道："人在青春美少年，努力学习莫贪玩，长江没有回头浪，人老不会再少年。""学习像爬山，爬山必有难，难中必有苦，苦中必有甜。""理想与现实的矛盾，只能用奋斗去统一。"这些话生动地展现了二班战士的精神风貌。全班同志集体荣誉感很强，军事训练他们是全连的先行班，政治考核全班平均八十九分，文化考核成绩名列全团第一。特别突出的是他们能够正确对待理想、前途和公与私的问题。刘浩的母亲退休，要他提前退伍回去"顶替"，他耐心说服母亲，继续安心服役。老战士王华忠的家乡实行包产到户，父母年迈，弟妹都小，缺乏劳力，家里多次来信催他退伍。他写信对父母说：没有人保卫祖国边疆安全，家庭致富也不可能。他始终兢兢业业工作，直到生命的最后一息。在这次灭火中，张宁用年轻的生命实践了自己在入党申请书上写下的"为党的事业勤勤恳恳，为共产主义事业勇于牺牲"的誓言。张宁家在重庆市，高中毕业后下乡插队，前年，他放弃回城安排工作的机会，积极报名参军，到祖国最艰苦的地方，建设和保卫边疆。入伍后，他严格要求自己，处处起模范带头作用，并积极主动做好城镇兵的思想工作。战士林国富，一度产生过在高原扛枪不如回城做工安逸的想法，张宁多次找他谈话，用切身体会，说明部队虽然艰苦，却能磨炼人的革命意志，教育小林树立革命的苦乐观，扎根高原，保卫边疆，建设边疆。小林思想进步很快，在这次护林灭火中，表现勇敢，光荣负伤，荣立三等功。

战友们含着眼泪把烈士安葬在白那拉山下，驻地附近的藏族群众纷纷赶来敬献花圈，寄托对英烈们的怀念和哀思。

安息吧，在烈火中献身的烈士，西藏人民永远铭记着你们！

搏击风雪八昼夜

一九八二年元旦前的十多天，一场特大暴风雪袭击了西藏高原。寒风怒号，飞雪扑面，千山万壑雪海茫茫，电线成了杯口粗的冰绳，参天大树挺不住风吹雪压，歪倒在一米深的雪地上。暴风雪以它不可阻挡之势，向着正飞驰在川藏线上的三支成都汽车部队袭来，一千多辆汽车，二千三百多名干部战士面临着严峻的考验！

陷入绝境

几十支车队，铁流滚滚。西进的，满载着边防部队春节食用的冻猪肉、鸡、鸭、鱼和罐头，以及苹果、柑橘、大米、面粉和边防建设急需的战备物资；东返的，载着转业干部和他们的行李。

风越刮越猛，雪越下越大。天空中，片片飞雪密如麻，挡住了视线，三四米外，什么也看不见。地面上，积雪埋住了大半个车轮，平路得挂一挡才能开动，一天走不到十几公里。上坡，挂上防滑链的车轮在冰雪上空转、横滑，险情不断发生。驾驶员们只得脱下皮大衣，垫在轮胎底下，让汽车在人推肩顶的帮助下，缓缓上爬。入夜，气温骤降，电瓶冻裂了，挡风玻璃上结起厚厚的冰层，刚停车来不及放水的水箱胀破了。十二月十一日夜，某团二连最前面的90、93号车，刚进入然乌沟，就被从山上崩落下来的一大堆雪挡住了去路。四名正副驾驶员用脸盆和撬杠挖雪，奋战了半个多小时才开出一条雪道。90号车在前刚开出十几米，只听“噗”的一声，车头又钻进了另一个大雪堆。他们四人又下车排雪，突然，从山顶上又崩落一大堆雪来，埋住了车厢。车再也动不了了，四名驾驶员都因冻饿缺氧，浑身颤抖。

从十二月十一日开始，一千多辆军车和几百辆地方车，先后被风雪阻拦在平均海拔四千米以上的从白马至扎木之间二百多公里路段的深雪里。有的车队陷在荒无人烟的海拔近五千米的然乌山上。还有些车队困在南往察隅和西去拉萨的德姆拉山、米拉山等雪山顶上，进不能，退不得。高山缺氧，吼声如雷的雪崩、嘶嘶怪叫的狂风和零下三十多度的严寒，严重地威胁着驾驶人员和车辆!

文明花开

在人烟稀少的西藏高原上，两千多人被暴风雪所阻，吃什么？住哪里？如何同恶劣的自然环境搏斗，保证人车安全？这是每个干部战士必须做出回答的现实问题。就在人们缺衣少食挨冻受饿甚至生命受到严重威胁的危难时刻，数百里公路线上却处处盛开着军民之间、藏汉族同志之间患难与共、助人为乐、先人后己的社会主义精神文明之花。

忠坝兵站是个只有十八个工作人员、五六十个铺位的小兵站，但被风雪困在这里的驾驶人员和乘客竟达八百多人，吃住方面出现大困难。干部战士把方便让给乘客和地方司机，自己在山坳里挖个雪坑，拾一些树枝，燃起篝火，熬过一个又一个寒夜。某团六连和十一连拉的是冻猪肉，驾驶员们夜晚把被褥铺在冻肉上，蜷在车厢里，七八级大风猛往里灌，被子上立刻结起了冰花。八个日日夜夜，他们就是这样过来的。

某团十连79号和80号车是为整个车队打前站的。他们十二月十一日清晨从忠坝出发，路上积雪超过保险杠，棉桃般大的雪花铺天盖地的不断地下。满载着物资的汽车在雪堆里喘着粗气，十分艰难地挣扎着。此时的汽车像个推雪机，车头推着雪堆，进五米退两米，退退进进，从早到晚，只拱进了七公里。人困车乏，再也无法前进了。驾驶员罗继荣、邓良成、张显贵和朱明德一整天粒米未沾，实在饥渴极了，就捧起一把雪滋润一下喉咙。当天夜里，他们饥肠辘辘，蜷在驾驶室，听着暴风雪的呼啸，熬到黎明。

他们根据高原行车的经验，判断前方不远处可能有道班，就决定由张显贵、朱明德前往求援。两人踩着齐腰深的积雪，顶着风暴且走且爬，三公里路程足足耗去了三个多小时。当眼前出现一间房屋时，这两个手脚冻得已失去知觉的战士，就身不由己地从两米多高的斜坡上，一骨碌滚到八十二道班工人阿兜和顿珠群措的家门口。这对藏族夫妇连拉带拖，好不容易把两个

"雪人"抬进屋来。朱明德穿的那件皮大衣，外面的冰雪结成硬壳，下摆因在雪地拖行，皮毛上结满了冰凌。道班工人帮朱明德脱下大衣掂一掂，说：至少有五六十斤重。藏族夫妇立即把两个战士抬到床上，用三床厚被捂起，又生起熊熊的炉火，为他们烘烤棉裤和棉袜，然后煮了一锅米饭，还切了一大碗准备过年的香肠。张显贵和朱明德饱餐一顿，体力得到了一定的恢复。

当夫妻俩听说还有两名解放军战士在冰天雪地里守护车辆和物资，已经两天没吃东西了，又赶快拿出二十二斤白面、十一斤大米、五斤腊肉和一包盐巴，还借给他们一口铝锅，一把菜刀。张显贵和朱明德满载着藏族同胞对子弟兵的深情厚谊，在晚上七点钟返回停车处。他们四人就是靠藏族群众的支援，度过了后面的六天。

在暴风雪撒野的然乌沟里，一辆拉萨建筑公司的货车，同某团驾驶员史安家的车子堵在一起，开车的是一位藏族司机，同车还有一位藏族妇女。史安家发现他们已经一天没吃饭了。中午，副驾驶员小朱从三里外的兵站端回两碗大米饭，史安家主动分出一碗送过去。下午，他又把自己在拉萨买的一包饼干送给他们。两位藏族同胞感动地接受了这宝贵的支援。傍晚，藏族司机找来一些树枝，燃起一堆篝火，邀请史安家和小朱一起取暖，并且特地打开一瓶酒，请他俩喝了压压寒气，围着篝火喝着象征民族团结的美酒，心里是那样的暖和!

和某团二连车队堵在一起的还有四辆地方车。指导员黄照月见四个司机和搭车的母女俩都没有带被褥，心里很不安。傍晚，他悄悄地向战士们动员说：在最困难的时候，我们能不能抽出几个背包支援一下地方同志？共产党员韦先国等几个战士，毫不犹豫地让出自己的背包。军民共患难同甘苦，相互关怀，度过了艰难的八个昼夜。道路畅通后要分手时，受到二连照顾的那几位地方同志，含泪拉着部队领导同志的手说："首长，要给你们的战士记功啊！若不是有他们的帮助，我们不饿死也冻死了。"

排雪开路

被风雪围困的指战员们，既要与高山缺氧、狂风暴雪搏斗，又要同饥饿、寒冷、疲乏、困倦作斗争。人们消耗过大，体力显著下降。大家深深感到，坐等路通不是个办法，而且越往后困难会越大，应当竭尽全力，从积雪中开出一条路来。他们有的挥圆锹，有的拿脸盆，有的用撬杠，有的甚至用吃饭的瓷碗和盘子排雪开路。

堵在通麦附近的某汽车团车队，被一棵大雪压倒的大青杠树挡住了通路。三十多个身强力壮的战士抬不起，拴上钢丝绳用汽车拖也拖不动。最后，大家从道班找来炸药，硬把大树炸成了三节，然后分段拖走，排除了大树，再挖雪开路。

然乌至忠坝之间地势低，积雪最深。被堵在这里的某汽车团二连和四连，利用一切能用的工具，全部出动大干两天，才挖通三里雪路。光靠人工挖是绝对不行的。部队已经被困了七天七夜，再困下去，可不得了，必须尽快把车队从雪窝里营救出来！随车带队的某团政治委员李三杰在然乌机务连的帮助下，拨通了住在扎木的副团长周纪告的电话，要求他想办法借到一辆大型推土机，尽快把这段路推通。周副团长放下电话，立刻赶到七十六公里外的一个建设工程队，请求支援。工程队领导听说是帮助解放军汽车队开路，二话没说，当即派出一辆大型推土机全力支援！天黑了，为了配合驾驶员工作，周副团长和蔡参谋手举电筒，一个站车上，一个走地下，踏着深雪给推土机照亮，当路标。经过一夜突击，司机又冷又累，精疲力竭，推到五十公里处，实在支持不住，停车了。这时，周副团长和蔡参谋也都疲劳至极，但是还有五公里的雪路没有推通，怎么办？想到被困在暴风雪中的长长的车队，周副团长不顾一切地跑到附近道班打电话，通知对面带队的汤营长："只剩五公里了，赶快组织部队挖雪，两头一齐干！"然后，他又把随后跟来的其他单位的车队司机发动起来，并带头挥动圆锹，和大家一起铲雪开路！东西两边会战半天，十八日中午，最困难的一段路终于打通了。

铁流滚滚

冰雪道路通车了。一千多辆汽车，马达轰鸣，车轮滚滚，宛如一条僵而复苏的钢铁长龙，又开始前进了。

然而，道路并不平坦，征途仍布满险情。本来就弯急道窄、坡陡路险的川藏公路，加上冰雪覆盖，即使汽车挂上防滑链，车轮还是打滑，连一些常跑川藏线的地方老驾驶员也望而却步。某汽车团三连西进至米拉山时，风雪正紧，山崖下几辆地方汽车横七竖八地翻躺在雪坑里，向人们发出前方危险的信号。三连的同志明白，自己车队后面还紧跟着兄弟连队的七个车队，如果停止前进，会给后面的车队带来严重的困难。驾驶带队车在前面开路的指导员尹海洋，跳出驾驶室，俯下身子仔细查看道路，用脚在积雪中踏出一条安全线，在前边引导驾驶员们一米一米地驱车前进。战士刘家齐看着指导员在风雪中越走越吃力，便把他拉进驾驶室，自己接着在前面踏雪引路。学员冯军也自告奋勇下来配合，两人一左一右走在公路两侧，像两座活动路标，引导车队通过险区，为后面车队开辟一条安全的路线。

川藏线上有名的险区——然乌沟“老虎嘴”，一侧是悬崖绝壁，挂着百丈冰帘，像虎牙一样尖利，一侧濒临深谷，使人不敢俯视。狭窄的路面上，坚冰覆盖，寸步难行，成了往返车队的一道险关。一位入伍七年的志愿兵驾驶员，不知开车从这里闯过多少次，可是这次他在这里出了险情：车轮在“虎嘴”里打滑横行，右后轮一半已滑到悬崖边缘。他捏着汗，不敢前进。正在现场指挥的老驾驶员、团长陈锡福见此情景，说了声：“危险，我来开！”他先到车前车后观察路面，又挥动铁铲，把轮子前后的冰雪铲掉，随后钻进驾驶室，稳稳把住方向盘，十多个战士在后边推，终于化险为夷，把汽车出开了“虎嘴”。他跳下车返回来，又按照自己的经验，指挥后边的车辆缓缓开进。就这样，全队车辆一辆一辆地安全通过险区。

暴风雪被战胜了。三支汽车部队的指战员，与暴风雪顽强拼搏了八天八夜，胜利返回驻地。在这样的高原地带，在这样严寒的气候条件下，在这样崎岖的山路上，没有死一个人，没有发生一起等级事故，实在是个奇迹，是世界屋脊的一曲凯歌！

文明川藏线

纵贯世界屋脊两千多公里的川藏公路，大部分在雪线之上，处处风霜冰雪、崎岖艰险。人们说，川藏线上行车得不到天时地利，只有人和了。可是，前些年，在人们最需要温暖的地方，却找不到温暖。军民共建文明川藏线的活动刚刚开展一年，路风就发生了可喜变化，春风到处拂面而来。

一九八四年六月五日，某汽车团与康定运输公司结成了共建对子，制定了共建公约。可是六月九日，两家发生了一起打架事件：十二连驾驶员张新民和实习驾驶员伍安东，开车行至康定加油站附近，突然，康运公司六十四队一辆汽车追上来横在路心，司机刘肃过来拉出伍安东就是一拳。其实，伍安东并没有过错。他上川藏线之前就泻肚，这天刚上路，他在车上吃药，把药的包装，随手扔出了车窗。站在加油站门口等车的康运公司两个女保修工，误会小伍是在调戏她俩，告诉了刘肃，于是引起了这场纠纷。

汽车团和康运公司的领导同志认为，这个误会引起的偶然事件，包含必然的因素：十几年来，川藏线上纠纷不断，这次矛盾的发生，说明共建的路子走对了，共建后的第一件工作也有了。

康运公司副经理施孝忠赶来对调解的公安人员说：我们刚与这个汽车团订立了共建精神文明公约，这件事，就让我们自己解决吧。汽车团参谋长孙明树也带领工作组赶来做工作。随后，汽车团对干部战士进行了一次生动的共建精神文明教育。十二连指导员马世书先后两次带着伍安东到康运公司向两个女保修工赔礼道歉。小伍开始感到很委屈，经领导开导，认识到虽然自己无心，但造成了不好的后果，认真向对方作了解释和自我批评。

解放军一心建设文明川藏线，深深地感动了六十四队的干部职工。刘肃也向伍安东认了错，表示要改正错误，为建设文明川藏线做出贡献。不久，十二连车队西进，坐在第一辆车上的伍安东看见刘肃驱车迎面而来，便主动向刘肃挥手致意，准备停车让道。可是刘肃已经主动靠边刹了车，满面笑容，扬起右手不停地摆动，直等到十二连的车全部通过了险路，才开车东去。

军地双方不仅在驾驶作风上严格要求自己，而且工作上相互支持。去年十一月，康定运输公司有四十五吨汽油在成都无车运回，眼看指标就要作废。汽车团就主动派出十五辆汽车帮助把这批汽油按时运了回来。今年二月，康定运输公司施副经理带领安全行车标兵、技术安全员等十一名同志，来这个团慰问伍安东和十二连的干部战士，并传经送宝，双方一起修改完善了共建公约。

军民共建精神文明，使原来一些有缺点的青年，逐渐变得讲文明有礼貌了。昌都运输公司汽车驾驶员刘龙生，过去一贯开"英雄车""斗气车"，是出了名的"打架王"。川藏线上的变化，对他触动很大，他说："我要用实际行动来补过。"一天，他在二郎山上一个急弯处，发现路边横着一个油桶，汽车翻倒在悬崖边。他立即意识到出了车祸，便顺着痕迹寻找，发现崖下灌木丛里躺着两个部队伤员。他背起伤员从岩下往上攀登，先后把两个伤员背上公路，送到了医院。

过去，每逢冬季，二郎山上冰雪厚、雾气浓，经常发生撞车翻车事故。去年冬天，共建领导小组决定对二郎山进行单边管制，贴出布告，规定半天东进，半天西行，军车民车共同遵守，整整一个冬天没有发生行车事故。

川藏公路沿线的许多兵站、地方食宿站、道班等单位，经过共建精神文明，其面貌变化之快也是令人惊喜的。

前些年，车队的同志一提起白马兵站就摇头。可是去年冬天却出现了另一番景象。当时正逢每年一度的新老兵进出藏季节，只要知道有运送新老兵的车队到来，白马兵站的干部战士就都站在兵站门口，顶风冒雪，敲锣打鼓，热情地迎接一辆辆运送新老兵进出西藏的军车到站。招待员给驾驶员和新、老战士递上茶水，帮他们扛背包、提行李，端上热菜热汤，晚上，还把洗脚水送到战士宿舍。第一次进藏的新战士感到温暖，许多驾驶员和退伍老战士说：没想到短短一年，白马兵站的变化竟然这么大！

说到川藏线路风的转变，不能不讲到一件沿线军民广为传颂的感人的事情。

那是去年九月，某军需仓库刚刚组建的冷冻车队首次进西藏执行任务。

九月二十一日清晨，当车队从拉萨返回，行至通麦河边时，碰上突然暴发的泥石流，将近百米长的路基被冲毁，公路大桥被冲断。后面跟上来的五百多辆车堵住了公路，带队的仓库副主任沈玉碧非常着急。过去，他带车队上高原，曾多次在这一带遇到塌方，经常一堵十天半月，那时各方人员之间矛盾多，经常为吃饭、住宿等问题争吵。这次，沈副主任把被堵在后面的几支部队车队的干部找来商量后，来自三个汽车团的二百四十多名干部战士冒着大雨，投入了清除泥石的战斗。昌都地区工业局局长亚玛论珠从拉萨开会回来，也被堵在这里。他找到沈副主任说，排险修路也有我们藏族人的份！亚玛论珠用藏语对堵在这里的近两百名藏族旅客发表动员讲话。顿时，男女老少跟着亚玛论珠干了起来。正在修桥的西藏自治区公路管理局机械化养护队的几十名工人，看到驾驶员和藏汉兄弟干得那么欢，也加快了修桥速度。他们只用了三天，就架起了长三十八米的钢架便桥。为配合桥工架设钢梁，驻藏工兵某团几十名指战员，在团长张世伟的带领下，涉入冰凉的水中，奋战三天，架起了一座高约六米、宽八米的桥墩。

参加战斗的汉藏军民不下千人，他们属于几十个单位，大家都互不相识，但是，在奋战泥石流的日日夜夜里，大家互相关心、互相帮助，危险争着上，方便让别人。附近的鲁郎兵站，主动为上千名住站人员安排了食宿。

九月二十四日晚全线抢通了。沈副主任站在桥头指挥车辆通过，军车让地方车，地方车让军车，谁也不愿先走。这时，有二十辆小车的车队载着中法两国地质研究所的一批科技人员赶来了，大家就让他们首先通过。沈副主任把几十支车队指挥过后才搭车离开。他说：过去我多次在堵车地段担任指挥，从来没有这次灵！

雪原上的春天

（一）

春天来到了茫柯草原。你看哪，碧蓝的天空上飘着几朵白云，恰似一朵朵含苞待放的雪莲；辽阔无垠的草原上，骑马挎枪的解放军战士，放牧着一群群膘肥体壮的牦牛、绵羊，给草原增添了绚丽的色彩；蜿蜒在草原中的公路上，奔驰着往来于内地、边疆的汽车，隆隆的马达声奏着时代的乐曲。啊，茫茫无边的、充满欢乐的茫柯草原，你多美啊！

一天傍晚，公路上从东面开来两辆汽车，没有继续北进，却径直朝公路边一座院落拐去。“哎，高师傅，咋个往这里开哟？”前边一辆车子上一个小伙子奇怪地问。开车的老师傅一边打着方向盘，一边笑着说：“你不是老爱打听编外兵站吗？这就到了呀。”

高师傅话刚落音，就见院里跑出一伙解放军来，为首的是一个穿着一身褪了色的军装的解放军干部。

“杨连长，又来麻烦你们了！”高师傅把头伸出车窗，欢快地喊道。

那为首的就是杨治斌连长，这个藏族奴隶出身的年轻指挥员听到这话，忙大声回答：“哎！老高师傅，一家人可不能说两家话呀！我们欢迎都欢迎不及呢，真怕你到了门口，脚底下一使劲，给我们留下一阵风啊！”几句话说得车上车下响起一片笑声。

在杨连长和战士们的簇拥下，汽车缓缓地开进院落。高师傅一下怔住了：院子里已经摆着十二辆汽车。原来是前些日子，二郎山风雪弥漫，道路不好走，很多车辆被堵住了。今天是通车后的第三天，和自己差前错后的汽车，也都正好经过此地，难怪这里这么挤了。想到这，他一踩制动，汽车“哧”的一声停住了。杨连长以为他找不到停车场，便紧跑几步，到前边房檐下，招着手说："开过来，就停在这儿。"可是高师傅却走下驾驶室，一边上前和杨连长握手，一边笑着说："杨连长，我们喝点水就走，今晚就不在这里住了。"

"为什么？"

"今天特殊，这么多车就够你们麻烦了，我们再——"

"这你不用管！"杨连长打断他的话说："到了我们这里，就得听我们安排。"

通讯员小陈也凑了上来："请放心，我们保证大家休息好！"这时，很多战士已在帮客人们往屋子里搬东西了。杨连长左手挽着高师傅，右手拉住那个小伙子，又招呼着另一辆汽车上的客人，朝屋里走去。嗬，真热闹哇，屋里坐满了人，都是汽车司机和旅客，有的围在一起谈天，有的守着收音机听欢乐的乐曲。高师傅他们刚落座，面前就摆上了一杯杯热气腾腾的香茶。那位小伙子看着这一切，心里禁不住激动地赞叹："百闻不如一见。这哪是兵营，真是旅客温暖的家啊！"顿时，他想起了在内地听说的关于这"编外兵站"的由来。

（二）

沿川藏公路西行，翻过险峻的二郎山，跨过湍急的雅砻江，就到了茫柯草原的重镇马尼干戈。在这里，公路分出一条支线，经过川西北边陲的石渠县，通往青海的西宁。从支线起点到石渠县这段长二百四十多公里的马石公路，两旁是一片辽阔肥沃的天然牧场。一九六九年四月，中国人民解放军成都部队某部四连来到这里安营扎寨。全连分成四个点，担负着放牧二千七百多头牦牛、一千四百多只羊的任务。连部就设在公路边上。

四连刚到茫柯的时候，每天都看到有很多汽车在公路上来来往往。开始没咋注意，不久，同志们发现，不少司机同志在路旁停下来，坐在石头上摸出冷馍馍，打开冰冷的水壶，就开始午餐。吃完后，又驱车前进了。同志们想：这些为社会主义建设而日夜奔忙的司机，是多么辛苦啊。

一天下午，四十多辆满载着支援牧区物资和粮食的车队，开到四连门口停下了。车队同志考虑，这里离石渠还有一百三十五公里，并要翻一座四千七百多米的雪山，为了安全，准备在四连过夜。当他们被解放军干部和战士迎进院里时，发现连队仅有八间屋子，而且大都是只能住三五个人的小间，怎么办？不能让人民的子弟兵作难啊！他们毅然决定连夜前进。指导员王国兴和全连同志着急了，忙堵住车队的同志，说："为了国家物资不受损失，为了同志们的安全，说什么你们也不能走啊！""我们不吃、不睡，也要保证同志们吃好、休息好！"于是，大家把自己的床铺，连同棉被、褥子和皮大衣一起，全部让给了车队同志，在家的二十多个战士在王指导员带领下，坐在俱乐部里，围着牛粪火过了一夜。

第二天，王国兴找着连长邹忠堂说："这几天我一直在考虑一个问题，咱们连队住在这儿，来往车队的旅客食宿有困难，咱们不能看着不管啊。越往后，边疆和牧区建设越发展，过往的人就更多啦。我们是不是主动替群众排解困难，办一个像兵站那样的食宿店？"

"好啊！老王，咱们不能光是等客上门啊！"邹连长兴奋地说，"刚才一班班长找我，也说了这个问题，我们都想到一起了！"

王国兴立即主持召开了连队党支委会。会上，大家认真地学习了毛主席关于我军宗旨的一系列教导后，便就"过往车队食宿有困难，我们应该怎么办"的问题，展开热烈讨论。大家纷纷表示：把连部三间最大的房子腾出做客房，拿出所有机动的被褥来接待客人。

可是，连部往哪儿安置呢？干部战士一个声音："我们再盖！"连长邹忠堂一马当先，率领勤杂人员，起早贪黑，冒风披霜，不顾脚冻手裂，很快就建成了三间"干打垒"房屋。房顶刚盖好，墙上还挂着白霜，连长就带领战士扛背包从三间大房子里搬了进来。

风雪高原青菜奇缺，干部、战士们为了让亲人吃上青菜，点起堆堆篝火，烤化一片又一片冰土，开出一块又一块荒地。想到司机和旅客们长途劳累，常常是满脸汗渍、浑身尘土，他们便找来汽油桶，改制成烧洗澡水的锅炉。接着，又设立了"小卖部""读书室"。招待的被褥不够，他们在放牧之余，采蘑菇、拾牛角、捡烂铁、打野兽，用换来的钱添了三十多套被褥和其他物品。就这样，"编外兵站"诞生了。它像春天的阳光，温暖着成百上千过往的汉、藏阶级弟兄的心；它像盛开在草原上的格桑花，鲜红艳丽。

（三）

杨连长和高师傅们谈笑一阵后，忙着给二十多位客人安排住处。突然公路上传来一阵喇叭声，他忙着迎去，又是七辆汽车开进了院里。他一边组织战士安排刚到的司机吃饭，一边和骨干分子们研究，决定再把一班的房子腾出来。战士们正在准备，招待员小何跑来报告，说公路上又停下十五辆汽车，摆了一里多长，有四十多人，其中还有几个带着小孩的妇女。小何着急地说，全连总共不到五十张床位，可现在光客人就八十多，这可怎么办？杨连长拍着小何的肩头亲切地说："别着急，走，快把客人请进来再说。"便带着几个战士出门把几十位旅客迎进了营地。

第三次研究让铺的骨干分子会又开始了。会还没散，通讯员小陈跑进来报告，说各班都已主动把铺让出来了。杨连长兴冲冲地往外走，到了门口才发现，天空中竟纷纷扬扬飘起大雪来了。他到各屋一瞧，战士们全不见踪影了。床上，被盖整整齐齐地铺好，火正熊熊地燃着，温暖的空气迎面扑来。再转身一看，只见战士们正在院子里顶风冒雪搭着一顶帐篷。杨治斌感到一股暖流涌上心头：多么可爱的战士呀！领导想到的，他们做到了，领导没想到的，他们也都做了。当他和战士们把几十个客人引进温暖的宿舍里，安顿他们睡下以后，才愉快地吐了口气。

深夜，风雪交加，气温骤然下降到零下三十多度，牛毛帐篷在风雪中摇曳着。帐篷内，火塘燃得正熊，三十多张笑脸被火光映得通红通红。战士们正在聚精会神地听连长讲故事。杨连长先给大家讲了当年红军长征路过这里时艰苦斗争的英雄故事，接着又讲了雷锋热情关心群众的动人事迹。杨治斌越讲心里越激动，战士们越听心里越亮堂。

杨治斌看了看手表，哦，夜已深了。他起身走出帐篷，检查了岗哨，又挨屋去查铺。一会儿给这个顺顺伸出被外的手臂，一会给那个盖盖蹬开的被子。哦，那说梦话的不是李师傅吗？对了，呼噜打得最响的那个是刘师傅……这些都是他熟悉的人，也是他敬慕的人。他们，为了支援边疆和牧区建设，顶酷暑、抗严寒，风尘仆仆，长年累月地奔波劳累。他们中，有运输战线上的新兵，也有在高原跑了一二十年车的老司机。他们把各种物资源源不断地运到边疆的村村寨寨，也把温暖输送到每个翻身奴隶的心田。这几天他们被阻在二郎山下，个个心急火燎。若不是自己带领战士在路边硬请进来，他们很多人都要连夜赶到石渠的。这都是些了不起的人啊！杨连长看着想着，心里充满了甜蜜，他把通讯员特意给他留下的，也是全连仅剩下的一件皮大衣，从肩上取下来，轻轻地盖在一位酣睡的驾驶员身上。

这时，炊事班的小张和小刘，想到司机要起早吃饭，便轻轻来到灶房；炮班班长阿和也轻步向锅炉走去，为的是早早给司机准备好灌水箱的热水；通讯员小陈和小张担心各屋里的牛粪火燃过，挨屋查看加料，有些同志抢不到活干，就坐在火旁给客人们烤起鞋垫来。

这时，大家还没有发现，白天跟牦牛、羊子在风雪中奔跑了一天的战士们，又困又乏，牛毛帐篷里蹲不下，战士小郑钻进院子角落里满是草虱子的羊毛堆，班长韩宝林爬到房顶的马草堆里躺了下来，炮班副班长王廷发钻进了汽车驾驶室。

清脆的军号声唤来了又一个黎明。八十多位客人从酣畅的睡梦中醒来了。当他们看到院子里那狭窄的牛毛帐篷，看到从草堆里、驾驶室内走出的亲人，禁不住热泪滚滚，深情地说："海子山高，没有解放军同志们的风格高，千里绵延的草原长，没有军民的情谊长！"

若问四连的同志有多少个夜晚是这样度过的，他们总是笑呵呵地说："记不清了。这是我们应该做的！"

（四）

跑过马石公路的人，都称赞四连好，他们说："四连做的好事，像茫柯里的石头，数不清，算不完。"这一点也没夸张。

在这里，我们再记叙几个小故事吧。

在一个风雪弥漫的夜晚，在离连部四十多公里的一个山垭口上，几顶绿色的帐篷在寒风中抖动着，这是四连三排的驻地。在一顶帐篷里，七班班长卡尔功带领大家，正在油灯下学习《雷锋日记》。突然，哨兵带进两个藏族老阿妈。七班班长接过介绍信一看，才知道两个老阿妈是德格县竹庆乡的翻身牧民，一个叫阿贵，一个叫尼玛。她们要去走亲戚，因为风雪太大，半道上迷路了。卡尔功立即把两位老阿妈扶着坐下，又端来滚热的酥油茶和香甜的糌粑。战士们腾出一个帐篷，铺上两床厚厚实实的棉被，又在上边压了两件皮大衣。这样还不放心，他们又轮班给两位老阿妈生了一夜牛粪火。两位老阿妈回到寨子里，见人就伸出大拇指说：“金珠玛米角尔日莫（解放军真好）！”

又是一个隆冬的夜晚，连指导员杨茂松像往常一样，出门查哨，刚走到门口，就见两辆汽车从跟前疾驰而去。他心里猛地一震，想到：眼前北风呼啸，大雪封山，怎么能赶夜路呢？一定要想法把他们找回来。他忙转身跑回营地，找到司号员小张，两人迎着风雪向汽车开去的方向疾跑着。

那两辆汽车行驶到前面不远的地方，突然狂风大作，一场罕见的暴风雪袭来了。眼前，白茫茫一片，什么也分不清，更不用说要翻过横亘在前面的海拔四千七百多米高的拉拉山了。驾驶员廖时虎和他的伙伴正不知该怎么办的时候，突然听见后面传来了一阵“嘀嘀嗒嗒”的军号声，还隐隐约约看见有两个人向他们奔来。

“是解放军在吹号召唤我们！”两人几乎同时喊出声来，忙把车子掉过头往回开去。当他们见到追来的两位满身披着雪花、头上闪耀着红星的亲人时，激动得流出了眼泪，久久说不出话来。

原来，廖时虎和他的伙伴路过四连门口时，很想把车开进去，但一看手表指针已过了十点，心想解放军同志们累了一天，现在已经睡了，怎好去打扰呢，便一踩油门，把车子开了过去。他们怎么也没有想到解放军竟闻声追寻来了呀!

前年“五一”节的上午，四连的同志正在欢庆全世界劳动人民的节日，突然从马尼干方向开来三辆汽车，杨连长和杨指导员立即热情地迎上前去。当他们发觉五个工人师傅很疲劳，还有两人有高山反应，心里很不安，对战士们说：“工人同志为了加速祖国社会主义建设，节日都不休息，一定要让他们像在家里一样，过好自己的节日！”

于是，杨连长和几个战士把连里的收音机搬到客房，陪着客人们一边喝着热茶、烤着牛粪火，一边收听北京军民欢庆“五一”的实况广播。主人和客人们都沉浸在节日的欢乐中。

这时，杨指导员带着几个战士已经换上胶鞋，背起大皮兜，向茫柯河出发了。

五月，全年只有十二天无霜期的茫柯草原，还是一片冰天雪地。他们来到茫柯河上一看，四十多米宽的河面上，结了厚厚的冰。他们跨上冰面，就往冰上扔去几个自制的土炸弹，把河炸开一个大洞，霎时，几条大鱼浮上了水面。几个战士立即脱掉棉衣，一个猛子扎进两米多深的冰河之中。

冰块在水面漂流，钢筋铁骨的战士们在冰水中钻来钻去，一串串气泡从水中冒出。

不到两小时，他们捕获了四十多斤大鱼，凯旋了。

午饭时，在客房里摆上了丰盛的节日宴席，红烧鱼、油炸鱼、豆瓣鱼、酱爆鱼、烧鱼汤，摆满了一桌，看着几个师傅吃得很香，杨茂松和战士们心里感到无比的愉快。

雪山红松根连根，军民情谊似海深。四连指战员处处想着群众，群众也时刻把四连干部战士放在心上。看到四连吃青菜困难，很多司机就从内地主动给连队捎来。雅安汽车十五队司机尹代书，不仅经常从成都、雅安等地，千里迢迢给连队买青菜，还分别捆成四份，把菜亲自沿途送到四连各放牧点上。有人称他是“编外兵站”的“编外司务长”。还经常有这种情况，车子傍黑来到连里，司机和客人一见炊事班柴火不多了，几个人一咬耳朵，就悄悄到十多里外的深山里，借着月光给连队捡柴。康定邮站邮车司机向银先从闲谈中，听说四连司务长张书贵的神经衰弱，便四处打听特效药方，后来终于买到了药，并亲自送到了张书贵手里。去年七月，四连移牧时掉了一只小鹿和一只牦牛，石渠县起坞乡觉悟社贫苦牧民洛尔江和另一个翻身农奴发现后，和四连同志一样焦急。两人一商量，便牵着自己的三头牦牛，驮上牛皮帐篷和装满糌粑、酥油的皮筒子，赶着四连的小鹿和牦牛，爬雪山、蹚冰河，跋涉一百三十三公里，历时八天八夜，终于把小鹿和牦牛送回了四连。

（五）

一九七一年初春，海子山上雪花纷飞，岩石上挂着冰凌。成都汽车一队一位青年司机，第一次开着一辆单车跑高原。由于不适应高原的气候，到四连时就患了感冒。

“请找一个会开车的同志，帮我把车开到石渠去好吗？”年轻人一见面就向杨治斌提出了这个请求。敏感的杨连长一下就看出了青年司机情绪有些低落，一种为革命事业培养接班人的强烈责任感从心底涌起。他没有直接回答对方的要求，对战士们作了一番吩咐后，就给他送去了一杯热气腾腾的香茶，安慰他说：“同志，你辛苦了，快喝杯热茶！”

当青年司机刚刚端起茶杯的时候，卫生员小周又送来了药片，紧接着战士小何又端来了刚出锅的白糖稀饭，小高送来了洗脚水。同时间，小佐在屋里生起了熊熊的牛粪火。青年司机紧蹙的眉头开始舒展了。

夜里，杨连长安排几位战士向青年司机摆谈连队十几年在高原上生活和战斗的生动情景，把青年司机听迷了。他羡慕地瞅着战士们，问：“你们都是在这高原上长大的吧？”战士们都笑了，战士何家祥指着身边的三个战士说：“我们都是内地人，参军后才来到高原的。”青年司机听了，若有所悟地连连点头。

夜深了，室外雪片飞舞，屋内温暖如春。杨治斌和青年司机围着炉火促膝谈心。突然，青年司机向杨连长提出了个问题，“你们一年四季住在这呼吸都困难的风雪高原上，能受得了吗？”

杨连长一听，知道年轻人说出心里的话了，像医生找到了病人的病根一样地高兴。他不去回答这里的生活是苦是乐，却庄重地说：“这里的每一寸土地，都是革命先烈和广大贫苦牧民用鲜血和汗水换来的啊！”接着，他又向年轻司机叙述这儿过去那令人诅咒的黑暗，叙述着藏族人民往昔的悲惨生活，和自己苦难的童年。他又说，就在这茫柯草原上，过去有个恶霸土司，上通官府，下串土匪，奸淫烧杀，抢占了大片牧场，把成百上千的阿爸阿妈拉去当奴隶，稍不如意，就动手杀人。冬天用冷水浇，把人冻成冰棍；夏天用干牛皮包紧，放在太阳下曝晒，直到把人晒死。那时，整个茫柯就像一座人间地狱啊！

青年司机静静地听着，心里生起了对阶级敌人的憎恨和对阶级弟兄苦难遭遇的同情。当他听到毛主席、共产党率领的中国人民解放军开进千里草原，藏族广大贫苦牧民重见天日，开始过上幸福生活的时候，他深深地吐了口气，说道：“这下藏族人民可以安心地生活了！”

“不！被打倒的反动阶级，对茫柯人民的解放死不甘心，做梦都想恢复他们失去的天堂。”杨连长的铿锵声音，在屋里回荡着：“你不是问苦不苦吗？怎么回答你呢？对我们战士来说，党是要我们把康北高原建设好、保护好，为了党、为了人民、为了革命，别说吃点苦，就是上刀山、下火海，也应该毫不犹豫啊！”

杨连长的这番发自肺腑的话，在青年司机的心里激起层层波澜。他紧紧握住杨连长的手说：“我一定向你们学习，勇敢地在风雪高原上锻炼，为支援少数民族兄弟、加快牧区建设，贡献自己的一份力量！”

第二天一清早，这位青年司机就起了床，高高兴兴地去检查车子，打算早点上路，这时，杨连长和通讯员小陈，拿着皮大衣和毛皮鞋来到他的跟前，说：“快穿上，早晨冷。”司机接过皮大衣、皮靴，眼角滚动着泪珠，半晌才说：“茫柯虽冷，只冷了我的身，你们的帮助，却暖了我的心。为了捍卫毛主席的革命路线，在继续革命的大道上，我一定开足马力不熄火，奋勇向前不掉队！”他擦去脸上的热泪，猛地转身跨进驾驶室，喇叭一声长鸣，车子向石渠方向疾驶而去。

汽车飞驶，从眼前闪过的一座座雪山，披着春天的灿烂阳光，宛如一朵朵盛开的雪莲，分外绚丽，然而在到过这儿的人们心中，那在风雪草原上放牧牛羊的解放军战士，那“编外兵站”的一个个活着的雷锋，却比盛开的雪莲花更艳、更美！

发扬“老西藏精神”加强干部队伍建设

当年军委主席江泽民视察驻藏部队时指出：“希望你们继承十八军的光荣传统，大力发扬老西藏精神，艰苦奋斗，把部队建设得更好。”并把“老西藏精神”概括为“特别能吃苦，特别能忍耐，特别能战斗，特别能创业。”如何把军委江主席的指示化为强大动力，推进军区教导大队全面建设？我们大队党委深深感到，牵马要牵头，管兵要管官，部队建设能否再上新台阶，关键在干部。于是，我们把干部作为“老西藏精神”教育的重点，采取整顿方法，引导干部自觉联系个人思想实际，以“老西藏”人为榜样，狠破私心杂念，切实解决事业心、责任心、进取心的问题，收到了良好的效果。具体做法有四条：

一、破除离藏思想，像“老西藏”人那样热爱高原，自觉发扬为保卫和建设第二故乡奋斗不息的坚韧精神。当年“老西藏”人奉党中央、毛主席和中央军委的命令，在极其艰苦的条件下，胜利完成进军西藏任务之后，在“边疆为家，长期建藏”口号鼓舞下，义无反顾地投入了保卫和建设西藏的伟大斗争，无数先烈为此奋斗终生、死而无憾，不少同志至今仍兢兢业业地在西藏工作着。今天，我们驻藏部队的条件，比进藏初期不知要好多少倍，可有些干部长期建藏的思想并不牢固，经常想转业回内地的大有人在，就连刚从军队院校毕业不久的年轻军官，不安心西藏的也不在少数。甚至为了达到转业的目的，闹着走和等着走的也时而有之。尽管这方面的教育经常抓，但这种现象始终呈周期性反复出现。因此，迫切要求转业，千方百计活动内调的问题，一直是驻藏部队多年来干部管理工作的老大难，也是长期困扰各级领导和政治机关的挠头事。可想而知，在这种“身在西藏心在内地”的心态下，怎么能全身心地带好部队呢？为了弄清离藏思想的根源，结合整顿前的思想摸底，我们以“驻守西藏的意义在哪里”为题，组织干部开展了一场大讨论。其中，一些要求转业比较迫切的同志，除了摆些家庭和个人身体等理由外，还谈了一个重要观点，认为在藏当兵没意思，整天驻秃山、守高原，对个人来讲，是白白浪费青春，对国家来讲，是白白浪费军饷。针对这种认识，我们采取了三条措施：一是邀请当年打着背包进藏的原十八军老战士，到大队作专场报告，重点讲述当年我军为何要进军西藏，完成进军任务后，不少“老西藏”人又为何主动要求留藏工作；二是回顾西藏历史以及中国政府和西藏人民为维护祖国领土完整所做的不懈斗争；三是分析西藏当前形势，认清西方和平演变战略在社会主义国家连连得手的影响，内外反动势力互相勾结，大演西藏分裂闹剧的严峻现实，从而使大家强烈意识到：与“老西藏”人相比，千差万差，最根本的一条，就差在“国土意识”不强上。同志们说，西藏虽然条件艰苦、经济落后，但战略地位重要，这里的每座秃山，都是祖国不可分割的神圣领土。党和人民把我们放在这里，我们就应像“老西藏”人那样，把高原当作第二故乡，以高度的责任感去捍卫和建设她。一些原来觉得在西藏没什么干头的同志，不仅放弃了原来的想法，还主动宣传在西藏工作大有作为的观点，并表示，只要组织需要，在藏干多久都行。

二、破除守摊思想，像“老西藏”人那样一往无前，自觉发扬对工作高度负责和勇于开拓的创业精神。工作标准不高，是驻藏部队干部普遍存在的一个问题。有些同志总觉得在西藏这样艰苦的环境下工作，能待下去就是胜利，单位不出问题就是成绩。这种思想在我大队也有表现，就是钻研精神不强，创造性完成任务不够，满足于工作上应付，只求过得去，不求过得硬。为了解决这个问题，我们结合庆祝西藏和平解放四十周年纪念活动，采取参观访问、听传统报告和系统学习“老西藏精神”宣传材料，帮助干部具体感受“老西藏”人的创业精神，看老一辈当年是如何克服重重困难，白手起家，自力更生，为在西藏站稳脚跟，粉碎反动势力妄图把我军赶出西藏的阴谋，帮助藏族人民发展生产的。大家从大量史料中了解到，驻藏部队不仅在实现西藏由奴隶社会向社会主义制度转变中发挥了决定性作用，而且也为繁荣西藏经济做出了历史性的贡献。如西藏的第一条公路、第一个牧场、第一个电站等若干个“西藏第一”，都是驻藏部队在高原建功立业的千古丰碑。特别是看到原十八军军长张国华、政委谭冠三等老首长，和战士们一块顶着寒风烈日，挥锹扶犁垦荒生产的场面，更令干部们动情。大家在讨论中感慨地说：论环境，当时是生死斗争，社会基础很薄弱；论条件，当时部队刚进藏，连基本生活需要都难以保障。和“老西藏”人比起来，如今我们的工作环境和生活条件，简直一个地下、一个天上。可是，为什么创业精神反倒不如前辈强烈了呢？通过学习和领会江总书记关于“老西藏精神”和“四个特别”的指示，大家一致认识到，强烈的创业精神，来源于高度的事业心和责任心。对事业无限忠诚的人，才能对工作有一股拼命向上的劲头。建设部队标准高，要求严，抓得紧，落实好，事故少。大队党委明确提出：工作态度就是党性观念。干部自觉破除守摊思想，摆表现，谈危害，挖根源，表决心。大队结合开展正规化建设达标活动，为了给干部们创造学习条件和实习园地，恢复了《教学研究》专刊、增订了理论报刊。各处、队和教研室呈现一派钻研业务、搞研讨、献良策、人人争创第一的可喜局面。实践证明，解决工作标准问题，必须首先从增强党性观念入手，党性强了，才能精神振奋，积极负责地为实现党的任务而奋斗，创造性地做好各项工作。

三、破除享受思想，像“老西藏”人那样大公无私，自觉发扬为革命甘愿牺牲个人一切的奉献精神。在党员思想整顿中，干部们联系个人实际阅读“老西藏精神”教育材料，听“老西藏”人事迹报告，感触最深的一条，就是 “老西藏”人的那种公而忘私的奉献精神。通过比较和反思，大家从三个方面看到了差距：一是一不怕苦、二不怕死的精神不如“老西藏”人。当年进军西藏的将士们，一边筑路一边打仗，还时刻受到饥饿和寒冷的威胁，不少同志牺牲在风雪路上。但是，在艰苦和死亡的严酷考验面前，前辈们毫不畏缩、前赴后继、顽强拼搏，充分表现了大无畏的英雄气概。然而，今天在我们的部分干部中，在苦与乐、生与死的考验面前，常常过不了关，总担心高寒缺氧会搞垮自己的身体，怕在藏工作时间长了搭进“老本”；二是舍小家、保大家的思想不如“老西藏”人。很多同志承认，自己的家庭观念比革命前辈重，常为妻子、孩子、房子等家务事牵肠挂肚，影响了工作。若说家庭观念是青年人的共性问题，那么“老西藏”人当年进藏时，不也大都是青春年华吗？说到底，根本差距还在国家观念和为人民服务的思想上；三是任劳任怨、埋头苦干的作风不如“老西藏”人。四十多年来，在完成进军西藏任务的斗争中，无数官兵献身于劈山筑路中、剿匪战场上，有的连名字都没有留下，不少同志至今仍默默无闻地战斗在高原。相比之下，如今有些年轻军官，个人主义思想严重，不比工作比待遇，争功诿过，追名逐利，甚至与组织讨价还价，斤斤计较，只要组织照顾，不愿意无私奉献，只要安逸享乐，不讲艰苦奋斗。如何使干部自觉用“老西藏”人的奉献精神，克服个人享乐思想？我们着重从三个方面对干部进行了引导。第一，牢固树立共产党员必须先公后私，以党的利益为第一生命的思想。明确提出，做不到个人利益绝对服从革命利益，就没有资格当共产党员，提升重用不行，立功受奖也不能考虑。第二，划清正当反映个人要求与个人利益第一的界限，实事求是地关心和解决干部的切身利益，使干部确实感受到组织上的温暖，相信个人的合理要求会得到解决，从而摆正公与私的位置，处理好家庭与工作的矛盾，全身心地为事业而奋斗。第三，明确“栽树”与“乘凉”的辩证关系，增强“栽树”的使命感和自觉性，深刻认识今天所以能有优越的生活和工作条件，正是革命前辈艰苦奋斗、流血牺牲的结果。同样，没有我们这辈人的努力工作和不断创业，就不可能有下一代人的社会进步和美好生活。因此，我们不仅需要“乘凉”，更需要“栽树”，而且要不断地“栽”，更多地“栽”。只有这样，我们的事业才能蒸蒸日上，我们的民族才会兴旺发达。思想认识上的升华，给干部队伍带来了“三多三少”的明显变化：过分强调家庭和个人困难，迫切要求转业的少了，自觉服从组织需要，安心工作的多了；公开争名利、闹待遇的少了，工作上不甘落后、兢兢业业、埋头苦干的多了；怕苦怕累、无所事事的少了，钻研业务、刻苦学习、撰写研究文章的多了。思想和业务上的提高不仅促进了正规化建设达标活动的开展，也为提高教学质量提供了有力保证。

四、破除散漫思想，像“老西藏”人那样严于律己，自觉发扬视党的纪律为生命的自控精神。近几年来，在驻藏部队特别是一些基层单位中，干部违法违纪现象禁而不绝，甚至呈上升趋势。这说明，部分干部尤其是年轻干部，自我控制能力比较差。原因何在？分析部队各类违法违纪事例的特点，大体有以下几条：首先是干部自身经受不住改革开放的考验，盲目追求西方生活方式，寻求精神刺激。其次是干部法纪观念和组织纪律观念淡薄，对守法与违法的界限模糊不清，对党纪军纪明知故犯，很少考虑后果，持无所谓态度。再次是领导上对干部的管理松弛，教育不够，奖惩不严，不是以惩代教，而是迁就放任。结果，不出事什么都好，一出事就傻眼。针对上述问题，结合教导大队以往的经验教训，以及近期进行的以干部思想整顿为契机，开展发扬“老西藏”精神、严于律己的教育。我们认为，要从根本上提高干部的自控能力，必须解决好四个问题：一是汲取苏联和东欧各国改变社会制度后的沉痛教训，深刻认识“和平演变”与反“和平演变”斗争的严酷性和危险性。帮助干部把追求什么生活乐趣，与坚持什么世界观、走什么道路联系起来。这样，才能使大家思想受到震动。认清艰苦奋斗精神，是我党我军战胜资产阶级精神腐蚀的有力武器。过去革命前辈靠它粉碎了国内外敌人的各种进攻，在高原站稳了脚，扎下了根。在今天西方国家大肆推行“和平演变”战略，并连连得手的形势下，我们只有更好地发扬艰苦奋斗精神，才能增强政治免疫力，成为坚持和捍卫四项基本原则的先锋战士，彻底粉碎西方国家妄图在中国实现“和平演变”的阴谋。二是以各种违法违纪事例为教材，用受到法纪惩罚者的下场和忏悔，帮助大家深刻认识法规和纪律的权威性，以及无视法纪的严重后果。有的同志感慨地说，千万不能拿法纪当儿戏，一两次可能侥幸没事，养成了恶习迟早必栽。三是以条令条例为教材，加强干部行为教育，使大家明确条令是军人行为规范，作为职业军人，必须严格按条令条例办事，否则就不配称为合格的军人，不仅有损自身形象，也会给我军带来不良影响。四是严格制度纪律，坚决实行奖惩规定。在一些单位中，违纪现象所以禁而不绝，领导上执行规定不坚决，是一条重要原因。今年以来，我们结合干部思想整顿，对休假超假、长期拖欠和私自挪用公款以及有赌博行为的干部认真进行处理，轻者限期改正，重者警告或记过。同时，对模范执行规章制度的党员干部，实施了表彰。从而有效地制止了各种违纪现象。事实证明，不怕违纪顽症难，就怕领导腰杆软。领导敢于动真格的，官兵的法纪观念和条令意识就会得到强化。在完成教学任务的同时，大队的基础设施建设也发生了明显变化。三栋机关干部和教员宿舍楼拔地而起，教学楼和三座学员宿舍楼全部装修一新，营区绿化覆盖率由原来不足百分之十发展到百分之六十多。大队建设取得的成果，得到上级充分肯定，被成都军区评为先进教导大队。

我人生最大的转折，是一九九六年脱下军装的那一次。当时，已年近五十的我，面对着部队师职干部五十五岁必须退休的规定，有两种选择：一是干到退休年龄后，回成都安度晚年；二是转业到地方，继续在西藏工作。第一种选择比较平稳安然，顺理成章，也标志着自己人生事业的终结。第二种选择，面临的是新环境、新挑战，也标志着人生事业的新起点。我毅然选择了后者。原因有三：一是人生资源是宝贵的，早早闲置起来实在是一种浪费；二是对西藏的气候条件和生活习惯适应，并产生了深深的眷恋，实在舍不得离开；三是刚刚结束从小父母包办的婚姻，想在拉萨重新安个家。说到家，我很庆幸自己的选择。我的第一次婚姻，是在读初中的时候，由当公社书记的老爸强行决定的。我背着家里报名当兵，其中一个重要原因就是为了逃婚。在保守观念笼罩中华大地的年代，在“政治挂帅”重压的环境中，不幸的婚姻生活痛苦地折磨了我大半人生。可以说，对婚姻生活的幸福感，我是在建立了新家之后才感受到的。我的妻子尼玛是位藏族姑娘，毕业于西藏农牧学院，长期在机关从事政工、人事工作，不仅人端庄漂亮，性格也好，开朗大方，聪慧能干，对我体贴入微，恩爱有加。妻子的陪伴和支持，给了我很多生活乐趣和工作动力。这大概就是有感情的夫妻生活带给我的幸福和快乐吧！

本书作者与妻子尼玛二〇〇〇年藏历初一，与本部干部、家属互相拜年之后，在部活动室内的合影。

注重精神文明建设　促进农牧区市场疏通

转业后，我被任命为自治区党委宣传部副部长、巡视员，并兼任自治区文明办主任、国教办主任和西藏政研会会长。除分管精神文明建设、全民国防教育和企业政治思想工作研究外，还负责社会宣传工作。为了尽快适应新角色，熟悉新岗位，我抓紧时间搞调研，参加各种有关活动，查阅有关文件、资料，丰富自己的头脑。我第一次参加的全区性活动，是教育工作会议，主题是如何加强中小学生的思想道德教育。接到参会并代表部里在大会上讲话的通知后，我用两天多的时间，先后走访了一所中学和一所小学，以及区教育厅有关处室，同部分师生和有关人员一起座谈。针对了解到的情况和当时中小学学生思想道德教育存在的问题，我连夜起草了一份讲话稿，经部里主要领导审定后，我以“全社会都要关心中小学德育工作”为题在大会作了发言，讲稿被作为会议文件印发全区，《西藏日报》全文进行了登载。

我分管的工作领域，主要是面向基层和农牧区。因此，跑基层、下农村已成家常便饭。印象最深的一次，是作为自治区维稳工作组成员，到藏北最偏远的索县组织群众开展爱国主义教育。当时正值冬季，藏北高原一片银色世界。我率领一个六人工作组，负责色昌乡两个最远的村。从乡驻地到最近一个点，要骑马走两个多小时，最远的点骑马要半天才能到。在四个多月的时间里，我们每天冒着严寒出发，迎着风雪而归，挨家挨户地搞调查，宣传党的政策，揭露达赖集团利用宗教分裂祖国的罪恶阴谋。由于群众大都是牧民，住地高度分散，多数住在山上，每天顶多只能走访三四家。常常因天黑路远赶不回驻地，只好住在牧民家里，和主人围着火炉一边聊天，一边喝酥油茶，啃着用牛粪火烤的干馒头。困了，就盖着主人家的羊毛藏被睡上一觉。日子一久，群众对我们的感情深了，话也多了，对工作组更加信任了。随着工作的深入，我们既为宣传效果欣慰，更被群众的觉悟和憨厚的性格所感动。我们走访中经常看到，很多群众家里不是挂着毛主席像，就是挂着邓小平、江泽民、胡锦涛三代国家领导人的像，而且都是自愿的。有位叫顿巴的老牧民说，毛主席、共产党派金珠玛米解救了我们，后来的三代国家领导人帮我们过上了好日子，这个恩情我们世代都不能忘。老人的话真实地表达了广大牧民的心声，以及对党和社会主义的深厚感情。我们也了解到，当地的不稳定根源，完全是出自于达赖集团及其追随者。他们利用当地信息不灵、交通不便的自然条件，造谣惑众。但除了个别寺庙掀起了一点浪花之外，大多数群众根本不买账。事实证明，西藏广大人民群众是坚决拥护共产党的领导，坚持社会主义方向，维护民族团结和国家统一的。达赖集团无论变换什么手法，分裂祖国的阴谋永远也不会得逞的。

工作组从索县撤回以后，我的心好像还留在那里。那里牧民们的音容笑貌和他们的生活状况，像走马灯一样，不停地在我的脑海里闪现。很多家牛羊成群，可黑漆漆的帐篷里却一贫如洗，除了简单的生活用品外，几乎一无所有。问他们为什么不把牛羊变成钱，改善一下生活条件，他们的普遍回答是：交通不便，没有车运，想卖找不到买主，也找不到地方。可叹哪！中国已进入市场经济时代，而我们的广大牧民兄弟却找不到市场在哪。市场经济条件下，我们的各级政府不仅有领导经济工作的责任，更有服务于经济工作的义务。何为服务？如何服务？藏北牧民们翘首以待地盼着这种服务，我们的各级政府和有关部门该怎么办？想到这些，一种为色昌牧民再做点实事的欲望和冲动，激励着我拿起笔，情不自禁地赶写了一篇题为《尽快把农牧民与大市场联结起来》的文章，发给了报社。

党的十五届三中全会从贯彻落实十五大提出的战略部署，实现我国跨世纪宏伟目标的需要出发，审议通过了《中共中央关于农业和农村工作若干问题的决定》，向全党全国人民发出了开创我国农业和农村工作新局面的伟大号召。这既是一项长期的历史任务，也是一项紧迫的现实任务。《决定》指出："进一步搞活农产品流通，尽快形成开放、统一、竞争、有序的农产品市场体系，为农民提供良好的市场环境，是农业和农村经济持续稳定发展的迫切要求。"这是党中央针对我国的农村处于不发达阶段，市场程度低，自给半自给经济比重大的问题，向全党提出的迫切任务。与全国相比，西藏在这个问题上更加突出，任务更加艰巨。可以说，就我区的广大农牧区而言，虽然这些年生产有发展，群众生活条件有改善，但与社会主义市场经济的要求相差甚远，农村市场基本上还未形成，很多偏远地区的群众买难卖难的问题还没有解决。究其原因，既有客观上的，也有主观上的，但起决定作用的还是后者。而这种起决定作用的主观因素，又主要表现在政府行为的滞后上。因此，要在全区实现建设富裕民主文明社会主义新农村的目标，尽快把农牧民与市场连接起来，各级领导和有关部门要着力解决好三个问题。

第一，对建立农村市场体系必须有一种紧迫感。十五届三中全会指出，农业、农村和农民问题是关系我国改革开放和现代化建设全局的重大问题。完成十五大确定的跨世纪发展任务，必须进一步加强农业的基础地位，保持农业和农村经济的持续发展，保持农民收入的稳定增长，保持农村社会稳定。实现上述目标的一个重要条件，就是发达的农村市场。只有建立了完善的农产品流通体系，才能有效地保证农村进入市场经济的轨道，农民的收入才能不断增加。农民富裕起来之后，才有能力扩大再生产，实现农业的持续发展和农村社会的稳定。西藏尤其如此。为了加快农牧区发展步伐，自治区党委和政府先后做了规划和要求，各级党委和政府也做了许多工作，但实际效果并不理想。建立农村市场的工作力度不大，主要还是认识跟不上，缺乏紧迫感。对此，我们也必须从讲政治、讲大局的高度来看问题。尽快建立和改善农村市场，不仅是贯彻落实跨世纪宏伟目标，实现国家富强、民族振兴的需要，也是检验领导干部是否真正关心农牧民利益的试金石。在一个地区工作，却不能尽快帮助群众通过市场实现富裕就是失职。在这方面，任何理由和借口都是站不住脚的。必须清楚地懂得，“慢慢来”的思想，与我们党新时期的任务和要求是格格不入的。农牧区的兴旺发达，靠等是等不来的。带领农牧民早日走上富裕道路，只有发扬“只争朝夕”的创业精神才能实现。

第二，努力探索和实践市场经济条件下农村工作的新路子。《决定》在谈到社会主义新农村的经济目标时指出：“基本建立以家庭承包经营为基础，以农业社会化服务体系、农产品市场体系和国家对农业的支持保护体系为支持，适应发展社会主义市场经济要求的农村经济体制”。这就明确告诉我们，在市场经济条件下，建立农村经济体制，解放和发展农村生产力，必须有三大体系的强有力支撑。而这三大支撑体系的形成和作用，都只有靠政府行为才能实现。然而，我区农村的三大体系顶多只能是个雏形，特别是农产品市场基本还停留在理论概念上。为什么党中央提出由计划经济向市场经济转变已经多年，自治区党委和政府也有明确要求，而我区的农村经济体制迟迟建立不起来，农牧区的经济发展如此缓慢呢？关键问题还在于人的观念还未有真正转变过来，特别是一些负责农村工作的领导同志，嘴上也常讲农村工作要适应市场经济要求，而实际工作中仍然习惯于计划经济时期的老一套。也就是说，适应市场经济条件下的农牧区工作新思路还未形成。

那么，这种新思路包括哪些内容呢？首先要明确政府的职能已发生了变化，再不能靠行政命令办事、用指令性手段组织生产了，它的主要任务是服务和指导。坚持以家庭承包经营为基础，充分尊重农牧民的生产自主权，依靠国家和政府的法律、法规完成社会管理和各项生产任务；其次是抓紧建立以三大体系为支撑的农村经济体制。农业社会化服务包括内容很多，例如培训人才，提供信息，推广科技，典型示范，产品加工，建立农业研究所、农机服务站等等。凡属农牧民发展生产需要的，都在政府的服务任务之中。农产品市场的有无和作用大小，对增加农牧民收入、促进农村经济发展关系密切，抓好农村市场建设各级政府责无旁贷。落实国家对农业的各项支持和保护政策，是各级政府的重要任务。可见，市场经济条件下我区的农村工作，并非“无能为力”。观念一变天地宽，思路一明办法多。

第三，扎扎实实做好农村市场建立和完善各项工作。西藏农牧区市场体系建设的落后是制约农村经济发展的重要因素。正因为如此，尽快建立农牧区市场体系更显得紧迫和必要。一要从实际出发。西藏农牧区地广人稀，交通不便，居住分散，各地自然条件差异大。各地县在研究和确定农产品市场时，点定在哪里、数量多少、规模多大、什么形式、如何管理，都要在充分调研论证的基础上，做出总体规划和部署，分步稳妥地组织实施。比如形式问题，即可在交通条件好、人口较密集的地区，采取定期举办贸易大集的办法，原则就是保证广大农牧民都有参与市场进行农产品交换的机会。这种市场应是政府组织下的，各地县通力协作的区域性贸易。二是实行城乡统一。各级政府要把农村市场与城镇市场有机地联系起来，实行城乡互补，互相促进，既可以解决农产品销售、城乡商品交流、扩展市场的问题，满足城乡人民的生活需求，又能加速农牧民观念的改变，推动农牧业的快速发展。三要坚持内外结合。把区内的农村市场与全国的大市场，乃至世界的大市场连接起来，利用我区农牧产品的特点和优势，创造我区农村市场的最佳经济效果。四要迎难而上，勇于开拓。必须承认，我区农村市场良好环境的创造和完善，任务艰巨，困难很多。但是，为了不辜负党中央的亲切关怀和全国人民的大力支持，不辜负全区人民的殷切期望，尽快实现邓小平同志关于西藏要走在全国现代化前列的夙愿，我们必须拿出抗洪精神的那股严防死守的劲头，敢于向人民发出不迅速改变落后面貌誓不罢休的承诺，尽心尽力做好发展农牧区经济的各项工作。我们承认落后，但决不能安于落后。为了改变落后现状，必须用更高的标准，更加发奋地努力，去缩短差距。为官一任，不能有效地为人民谋福利，甚至长期改变不了当地贫穷面貌，还有什么资格做人民的公仆呢！

本书作者与自治区赴索县维稳工作团成员在一起。

领导干部的主要精力不能错位

对基层的情况了解得越多，发现的问题越多，我的思考也就越多。通过藏北几个月的工作组经历，联想到不少基层单位主管为了跑经费，争项目，长期不在位的不良倾向，我在《西藏日报》发表了一篇呼吁文章，题目是：《领导干部的主要精力不能错位》。

近几年，在党中央的亲切关怀和各兄弟省、市的大力支援下，经过全区各族人民的共同努力，西藏经济得到了长足的发展。特别是随着扶贫工作力度的加大，基础设施步伐加快，人民生活明显改善。按说，这正是西藏经济更快发展的大好契机。但我们有些做基层工作的领导同志，似乎产生了一种错觉，认为经济要发展就必须多抓钱，谁能为本单位本地区要来资金，争来项目，谁就是能人，谁就政绩突出。于是，常常不能把主要精力放在重点工作上，而是想方设法派人跑拉萨、飞北京，搞公关、讨批文；或者一次次地到对口支援单位求助。甚至主要领导长期离岗，亲自出征。不可置疑，改变西藏经济落后面貌，必须有大量资金支撑，也正由于此，党中央和全国人民才把西藏作为援助的重点。越在这种情况下，我们的各级领导越应保持清醒的头脑，树立正确的指导思想，理清自己的工作思路，坚决丢掉“等、靠、要”思想，发扬自力更生精神，充分利用客观上的有利因素，发动并带领群众因地制宜发展本地经济。也就是说，我们做基层工作的各级领导，必须把自己的主要精力和工作重点，切实放在调查研究、发动群众、打牢基础、制订和实施经济发展规划上。只有练好“内功”，才能强壮自身。这种“内功”就是自我发展能力，否则，“补药”再好，也不能解决根本问题。因为要来的饭，总是吃不饱的。作为一级党委和政府的主要领导，准确掌握本地实际情况是做好工作的前提，这是人所共知的道理。然而，近年来，我们有些领导同志热衷于上层活动多了，深入实际调查少了，对基层情况心里的底数也就越少了，这不能说与主要精力错位有关系。我们到偏远农村调查，村民们反映，他们村短的有几年，长的有十多年，基本上没怎么见过县里的干部了，连乡干部都很少下来。这种情况虽然不一定具有普遍性，但起码证明在我们某些领导同志心中，已经没有多少基层群众的位置了。这种漂浮的领导作风，造成农村基础性工作十分薄弱。一是乡、村基层组织不健全，有些行政村没有党小组，十多年不发展一个新党员，组织生活几年过不上一次。共青团、妇联、民兵等群众组织处于无人管的状态。面对着达赖集团与我们争夺群众的严峻斗争形势，我们基层组织的这种松散软弱状况不尽快改变，如何适应反分裂斗争的需要！二是农村特别是牧区商品流通不畅。很多农牧区群众牛羊成群，可一直无法摆脱贫困。究其原因，当地干部埋怨是群众商品意识差所致，可细想起来，主要责任应该说还在政府身上，很多乡连个集市都没有，交通不便，群众买卖都难，他们的商品意识又怎么能形成起来呢？在市场经济条件下，政府为群众服务的重要任务，就是在组织和领导生产过程中，为群众创造有效的商品流通渠道，把分散的千家万户的农民与大市场有机地联结起来。这个问题在西藏尤其重要，不仅应该解决，而且可以解决，然而做得却远远不够。三是宗教迷信对群众束缚还很严重。虽然随着文化教育和科学技术的不断普及，广大藏族群众学科学用科学的积极性越来越高，但由于历史等原因，对宗教在群众中的消极影响还不能低估。不少地方惜杀、惜售和不养猪鸡的现象，就是突出表现。农村存在的上述这些问题，哪一个解决不好，都将直接影响社会的稳定和发展。因此，负责基层工作的各级领导，必须保证把主要精力用在抓基层建设上。基层的问题解决好了，才真正抓住了大头，抓住了根本。

当然，本文绝无否定资金和项目重要作用之意。为了加快经济发展和改善人民生活，该要的资金，能争取到的项目和援助，如果不主动，不积极，反倒是一种缺乏事业心和责任感的表现。问题在于怎样去获取，而且不一定非得领导亲自去跑。只要党委重视，主要领导弹好“钢琴”，一面集中精力抓好主要工作，一面派出得力干部去跑经费，必要时在电话上加把“火”，完全可以收到“熊掌”和“鱼”兼得，全面工作协调推进的效果。

智力开发是西部开发的钥匙

从本职工作角度出发，我发现，有一段时间，在全区上下开展西部大开发工作的热潮中，人们包括一些领导干部在内，注重有形的工作多，而忽视了一种无形的工作。而这种无形的工作，恰恰决定着西部开发能否深入持久地开展下去。为了引起人们的注意和重视，我在《西藏日报》上发表了一篇文章，题目叫做《智力开发是西部开发的钥匙》。

在实施西部大开发战略的热潮中，人们容易把注意力集中在搞研讨、订规划、立项目、出台优惠政策等方面。这些工作无疑是要做的，而且必须抓好。但从实施西部开发战略的整体效果考虑，这显然是不够的。开发西部是一项综合性、社会性很强的系统工程，实现这样宏大的发展目标，必须充分调动亿万人民群众特别是西部人民群众的积极性。与开发西部自然资源相比，开发西部智力资源尤为重要，也尤为困难。因为受历史、地理、交通和传统习惯的局限，西部大部分地区长期处于比较封闭落后的状态，人们的思想观念、思维方式和市场意识普遍薄弱。显而易见，实施西部大开发战略，没有智力开发同步是不行的。智力开发是西部开发的钥匙。那么，如何通过加强精神文明建设，帮助广大干部群众开发好智力资源呢？我认为应着力做好三个方面的工作。

一、破除“穷惯了”的懒汉思维定式，树立“治穷致富”的奋发意识。在穷土地上祖祖辈辈过惯了穷日子的人们，羡慕富裕地区人们的美好生活，但又普遍存在着满足现状、无所作为的思想。越是偏僻落后地区的群众，这种情况越突出，西藏就是如此。精神文明创建工作为西部开发服务，就应努力在帮助干部群众更新观念上下功夫、见成效。曲水县茶巴朗乡色姆村地处偏僻山沟，交通不便，信息闭塞，生产落后，村民生活贫穷，人们世世代代在"越穷越懒，越懒越穷"的怪圈里挣扎。开展创建文明乡村活动之后，村里办起了简易文化室。通过读书看报，科技下乡，村民们头脑开了窍，以一群年轻人为代表的干部群众带头，下决心走出深山沟，并说服老年人放弃故土难离的传统观念，发动村民集体签名，向上级递交了将全村迁至条件较好的公路边上的申请，并得到了批准和支持。在新地安家后，尝到了观念更新甜头的村民们，学文化科技的积极性更高，闯市场的劲头更足了，不到三四年时间，全村就大变了样，家家过上了富日子，彩电基本普及，不少家庭还添置了农机具和汽车。大量类似事例说明，从某种意义讲，开发人的智力资源，比开发自然资源更重要。

二、破除因循守旧的思维方式，树立勇于开拓的改革精神。因循守旧的问题在经济落后的西部地区比较普遍，群众中有，干部中也有，从对实施西部开发战略的影响程度上讲，后者比前者阻碍作用更大。通过精神文明建设解决这个问题，要抓好两个环节。一是全民性的普遍教育。通过开展读书看报、媒体宣传、科技普及等各种丰富多彩的创建活动，帮助群众长知识、开眼界、换脑筋，使思想和观念与改革开放时代合拍。二是干部特别是领导干部的观念更新。这应该是个重点。有些领导干部嘴上教育别人要解放思想，而自己却在解放思想方面常常裹足不前。有的存在地方保护主义，排斥外来投资者，设立产品防护区。有的本位主义作怪，在经济结构调整中态度消极，甚至违法违规，为小集团和个人谋取私利。有的不善于学习，接受新生事物慢，习惯于按老框框办事，讲的是市场经济，干的还是计划经济，视野不开阔，思路不活跃，措施不得力，工作无创新。可见，开发好领导干部的智力，是西部地区精神文明建设的重要任务，也是西部开发战略顺利实施的有效保证。

三、改进指令性的工作方法，构建领导就是服务的政治格局。随着省级以上政府机构改革的实施，计划经济体制下的一套政府工作格局逐渐被打破，政府各部门努力按市场经济规律办事，指令性行为少了，指导和服务行为多了；法规性工作加强了，随意性工作减少了。但是，由于这种改革正在进行中，特别是地级以下政府的机构改革还未触及，实际上，还是计划经济格局下的政府机构，领导着市场经济条件下的经济工作。虽然这是改革过渡时期不可避免的现象，但对西部开发战略的实施是十分不利的。解决这个问题要从两个方面入手。一是积极稳妥地推进地县两级政府机构改革的进行。西部开发各项任务的落实，特别是占国民经济较大比例的乡镇企业的发展，占人口大多数的小城镇和农牧民群众生活水平的提高，都要靠地县两级政府的有效运行。二是教育地县和基层各级干部牢固树立全心全意为人民服务的思想。按照江总书记“三个代表”的要求，把基层党员干部是否实现了观念转变，按市场规律办事，积极引导和带领人民群众闯市场，提供有效服务，作为干部政绩考核和评选精神文明建设先进个人的重要标准，从而达到鼓励先进，鞭策后进的目的。

本书作者在农村督查村级领导班子开展“三个代表”学习教育活动的情况。

春潮涌动

初春的西藏高原，暖风融融，草木吐绿，万物复苏，一派生机。结束对日喀则地区村级班子开展学教活动情况的督查任务后，乘车返回拉萨的路上，望着车窗外不时闪过一群群正忙碌春耕的人们，听着他们一阵阵嘹亮的劳动歌声，我心潮起伏。回想半个多月来，所到之处，从一个个农牧民的称赞声中，基层干部开展学教活动的变化和成果中，使我不由得产生一种难以抑制的兴奋和冲动。我强烈地感到，“三个代表”学教活动为高原热土注入了强大精神动力，广大农牧区实现跨越式发展的春天正滚滚而来。

学活入脑心开窍

不少县乡干部说，开始时村干部开展“三个代表”学教活动信心不足，认为他们普遍年纪大、文化程度低、传统观念重、理解能力弱，再学也学不出什么名堂。可通过一段实践后，这种认识转变了，县乡干部感慨地说，村级干部学习理论难度确实大，但并不等于学不了。只要方法得当，同样学得进，而且能学好。概括他们的经验，最成功的做法就是理论紧密联系实际。事实证明，凡是这样做的单位，理论学习都取得了“学活了”的效果，达到了入脑入心的目的。谢通门县达那答乡如贵村，偏僻落后，自然条件差，群众生活水平低。去年，上级农牧部门为该村二百多户每家修建了一座蔬菜温室大棚，并派技术员驻村指导。可是蔬菜长起来之后，如何上市出售、如何变成现金，群众束手无策，眼睁睁看着蔬菜越长越老，最后只好当猪草和饲料，割下来喂了猪羊。这次学教活动中，在驻乡指导组的引导下，乡村干部联系这件事召开了专题研讨会，围绕什么是先进生产力、为什么要代表先进生产力和怎样代表先进生产力的问题，学理论、查原因，思想上受到很大触动。大家说，原来总觉得班子建设还不错，也发现不了自己存在什么问题。这次联系具体事情进行学习、讨论，脑子一下开窍了，不仅看到了自身的差距，对理论问题也有了认识。以前也经常讲要带头实践“三个代表”，可群众用科学方法种出蔬菜之后，我们却不管不问，很多应该做的工作没有做，群众需要的时候我们的服务没有跟上。这说明，我们不仅没有成为先进生产力的代表者，反而成了先进生产力发展的阻力。只有不断带领群众走科技致富道路，才能真正成为先进生产力和群众根本利益的代表。通过这种学习方法，大家感到“三个代表”并不难理解，文化水平低的同志也能把基本道理和内容说清，有的还用自己的学习体会教育群众。通过联系个人思想、班子建设和社会发展实际，村干部们对“三个代表”基本内容的理解达成了共识：代表先进社会生产力的发展要求，就是要解放思想、更新观念，带领乡亲们消除生产、生活方式上的愚昧落后现象，按市场规律办事，走科技致富道路；代表先进文化的前进方向，就是要牢固树立马克思主义的祖国观、民族观、宗教观和文化观，坚决揭批达赖祸教乱藏罪行，反对民族分裂，维护祖国统一，积极吸收世界文明成果，弘扬优秀民族文化。既要模范执行党的宗教信仰自由政策，又要怀着共产党人的强烈责任感，教育引导信教群众尽快从宗教的精神束缚中解脱出来，过上健康、文明、幸福的新生活；代表最广大人民群众的根本利益，就是要正确处理个人利益与人民利益的关系，克服“不想干、不愿干”的个人主义思想，从群众的长远利益着想，从当前的实际工作入手，认真负责地为群众办实事、办好事，千方百计在农牧业增效、农牧民增收、产业结构调整上动脑筋、想办法，出实招、见实效。

越学越坐不住了

东部十县村级班子的学教活动是今年三月初开始的。在第一阶段理论学习过程中，边学边改的事例随处可见。座谈会上，不少村干部动情地说，学教活动前也想富、想发展，但不知道怎么干。指导组和上级领导辅导我们联系生产发展实际理解“三个代表”的含意，使我们看到了差距，认清了前进目标，心里一下子敞亮了。本来已经落后了，耽误了发展速度，给群众生产、生活造成了损失，再不抓紧把早该办的事做好，更上对不起党中央的关心和全国人民的支援，下对不起乡亲百姓们的信任了！亚东县下司马镇地处林区，过去主要依靠林业，群众生活比较富裕。实行长期封山育林政策以后，居民生活水平明显下降，经商户的生意也不景气。面临全镇经济日渐消退，如何寻找新的财源，镇和几个居委会的领导班子都干着急，心里无数。这次学教活动中，他们联系思想和工作实际，认真开展专题研讨，思想开了窍，思路被打开了。围绕着如何发挥林区的自然条件和气候优势，开发种植业、养殖业和加工业，好主意、好办法一个个蹦了出来。眼下，他们建立奶牛生产基地的规划已经出台，并开始运作。这项工程形成规模后，“公司+农户”的发展模式，定将给下司马镇带来新的繁荣和兴旺。亚东县的帕里镇近年来经济发展缓慢，群众生活水平提高不快。学教活动开始后，指导组组织镇党委和四个居委会班子成员，紧密联系个人思想和社会发展实际，引导大家从思想观念、为人民服务标准和精神状态上查找原因，使大家认识到，关键还在于领导班子市场意识淡薄，缺乏带领群众致富的强烈愿望，改革创新精神不够，有了发展机遇和条件也抓不住。认识提高后，根据市场调查和科学论证，镇党委带领四个居委会认真做了四件事：一是调整牧业结构，开展犏牛培育工作。开始时，群众思想阻力很大，认为在神山下进行牲畜杂交，是对神灵的亵渎，不吉利，会遭报应。镇党委和四个居委会班子坚决顶住压力，坚信科学必须战胜迷信，事实定会让群众心服口服。他们投资近两万元，购进两头种牛，建立了培育基地，对

本书作者和工作组成员一起，在牧民集中点上开展村情调查。

四十四头牦牛进行犏牛培育试验，受孕率达百分之七十。看到试验成功，增加收入有望，群众欢欣鼓舞，纷纷要求发展犏牛；二是推广大棚温室种菜。为了帮助群众改变落后饮食习惯，增加现金收入，去年，他们在克服高寒缺氧，试种温室蔬菜获得成功的基础上，今年投资一万多元，为八家贫困户修建了四百八十平方米的大棚温室，起到了引导居民依靠科技实现致富愿望的示范作用；三是扩大农业生产机械化规模。受传统生产方式影响，群众祖祖辈辈习惯于撒播方法播种，有播种机也不愿用。镇政府用播种机在试验田给群众示范，不仅种子分布均匀，每亩使用种子比撒播节省十五斤。同时镇政府向群众承诺，如使用播种机造成产量下降，将由镇政府给予补偿。看到政府如此负责，有条件的群众都表示今年愿意使用播种机撒种；四是开发当地石材资源。他们从邻近乡镇请来采石技术员，培训牧民掌握石料开采和加工技术，既提高了牧民的现金收入，又解决了当地建房材料缺乏问题。有了经济美观的石料建房，群众再不用开挖草坯垒墙了，有效地保护了牧场生态环境，群众称赞政府做了一件一举多得的大好事。

带头人有了致富经

要说“三个代表”学教活动给农牧区发展注入了强大活力，最有代表性和根本意义的，就是涌现了一批思路明、干劲足、威信高的村班子和带头人。拉孜县拉孜镇的拉鲁村，环境恶劣，交通不便，群众生产生活困难，灾情不断。当了三十多年村干部的五十九岁老党支部书记格桑很有感慨地说，求天求神都不行，只有靠群众靠科学，自力更生，艰苦奋斗，才能带领群众走上脱贫致富之路。学教活动结束一年来，他带领一班人认真落实整改措施，扎扎实实为生产增效、群众增收办实事。组织五十多人开展劳务输出，开垦公用土地十五亩种植青稞和油菜，用收入的四千多元钱购买了榨油机和磨面机，使全村人均收入达到一千六百多元。一年来的实践证明，“三个代表”重要思想的集中学习教育，已在这个穷乡僻壤的深山沟里开花结果。村委会主任格桑介绍说，他已经当了三十多年村干部，总是习惯于上级叫干啥就干啥，工作主动性不强，更不懂得什么是创新。学教活动使他认识到，实践“三个代表”，就要想方设法带领群众走科技致富道路，不断增加群众实际收入。他和村委会成员认真抓了两件事：一是调整种植结构。教育干部群众改变粮食多、牛羊多就是富裕的观念，采取干部带头示范的办法，动员和组织群众栽种土豆三十亩，仅此一项，就帮助村民增加现金收入五万余元；二是创办藏靴厂。该村不少家庭会做藏靴，有的自用，有的出售换些零钱，但各家都是单打独斗，效益不高。村委会经过分析认为，藏靴有民族特色，不仅广大农牧民喜爱，也是旅游热销产品，市场广阔，形成规模生产肯定有发展前途。于是，格桑村长任厂长，成立了以制靴能手为骨干，有二十四户参加的“查玛龙村藏靴厂”。没有正式厂房，格桑就把厂牌挂在自家大门口。缺少材料，他就和村干部东找西买。产品积多了，他就组织力量到县城和邻村去推销。一年下来，为全村群众创收十六万元。在我们督查访问过的乡镇和村庄中，普遍把解放思想、理清思路、促进发展，作为学教的重点，而且都有不同程度的实效。

本书作者听取村干部介绍创建文明村、文明户的情况。

山南地区精神文明建设情况的调查报告

改革开放以来，精神文明建设在国家发展大局中的位置越来越重，从中央到地方各级党委抓的也越来越紧。国家领导人都一再强调，精神和物质两个文明要协调发展。西藏的经济建设快速腾飞，西藏的精神文明建设必须跟上。责任光荣，任务艰巨，而且不是一般的艰巨！作为自治区文明办主任，我深知这份责任和担子的分量。条件差，埋怨没用；困难多，叫苦也没用。自己能做的，就是尽心尽力干好自己该做的和能做的事。为了更多地掌握基层创造活动情况，加强工作的针对性和有效性，我经常往下边跑。这也是我长期从事新闻采访的原因之一。二〇〇六年六月，我带一个调研组，在十多天时间里，行程千余公里，深入到山南地区五个县，对农牧区精神文明建设情况、集中进行了一次专题调研。在调研过程中，有选择性地既到发展条件较优越，地处腹心地带的县乡村，又深入到发展条件相对较差、地处边境的县乡村。既调查总结“两个文明”建设都搞得比较好的先进经验，又注意了解分析精神文明建设相对滞后的原因。通过听取汇报、实地查看、走访群众家庭、召开座谈会等多种方式，进行了较为全面而深入的调研。总的感觉是：山南地区的精神文明建设呈现出积极、健康、向上发展的态势，为社会稳定、边防巩固、促进改革开放、经济社会发展起着重要的保证和推动作用，取得了较为显著的效果。

一、爱国主义、社会主义、集体主义思想进一步得到强化。山南地区在农村精神文明建设过程中，始终把治理达赖集团在人们思想上造成的混乱作为重要任务，积极有效地开展以揭批达赖、反对分裂、维护祖国统一和民族团结为主要内容的爱国主义、社会主义、集体主义思想教育，引导广大干部群众树立正确的祖国观、民族观、宗教观和文化观，坚持把爱国主义、社会主义、集体主义的思想教育，作为评选文明单位、文明村、文明户等的主要标准。特别是浪卡子县结合地处边境的实际，在一九九六年至一九九七年爱国主义教育的基础上，认真总结经验，抓住有利时机，率先在一九九八年集中两个月的时间，开展了全县范围内的全民爱国主义教育，实际受教育人数达应受教育人数的百分之九十六。两个月的全民爱国主义教育结束后，为了巩固和提高教育成果并使之不断引向深入，县委采取回访检查等一系列行之有效的措施的同时，今年再次深入开展全县范围内的全民爱国主义教育。随着教育的步步深入，群众的思想觉悟进一步提高，精神面貌发生了明显变化。一是揭批达赖集团、维护祖国统一和民族团结的自觉性有了明显增强。通过教育，广大农牧民群众逐步认清十四世达赖的反动政治本质和宗教的虚伪性、欺骗性，公开揭批达赖，主动上交达赖像已成为山南地区绝大多数农牧民群众的自觉行动。乃东县群众自觉上交达赖像最多的乡达四百余张。浪卡子县以书面或口头形式公开揭批达赖的人数占受教育人数的百分之百，群众自觉上交达赖像达一千零一十一张。二是党的领导和社会主义制度深入人心。通过宣传党的方针、政策和新旧社会对比等方式，引导农牧民结合自身生活变化的实际，畅谈社会主义制度的优越性。使农牧民群众认识到，西藏只有在中国共产党的领导下，走社会主义道路才有光明前途。今年，群众生活日益富裕起来的洛扎县生格乡出现了户户挂国旗的热潮，群众把买国旗和伟人像难，作为迫切需要解决的问题，强烈要求乡政府给予解决。为此，乡长专门跑了一趟拉萨。三是集体主义观念得到增强。在加强爱国主义、社会主义教育的同时，努力强化集体主义思想，不断增强乡村集体实力。乃东县曲德贡乡热内村，过去是一个有名的穷村，该村在发展经济的同时，不断加强集体主义思想教育，努力凝聚人心，激发

本书作者同文明村示范点的党支部书记和村委会主任在一起。

二〇〇四年隆冬，本书作者率领调查组，冒严寒顶风雪，深入藏北聂荣县当木江乡，采访建设新农村的足迹。图为途中铲雪推车的情景。

群众的主人翁意识，使该村的经济实力日益壮大。一九九九年村集体纯收入达一百二十多万元，农牧民人均收入达到两万多元。该村群众还积极集资、出力，新盖起了村学校和教师住房。同样，在洛扎县、浪卡子县等地，农牧民群众无论是参与集体公益事业，还是争创文明单位、文明村镇都表现出维护集体利益、集体荣誉的强烈意识。浪卡子县的干部职工为支持教育加快发展，使全县早日实现脱贫目标， 一九九五年至一九九九年累计捐资达七十八万元。

二、农牧民群众观念更新，追求文明、富裕成为时尚。在加强思想政治教育，加大“治乱”工作力度的同时，针对农牧民群众科学文化素质比较低，受封建迷信、陈规陋俗等消极影响束缚较深的实际，山南地区把“治

本书作者在向文明村示范点赠送图书。

愚”的任务摆在农村精神文明建设的重要位置，作为治本之策，从扫除青壮年文盲工作入手，有针对性地对农牧民群众进行科学文化知识教育。通过树立典型，用身边的真人实事教育群众等方式，在农牧民中积极开展崇尚科学文明，反对封建迷信，破除陈规陋俗的正面教育，激发了群众的求知欲望，提高了依靠科技致富的自觉性。洛扎县把扫除青壮年文盲作为富民强县的基础工程，纳入全县经济和社会发展规划之中，采取切实可行的办法和措施，狠抓扫盲工作。一九九六年获国家教委“中华扫盲奖”，一九九八年通过自治区扫盲验收，成为首批脱盲县。在扫除文盲工作取得突出成效的基础上，洛扎县认真总结经验，把目标转向扫除科盲、法盲方面，使扫除文盲与扫除科盲、法盲得到有机结合。如今的洛扎县村村建有扫盲夜校，百分之八十以上的农户家家都有一名“科技明白人”。“治贫先治愚”已成为洛扎县干部群众的共识。随着“治愚”任务的落实，农牧区群众的思想观念、生产和生活方式正在发生着深刻的变化，富裕、文明、发展、进步成为农牧民群众为之奋斗的现实目标。一是封建迷信思想趋于淡化，求知识、靠科技的意识不断增强。“上没有天堂、下没有地狱，中间没有鬼神世界”的思想观念正被越来越多的农牧民群众所接受。懂知识，靠科技致富的新型农牧民不断涌现。洛扎县古局乡的两名妇女通过扫盲夜校的学习，既学到了文化，又掌握了科学种植小麦、青稞的技术，粮食单产由每亩三百斤猛增到一千多斤，实实在在地感受到了科技带来的实惠。同样在洛扎县洛扎镇马木村，群众在村党支部的带领下，家家有一名掌握种子精选、药剂拌种、土壤处理、防治病虫害、农药使用等科技基本常识，并能够在生产实践中应用的科学种田能手。科学技术使马木村群众的人均收入突破三千元大关，走在全县奔小康的前列。靠科技富起来的群众，不再求神拜佛了，家里没有了经堂、佛龛，取而代之的是家庭文化室。学文化、靠科技奔小康已是马木村群众的共同目标。在乃东县曲德贡热木纳村，农牧民手中的钱如今更多地投向购买农机具、化肥、农药、科普书籍以及经商，提高生活水平和生活质量等方面，而不是送进寺庙。二是陈规陋俗逐步让位于自觉追求科学文明的新风尚。酗酒闹事、打架斗殴现象明显减少。洛扎县洛扎镇过去刑事案件屡禁不止，如今已成为全县游民管理示范点、安全文明村。与此同时，美化环境，告别脏、乱、差现象，已成为自觉行动。在洛扎县、浪卡子县等地争创文明村、文明户成为了一种时尚。陈规陋俗得到有效破除，农牧民群众的生育观念发生重大变化，计划生育工作备受欢迎，以至于洛扎县出现了人口负增长的新局面。热爱集体、热心公益、扶贫帮困、邻里团结、家庭和睦等主要内容的道德建设，实实在在地改变着农牧民群众的精神面貌。三是商品意识、市场意识的增强，冲击着陈腐的价值观念。随着市场经济体制的逐步确定，加之精神文明建设的有力引导，农牧民群众的思想观念不断获得更新，轻蔑经商、安于现状、惜杀惜售、重来世轻今生等观念得到克服，依市场需求进行生产的意识得以树立。浪卡子县打隆边贸会上的百分之六十以上商品，都是当地农牧民进行初加工而出售的。过去，铁匠是受歧视的职业，如今在洛扎县则被推崇。思想观念不断获得更新的农牧民群众，从祈求“来世富贵”转变到创造现实新生活，追求目标不断现实化。摆脱贫穷愚昧，走向富裕文明是农牧民群众为之不懈努力的理想。

三、社会主义思想文化阵地得到巩固和发展。针对富裕起来的农牧民群众日益增长的精神文化生活需求，山南地区在农村精神文明建设的实践中，以“三下乡”为基础，采取切实有力措施，加强县乡村思想文化阵地建设，使“治乱、治愚”的任务在农牧区得到进一步落实，不仅扭转了精神文化生活贫乏的状况，而且文化直接为农牧业生产服务，为现代文明的发展服务。一是县乡村文化阵地建设蓬勃发展。山南地区在抓好县级文化阵地建设的同时，近年来把重点放在（镇）村一级文化活动中心、文化室和业余文艺队的建设上。桑日县实施“五个一工程”，在各乡镇建立一个集文化室、党建室、会议室和电视播放为一体的乡镇活动中心，组建一个业余文艺队，配套一个乡镇广播室，完善一座乡镇电视转播台，健全一片村级活动室。全县四十四个行政村，村级活动室已达标三十个。群众性业余文艺队建设给农牧民群众的节假日文化生活增添了亮丽的光彩，丰富活跃了农牧区文化生活。当调研组行至浪卡子县时，正好遇到浪子县举办第三届群众业余文艺调演，该县十个乡镇包括村级共有十六支群众性业余文艺队，演员达三百余人，表演的节目内容充分反映了时代的主旋律。洛扎县这样的文艺队有一百六十个，几乎遍布各乡村。群众喜闻乐见、健康向上的乡土文化，在农牧区思想阵地处于主导地位。二是文化生活开始走进农牧民家庭。家庭文化生活已成为农牧民群众提高生活质量的迫切需要。浪卡子县浪卡子镇哈西村和洛扎县洛扎镇的马木村几乎家家设有文化室。家庭文化室里摆放的有政治类、科普类书籍和报刊、杂志等，经济条件较好的家庭，还配有放像机和电视机，个别农家还安装了程控电话。洛扎镇马木村拥有电视机的家庭，占全村总户数的百分之四十二。家庭文化室这一新生事物，是农村精神文明建设结出的一项硕果。三是宗教朝拜活动开始演化为群众性文体活动。随着农村精神文明建设的不断深入，特别是农牧区思想文化阵地建设的加强，促使一些宗教节日、群众性的朝拜活动发生积极的变化。浪卡子县普马江塘乡是一个纯牧业的边境乡，该乡的“吉仁勒姆”是传统的牧民集体性烧香拜佛的宗教活动，一年举行一次，祈求“神”“佛”保佑丰收和平安。如今“吉仁勤姆”活动仍然按惯例举行，但从形式到内容已发生了实质性的变化。群众不再搞宗教朝拜，而是热衷于举行大型文体活动，成为该乡开展文艺汇演，体育比赛，歌唱祖国、歌颂社会主义制度、提倡科学、倡导文明的群众性文体活动的盛会。与普马江塘乡相类似，乃东县曲德贡乡热木纳村农牧民传统的转山烧香的宗教活动，现已演化为群众过林卡，进行各类体育比赛等健康向上的活动。群众性宗教朝拜活动的演化，标志着社会主义思想文化阵地在农牧区得以巩固和发展。

四、精神文明建设示范点的带动作用日益显现。山南地区狠抓精神文明建设示范点的创建活动，积极引导广大群众移风易俗，破除陈

本书作者参加日喀则地委在江孜县召开的农牧区精神文明建设现场会，在地县两级领导陪同下，参观文明村示范点。

规陋习，改造生存环境，建设文明生活。目前，山南地区有各级文明示范点二十六个，其中国家级文明示范点一个，自治区级文明示范点六个，地、县级的文明示范点十四个，国家级爱国主义教育基地一处，自治区级军民共建路一条。这些示范点已走在了山南地区精神文明建设的前列。一是精神文明示范点的建设日臻完善，创建活动不断延伸。山南地区把文明示范点的建设，作为农村精神文明建设的重要突破口，地县两级都给予了高度重视和有力的指导。浪卡子县的哈西村是自治区级文明示范点，该村现有村级文明户二十五个，镇级文明户十个，县级文明户十个，文明户占该村总户数的百分之六十以上。在县文明委和文明办的具体指导和帮助下，哈西村制定有具体的创建工作目标及小康发展计划，建立了组织建设、环境治理、计划生育、文化教育、政治学习等各项制度，同各农户签有“两个文明”为目标的责任书，各级文明户都挂有标志牌。该村还建有集图书、文化、娱乐、科普、教育、普法等为一体的文化室，有自己的业余文艺队，并安装了一座太阳能接收站，使群众的文化生活得以丰富。洛扎县的马木村、乃东县的热木纲村作为自治区级精神文明示范点，从硬件建设到软件建设都已走上了规范化、制度化的轨道。通过示范点的带动，使山南地区群众性精神文明创建活动逐步形成以点带面，点面结合的格局。二是群众参与精神文明创建活动的积极性增强。通过广泛发动引导，尤其是通过参与文明户的评选活动，群众参与创建活动的积极性不断得以调动，用文明户的标准规范家庭行为，在生产、生活各方面努力实践文明户的要求。特别是一年一度的文明户评选活动，群众参与的积极性高涨，竞争激烈。这种发动群众评选的做法，不仅评得准确、公正，而且充分调动了农户参与的热情，有效地激发了各家各户争当文明户的强烈愿望。群众性创建活动的有效开展，促进了社会进步和稳定，各示范点连续几年无一违法犯罪案件发生。

五、精神文明建设为农牧区经济社会的发展进步注入了强大动力。突出“治乱、治愚”，持之以恒推进农村精神文明建设，给山南农牧区带来的是物质文明与精神文明的相互促进，协调发展的良好局面。浪卡子县、洛扎县领导对此有深刻的体会，用洛扎县委书记扎西达杰的话说，农村精神文明建设带来的是“社会稳定、边防巩固、人心思进、经济发展”。一是农村精神文明建设为农牧区经济社会发展创造了稳定的社会环境。农村精神文明建设的不断深入，特别是深入开展反对分裂、维护祖国统一为主要内容的爱国主义教育，不断加强农牧区思想文化阵地建设，从根本上动摇了达赖集团在农牧区得以兴风作浪的根基，铲除了分裂主义滋生蔓延的温床。有效地维护了农牧区社会政治局势的稳定。浪卡子县、洛扎县等地这些年来从未发生过一起张贴散发反动传单、骚乱闹事等带有分裂主义倾向的政治事件，广大农牧民群众的思想政治觉悟显著提高，道德观念和法治意识不断增强，社会风气明显改观。二是精神文明建设有力地促进了农牧区生产力的解放。教育科学文化建设，尤其是扫除文盲、科盲，培养“科技明白人”等工作，使农牧业生产中的科技含量不断得到提高，有力地推动了农牧区经济社会的发展。洛扎县一九八七年国民经济收入为922.47万元，人均纯收入仅为381.16元，到一九九九年国民经济收入猛增到4017.44万元，人均收入达到1543元。

羌塘草原一面旗

二〇〇四年冬，藏历年还没过完，人们正沉浸在节日里的欢乐之中，我们一行由区文明办、西藏日报社五人组成的联合调查组，便冒着严寒，驱车往那曲地区最僻远的聂荣县赶去。这次任务是苟天林部长交代的。据他介绍，在自治区人代会上，那曲地区的代表一致反映，说聂荣县有个当木江乡，这几年变化特别大，两个文明建设协调发展，是个建设小康社会的好典型。当时，全区正掀起建设新农村的热潮，有这样的好典型真是求之不得！于是，苟部长便安排由我和西藏日报社的孟晓林总编带队，带一个调查组前去了解情况，如果事迹突出，材料丰富，便作为先进典型在全区推广。

我们马不停蹄地赶路，当晚便到达了聂荣县城。说是县城，还不如内地的一个普通村庄。稀稀拉拉一片低矮平房，除了县机关和县委招待所，几乎没有几家老百姓。县城此般状况，可想，下边农牧区肯定也好不到哪里去。我们连夜听取了县委书记的情况介绍，和对当木江乡的评价，第二天早上吃完饭，我们又出发了。山越爬越高，路越走越难，越野车迎着狂风暴雪，在大山中艰难前行。“狼！部长快看，左边有一只狼！”坐在驾驶员后边的区文明办小马眼睛尖。我转头一看，果然左前方有只灰白色的狼，个头挺大，一边跟着我们同速在颠颠地奔跑，一边不时地回头盯着我们。这个家伙一定是饿急了，大雪中找不到东西吃，想把我们当猎物，做它的午餐了。不过，在如此恶劣的环境中，有这么一个精灵伴行，也平添了一份乐趣，引起大家一阵好奇和兴奋。说真的，在西藏这么多年，我还是首次在野外见到狼呢！

雪越下越大，风越刮越猛，风搅着雪，雪裹着风，风雪交加，天地间一片昏暗，很难看清哪里是路，哪里是沟。若不是有县里同志带车在前引路，我们的两辆车肯定抓瞎。尽管如此，我们的车还是抛锚了。幸亏那只狼不知什么时候放弃了我们，已不见踪影。我下车一看，好家伙！半米多深的大雪深深陷住了四个车轮。不由分说，我们三辆车上的人一齐动手，铲雪的铲雪，推车的推车，经过一阵忙活，终于车又开动了。翻过最大的一座山之后，一路下坡，风小了，雪停了，但路依然难走。说是路，也不像路，既无路基，也无标志，大荒原上哪里平坦哪里就是路。从县城到当木江乡一百四十多公里，我们足足折腾了一整天，我们到达乡里时，已是晚上十点多了。

乡政府坐落在深山之中，四周雪山环抱，一片银色世界。第二天一大早，我站在山坡上，迎着朝霞，极目远望，眼前的壮丽景色让我着迷，这里发生的奇迹更令我向往。在这片几乎与世隔绝的雪原上，到底蕴藏着一些什么样的故事呢？为了尽快揭开这个谜，我们马上开展了调查。经过一周的考察了解，大量事实证明，当木江乡的确是一个新农村建设的先进典型。正如全国政协民宗委副主任、全国妇联副主席巴桑到该乡视察工作后称赞的那样：如果西藏的农牧区都能像当木江乡一样，我们的党和政府就放心了。我们在报告中，集中整理了他们三个方面的经验和事迹。并以《羌塘草原一面旗》为题，在《西藏日报》上发表了长篇通讯。

班子发展思路明，党员队伍打先锋

熟悉情况的人都说当木江乡好，夸这里的经验对社会主义新农村建设具有普遍指导意义。问到主要原因时，聂荣县委主要领导同志一语中的：关键是有一个发展思路明确、真抓实干的乡党委班子，以及一支先锋模范作用发挥得好、善于打硬仗的党员队伍。

本书作者陪同区党委副书记李立国下乡途中，野外就餐的情景。

在当木江乡党委书记才旺坚参和乡长加青的带领下，乡党委一班人齐心协力、艰苦奋斗，每人一匹马、一个挎包，常年生活在草场和牧民之中。他们说，我们是最基层的干部，草场和牧民家就是我们的办公室。组织上把我们安排在这里，就是要让我们改变这里的落后面貌，带领群众尽快实现小康目标，使他们过上文明幸福的好日子，为建设社会主义新农村贡献一份力量。才旺坚参和加青是一对好搭档。他俩思考最多的问题，就是如何增加群众收入，让当木江乡富裕起来。每次到县里和地区开会，他们都特别留意学习各兄弟单位好的经验和做法，会后还专门前去取经。为此，才旺坚参曾专程到山南地区几个脱贫致富的先进乡考察。通过学习和思考，他们对当木江乡的前景充满信心。乡党委在全乡党员大会上提出：要坚持从实际出发，以人为本，协调发展，畜牧业和虫草业并举，相互补充，互相促进，自力更生，艰苦奋斗，努力向全面建设小康社会的宏伟目标迈进。指导思想上的统一，促进了发展思路上的一致，一个全新的、重点突出的发展规划在全乡深入人心，成为干部群众行动的指南。一九九八年年底到一九九九年年初，一场罕见的特大雪灾降临藏北草原。大批牲畜被冻死饿死，当木江乡的党员干部不顾自己家中的损失，心中牵挂最多的是比自己更困难的群众。他们响应乡党委号召，在各村党支部的组织下，主动与贫困户结对子，开展一对一帮贫助困活动。二村牧民玉德、鲁祖家里的牛羊死光了，既无粮食又无燃料，同村的两名党员桑布和布嘎挺身而出，带头把自家的牛羊、粮食和干牛粪送到他们家中，鼓励他们挺过难关。在党员干部的带动下，全乡上下到处呈现团结互助抗大灾的感人场景，所有贫困户都有党员和群众负责帮扶。群众感激地说："社会主义制度最好，党和政府最亲，在我们最困难的时候，党员和干部最关心我们。"大灾之痛和群众的称赞，使当木江乡党员干部的使命感和责任感进一步增强,为群众利益办实事的积极性进一步激发。全乡十五个行政村，每个村的贫困户都有固定的党员和富裕户负责对口帮助，而且做到了经常化、制度化。

最典型的事例是修公路。从乡驻地到库如有一条十六公里的羊肠山道，是全乡群众每年挖虫草的必经之路。人们盼路心切，但只能望路兴叹，说这条路"只能是鸟飞的，不是人走的"。每年挖虫草的队伍中，常有马匹失足摔下山谷。为修这条路，县、乡两级领导想过不少办法，都因最少三百万元的投资无着落而无法动工。二〇〇一年年初，三村党支部书记桑布，在也是党员的妻子布尔丹的支持下，召集村里七名党员商量修这条路的事。他感

本书作者参加羊八井地热电厂自治区级“爱国主义教育基地”揭牌仪式，并进入厂区参观指导工作。

慨地说，党号召我们加快发展，带领群众尽快脱贫致富。在上级拨款修路还有困难的情况下，难道我们就只有“等”这一招了吗？桑布的一席话，一下子把大家的激情点了起来。他们一致表示，没有困难，要我们这些党员干什么！党的号召就是我们前进的方向，群众的要求就是我们应尽的责任。要想富先修路，小康生活等是等不来的，只有靠我们的双手和汗水才能实现！他们说干就干，冒着零下二十几度的严寒进驻工地，搭起帐篷，支起锅灶，抡动铁镐、铁锤，挥舞钢钎、铁锹，迎风冒雪，日夜奋战在修路一线。冬季的唐古拉山区，气候恶劣，狂风暴雪常把工地上的帐篷吹得四处翻滚，正在做饭烧菜的铁锅、铝壶也被掀翻，热茶洒在地上转眼间便成了冰块。他们有的手掌磨起了血泡，有的脚被砸伤，有的耳朵被冻坏，但大家毫不在意。谁家里有急事，回去处理完后马上又返回到工地继续坚持干。由于他们是自发组织起来的，既无工资，也没补贴，吃的用的全靠自己解决。工具不够就从自己家里拿，没钱买炸药就大伙凑钱买。布尔丹把孩子托给亲戚照顾，大部分时间忙碌在工地上，为大家烧茶做饭，搞好后勤。起初村里有的群众对他们的行为不理解：“没翅膀也想飞，出主意的人不是疯子也是傻子。”然而桑布他们的行动得到了乡党委的充分肯定和大力支持。

才旺坚参号召全乡党员干部向他们学习，并带领乡里的干部到工地一起修路。党员干部为民造福和带头苦干的精神深深感动了群众，先后有350多名群众自发地加入到筑路行列。经过三年艰苦奋战，这条公路终于建成通车。如今，乡亲们走到这条路上，不论是徒步的，还是坐车的，不论是挖虫草的，还是跑生意的，都夸三村党员干了一件大好事。受此事启发和鼓舞，乡里统一组织，召集三百多名能工巧匠，从二〇〇三年九月开始，利用县里支援的价值一万五千元的炸药，自己动手，集中会战，仅用半年的时间，又把原来的一条二十五公里的羊肠便道，修成了能通车的乡间公路。群众高兴地说：羊群吃肥草要靠头羊领，有实干精神的党员干部带领着我们，建设小康社会的困难再大也不怕。

教育促进观念变，树立典型带一片

如今当木江乡，人气旺，事业兴。这骄人的成绩里面，浸润着乡村两级党组织对事业、对人民倾注的大量心血，演绎着他们做好思想教育工作的一个个感人的故事。

“陈规陋习不破除，文明进步则无从谈起；传统观念不改变，经济社会就无法发展。”这是当木江乡党委的深刻体会，也是他们起步遇到的头一道难题。号召人工种草，有人说祖祖辈辈没听说过，破坏了地气要遭上天报应；鼓励经商致富，有人担心做生意是倒买倒卖，不务正业，怕被人瞧

本书作者深入乡村小学，核查学校开展德育教育情况，并与师生和村干部合影。

不起；提倡刷牙漱口，有人指责脱离实际，是瞎讲究，瞧不起自己的民族习惯。最突出的一件事是打野狗。二〇〇二年年初，针对全乡野狗成灾，经常威胁家畜，影响环境卫生，并有传染疾病的危险，乡政府决定集中开展一次灭狗活动。没想到通知发出后，遭到很多群众反对，说这是杀生，是造孽，会给草原带来灾祸的。乡党委强烈地感觉到，要想解决社会发展进步问题，必须首先从改变人们的观念抓起。在全乡党员干部学习“三个代表”重要思想培训班上，乡党委书记、乡长带头谈体会做辅导，并以“践行‘三个代表’，我们应该怎么办”为题开展讨论，同时组织大家到外地参观学习，然后发动大家回各村做工作，统一群众的认识。借鉴兄弟县的成功经验，试点村人工种草喜获丰收，牧草长了一米多高，群众信服了，高兴了，人工种草技术很快得到普及。乡党委积极鼓励乡、村干部组织群众走出大山，闯市场，串亲戚，看社会变化，长现代知识。很快人们的卫生习惯有了明显改变，刷牙漱口的人多了，饭前洗手、睡前洗脚的人多了，勤换衣服的人也多了。乡党委因势利导，结合开展争创文明乡村和文明户活动，引导群众认清消除狗患和保障人畜安全的意义。思想一通，阻力全无。全乡一举捕杀了两百多条野狗。此事在藏北草原影响很大，受到了全县的通报表扬。

从地势上讲，当木江乡分南北两部分，南部山高草场差，但盛产虫草，北部水草丰美，牧场辽阔，但现金收入少。近年来，由于虫草连年丰收，价格上涨又快，北部牧民到南部挖虫草的人越来越多，南部牧民意见大，经常发生驱赶北部人的现象。北部群众为了报复，见到南部牧民到北部放牧就追打，搞得双方关系一度很紧张。当木江乡党委多次协调，分别找双方村干部和群众谈话，摆团结互助的道理，讲共同富裕的必要。才旺坚参多次到南部做工作，找干部和群众谈心，要求南部发扬风格，做出表率。最后双方达成协议，每年挖虫草季节，南部主动让出一部分地段，欢迎北部牧民进驻，并热情提供生活方便；北部群众十分感动，公开表示欢迎南部群众到北部放牧，从此双方再没有因挖虫草和放牧问题发生任何矛盾。

随着收入的不断增加，群众手里的钱越来越多，赌博之风也随之刮起，不少群众沉迷于赌桌，影响了生活，破坏了家庭关系，甚至打架斗殴动刀子。乡党委及时召开群众大会，一方面讲清赌博给生产、生活和社会治安带来的严重危害，一方面动员广大村民对家庭成员中参与赌博的人进行教育

和劝阻，并规定有赌博行为人的家庭不能评为“文明家庭”，已评上的也要摘牌。为了挽救不愿悔改者，乡政府专门开办戒赌培训班，组织学员集中学习有关法律法规，帮助大家从思想深处提高认识，并以惩罚的形式，要求他们义务拾干牛粪，为乡小学解决燃料问题。培训班结束时，每个人都与乡里签订了拒赌协议书，保证今后不再参与任何形式的赌博活动。经过一段时间的教育整治，全乡赌博现象彻底消除，社会风气明显好转。三村牧民阿布，曾因赌博输掉八千元而与人发生矛盾，造成用刀捅伤人的严重后果。经乡里教育后，他痛改前非，发奋努力，把心思用在发展生产上，不仅生活质量提高了，还买了两辆“东风”车跑运输，年收入超过五万元，成为远近闻名的富裕户。二村的晋美次仁因为好赌，输得家里牛羊没剩几头，是村里出了名的贫困户。禁赌使他深受触动，不仅戒掉了赌瘾，还贷款一万元办起了小卖部，开起了磨面房，钱多了以后，他又买了两辆“东风”车和一辆北京吉普跑运输，日子越过越红火，年现金收入达六万元。他感慨地说：“乡党委亚古都（好）！帮我远离了恶习，把我领上了致富路。”原先，有些年轻人卖了虫草就进城潇洒，钱不花光不回家。在比勤奋、赛发展的氛围影响下，他们自觉克服挥霍习惯，有钱再不乱花了，而是攒着买汽车、买摩托车跑买卖，一门心思忙致富、谋发展。

条件落后的深山牧区如何适应市场经济要求，引导群众尽快走上脱贫致富之路，是当木江乡党委思考最多的问题。新班子成立初期，他们广泛发动群众，逢会就讲，要求各村党支部挂帅，党员干部带头，广开思路，广辟财源，增加收入，可喊了一两年不见效果。调查发现，不是党员干部不想干，而是普遍苦于找不出好办法。有的群众说，如今连傻瓜都想富，可就不知道致富路怎么走。乡党委从中领悟到，“喊破嗓子，不如拿出样子！”要让干部群众掌握致富办法，必须用典型引路。由于七村基础条件比较好，班子干劲足有朝气，村委会主任布嘎头脑灵活、点子多，乡党委决定以七村为试点。书记、乡长轮流蹲在村里，帮他们订规划、找项目、跑贷款。首先在传统优势项目上下功夫。一是抓好虫草生产。采挖旺季有组织地发动全村劳动力一齐上阵，仅此一项，年收入就达六十二万元。二是提高畜产品质量。先是从信用社贷款五万元，更新设备，改进加工条件和手段，提高产品市场竞争力。为了抢占市场份额，随后又从信用社贷款十万元，把村里有经营头脑的人组织起来，成立了畜产品经营小组，负责全村畜产品的统一收购和销售，既形成了规模，提升了质量，扩大了影响，又增加了群众收入，调动了群众生产积极性。三是发动群众跑运输做买卖。鼓励和支持各家各户剩余劳动力，发挥所长，各尽所能。很多家庭买了汽车，办起了商店，把生意做到了那曲、拉萨甚至青海。

要把牧区与市场有机连接起来，经纪人的作用十分重要。对偏远牧区的群众来说，更是如此。为了发展和培养这样的致富经纪人，乡党委费尽苦心。要找致富能手，全乡可以排出十几个，可有些致富能手不适合做经纪人，有些适合的又不愿意做。凡是适合的，乡党委都努力做好说服争取工作，并给予大力支持和鼓励。三村村民布，头脑灵活，经营有方，常年做生意，朋友多，消息灵，不但在那曲镇购买了私房，还积累了三十多万元发展资金。乡党委动员他带头做经纪人，开始时他有顾虑，一怕影响自己做生意，二怕搞不好担责任、受埋怨。才旺坚参亲自找他谈心，讲清做经纪人与个人做生意只能互相促进、不会互相影响的关系，并用他家遭受大雪灾时，靠政府和群众帮助渡过难关的经历，希望他担负起帮助乡亲们共同致富的责任。领导的信任和鼓励，坚定了布为家乡发展做贡献的决心。流动资金不足，乡里帮他贷款；人手不够，乡里选人配合。实践证明，布当了经纪人之后，不仅搞活了畜产品的流通渠道，同时也扩展了自己的生意，收入更好了。在布的影响和带动下，全乡一批新的经纪人不断涌现，成为活跃牧区经济的骨干。

文明之风深入心，全面小康现雏形

当木江乡近几年变化最大、最深刻的，还是群众的生活质量。通过全乡持续开展的文明创建活动，牧民们的现代意识日益增强，对生活标准的要求越来越高，普遍注重改变生活条件和发展生产，而且形成了互相比富的局面。

一是比家居环境。世代以游牧为生的当木江人，过惯了一群牛羊、一顶帐篷的简单生活，一年四季全家人跟着牛羊在草原上转，生活条件差，抗灾能力弱。多年来，政府大力号召并积极组织牧民建房，鼓励定居与季节性游牧相结合，群众普遍有了固定住房。但由于人的观念和生活习惯没有改变，生活设施简陋，环境脏乱差的问题仍很突出。结合创建文明乡村、文明家庭活动，全乡党、团员带头，兴起了盖房建新家的热潮。看到一座座适合牧区有现代品位的新房在各村落成，牧民们的眼睛亮了，心里动了，一家接一家干了起来。新房逐渐增多了，人们又在房内装饰和家具摆设上较足了劲。起初，各家都用黄土打室内地面，既平整又好打扫卫生。不久，有人从那曲镇买回塑胶铺地，又光滑又亮堂，引得四邻羡慕不已。接着，不少富裕户又先后用上了瓷砖和强化木地板，还购置了洗衣机、电冰箱，用上了液化气罐。在我们走访的几十户牧民家中，多数家具齐全，摆放整齐，布置漂亮，卡垫又厚又软。过去的土石炕，如今换成了雕龙刻凤的木床，铺的是海绵和沙发垫。用品应有尽有，给人以富足和温馨之感。

二是比精神生活。物质条件丰富以后，当木江人对精神文化生活的渴求日趋强烈。各村之间的文体活动一年比一年活跃，规模越来越大，互相比赛，谁都不甘落后。两个文明示范村建起文化室不久，其他十三个村很快也跟着建了起来，而且有计划有活动，发挥作用一个比一个好。文化室是村民们开展业余文化生活的场所，也是村民们学文化的主要课堂。近两年来，乡文化站和各村文化室举办扫盲班四十九次，两千多人参加。成人脱盲率达到百分之八十八。村民们说，不识字跟牛一样，想致富也找不到方向。村与村之间如此，户与户之间比得更凶。前些年，家庭安装太阳能、买大彩电的，全乡屈指可数。可近几年几乎已经普及，而且不少人家还购买了家庭影院、VCD、卡拉OK等设备。不仅年轻人喜欢，一些老阿爸阿妈也常会和孩子们一起唱一块跳。特别是逢年过节和亲戚朋友聚会时，举办家庭歌舞会已成常事。我们在一些村里还看到，有些家庭房子外边悬挂着高音喇叭，一问才知道，是户主为方便村民特意安装的，目的是让乡亲们都能享受音乐歌声和新闻广播。年轻人告诉我们，这里电视信号不太好，他们经常到地区和县城买流行光碟，看流行大片，听时髦歌曲。虽然交通不便，深居大山，但这里的牧民观念一点都不落后。听说七村群众性文化活动搞得好，我们便赶到七村，正巧碰上他们赛马和摩托车比赛刚结束。三十多个身着藏式盛装的年轻骑手，在各自崭新的摩托车映衬下，显得格外彪悍豪气。村委会主任布嘎介绍说，他们村里每年最少要搞五六次文体活动，除了赛马和摩托车比赛外，还有歌舞、拔河、抱石头跑等，获胜者由村里发奖。他见我们对每辆摩托车后边的音响感到好奇，便笑着说，这是小伙子们为放牧和进城路上听音乐安装的。大山里的年轻人如此爱生活、会生活，令人感慨。

三是比清洁卫生。环境和个人卫生状况，是评选文明村、文明户的重要内容，也是衡量家庭成员文明素质的重要标准。以前，村民卫生习惯差，室内又黑又脏，室外牛羊粪遍地，人不洗脸不洗澡不洗衣，姑娘们放牧怕晒，普遍用酥油擦脸。如今这里已大变样。我们所到之处，村前村后清洁整齐，牛羊入圈，垃圾堆放有序。各家室内外都很干净，人畜饮水分开，卧室厨房分开。各村按照文明村的标准，普遍制定了《乡规民约》，建立了卫生管理制度，要求每户每周进行一次大扫除，定期组织检查。对生活垃圾、炉灰等，由村里集中倾倒。四村卫生监督员多吉告诉我们，村里每周要检查一次环境和家庭卫生，月底进行讲评，并将检查结果作为评选“文明家庭”的依据。目前，全村男女老少爱清洁、讲卫生蔚然成风。连孩子们玩耍时都互相告诫，谁乱扔脏物就去报告卫生监督员。卫生习惯的养成，不仅提升了人们的健康水平，也提升了人们的爱美标准。首先表现在服饰穿着上。不论大人小孩，都很讲究穿戴，即便是旧衣服也很干净，大部分成年男女几乎每人都有一两件万元以上的民族服装；其次表现在卫生习惯上，漱口刷牙、睡前洗手洗脸洗脚，已成村民们的习惯。不少人外出也带着刷牙工具，有的还养成了不定期进城洗澡的习惯。吃饭用筷子代替了手抓，吃肉后手上沾的油不再往衣服上抹，而是用上城里人用的手纸。在使用化妆品上，无论是青年人还是中年妇女，纷纷告别了酥油擦脸的历史，托家人和朋友从城里买回各种化妆品、增白粉、防晒霜之类，比着打扮自己。求美比漂亮已成为当木江的时尚。

四是比勤劳致富。当木江人盼富裕、求发展的愿望十分迫切。从山外传来的各种信息，特别是“三个代表”重要思想的学习教育，使他们清醒地意识到，因循守旧、安于现状只能永远受穷，只有解放思想，广开致富门路，才能实现全面建设小康社会的目标。各村纷纷开展“破传统观念、立创新意识”大讨论，发动干部群众出主意、想办法。围绕着如何发挥优势，赢得市场这个主题，一个个谋跨越、奔小康的发展规划形成了，完成了；一个个生财致富的点子出来了，见效了。有的村认为自己的草场好，决心走科学发展畜牧业之路。七村更高一招，他们吸纳各村之长，多业并进，在下大力抓好虫草和牧业生产的同时，利用银行贷款，组织剩余劳动力搞汽车运输，每年收入近百万元。群众之间比的劲头更足。人们已不满足于吃饱穿暖、牛羊成群，想得最多的是如何通过正当劳动赚到更多的钱。几乎每个村都有一些家庭不仅养有牛羊，还买车跑运输、开百货店、开甜茶馆，每年收入低的一两万元，多的十几万元。比勤奋赛富裕的社会氛围，自然影响和带动了懒汉们，一些多年沉迷于麻将、酒馆的游手好闲之人，自觉丢掉坏习惯，开始把主要精力用在劳动致富上，有的还成了做生意的能手。当木江乡，一个阔步走在全面建设小康社会之路上的牧区典型！当木江乡，一面羌塘草原上三个文明建设协调发展的鲜艳旗帜！

一九九八年冬，本书作者参加自治区维稳工作团，赴那曲地区索县开展爱国主义教育。图为带领工作组正行进在下乡的冰雪路上。

一个普通农妇的藏戏情结

二〇〇一年夏天，我带领工作组在堆龙德庆县开展“谋跨越、奔小康”主题教育试点。作为教育成果，要求各乡村和农户在最后阶段，都要根据自身特点，制订发展计划和措施。教育结束之后，全县经济发展很快，涌现出不少脱贫致富典型。在一批批养殖大户、种菜能手、运输大王、建筑老板、裁缝师傅、养獒专家等能人的影响带动下，全县各行各业呈现一派兴旺景象。当时，乃琼镇还出现了一件发展传统文化产业的新鲜事。仔细一了解，原来是甲热村新成立了一个藏戏队，牵头人是一位叫琼达的普通农村妇女。开始我并没在意，只是好奇。没想到只几年工夫，这个藏戏队发展很快，名声大震。于是，我便由好奇变成关注，跟踪进行了采访，并以《一个普通农妇的藏戏情结》为题写了一篇通讯，在《西藏日报》上作了报道。

在藏戏艺术之乡——堆龙德庆县乃琼镇甲热村，人们一提起觉木隆藏戏队的发展和兴旺，都不由得称赞本村村民琼达，是她，拯救了历史悠久的藏戏。如今，在她的带领和管理下，觉木隆藏戏队获得了新生。

琼达恢复觉木隆藏戏队的想法，始于二〇〇一年的夏天。当时村里正在开展“谋跨越、奔小康”主题教育活动，工作组和村委会要求各家各户定计划、提措施。从小就喜爱藏戏的琼达，灵机一动，想起了已解散停演多年的本村藏戏队。心想，若能把在西藏曾经享有盛名的觉木隆藏戏队重新建立起来，走市场化发展的路子，不仅能为保护和弘扬民族传统文化出把力，还可以收到良好的经济效果，带领藏戏队队员增加收入。她把自己的想法告诉了同村村民单增卓玛，两人都是铁杆藏戏迷，于是一拍即合。就这样，两位刚刚三十出头的农民文艺骨干，越谈越投机，越说越兴奋。经过一遍又一遍地商量，一次又一次地谋划，一个比较成熟的方案在她们的头脑中形成了。

她们首先挨家挨户地拜访了原藏戏队的几位老演员。听说要恢复藏戏队，老艺人们十分高兴，一致表示赞同。多吉、群培平措、旦达、多木觉、群增和仓觉，都是原觉木隆藏戏队的老骨干。觉木隆藏戏是藏戏艺术的主要代表之一，是藏族传统文化的宝贝。老人们觉得，能把它恢复起来，是为传承民族文化做了一件大好事。

恢复发展藏戏队说起来容易，做起来可是一件难事。十九人组成的觉木隆藏戏队搭起"架子"之后，面临的第一个难题就是"三无"：无资金、无服装、无道具。为解燃眉之急，琼达找亲戚支援一万元现金，为藏戏队解决了最基本的服装和道具。没钱买面具，她就向邻村已解散的藏戏队求援，把人家闲置的旧面具借来用；队员排练的工钱无着落，琼达请求村委会支持，村领导在经费十分困难的情况下，毅然决定给藏戏队发两个月的生活补助。为了自筹排练资金，尽快承接演出任务，队员们采取以老带新的办法，请老艺人当老师，手把手地教青年演员，从唱腔、表情到舞台动作，一句一句地辅导，一个动作一个动作进行纠正。经过排练，八大传统藏戏之一的《卓娃桑姆》很快达到了质量要求。有了这台戏垫底，他们又赶排了一批歌舞节目，第二个月就开始正式演出。当时，正逢望果节，他们的演出在本村首获成功。消息一传出，附近的乡村纷纷邀请他们去演出。古荣乡加荣村根据群众一致的要求，请觉木隆藏戏队到村里演出。演出当天，村委会大院内人山人海，围墙上都挤满了人，精彩节目一个接一个，台下叫好声此起彼伏。天已经黑了，还下着雨，仍有很多群众不愿离开，要求继续演下去。村党支部书记巴珠握着琼达的手激动地说："真没想到你们演得这么好，这么受群众欢迎，明年望果节时一定还请你们来。"通过连续的演出，藏戏队不仅有了些收入，队员们的表演技能也得到了较快的提高。

良好的开端并没有打破随之而来的尴尬，又一个难题摆在了琼达的面前。公开演出一个多月，虽然有了一点收入，可除掉集体开销，每人每天只能开五角钱工资，于是有些演员打起了退堂鼓，觉得每天又是排练又是演出，风吹日晒，脸都脱了几层皮，结果闹了个白辛苦，还不如出去打工挣钱好。因此，请假的请假，装病的装病，有的家长还以农活忙为借口，干脆拒绝孩子参加藏戏队的演出活动。见此情景，村内村外传出风言风语，有的说，琼达能把藏戏队搞起来，公鸡都能下蛋，石头都能开花，有的说，当年人民公社都没能把藏戏队坚持下来，她一个农村妇女真是自不量力。

面对如此压力，琼达和单增卓玛哭了。她们也想过放弃，但又舍不得。性格倔强的琼达，从来都有股不服输的劲头，她鼓励同伴说：天无绝人之路，只要坚持，一定能成功！她俩去县城，跑拉萨，进机关，找熟人，拜领导，汇报情况，恳求支持。两位普通农村妇女挽救传统藏戏的执著精神，深深打动了有关部门的领导和工作人员，热情地向她们伸出了援手。拉萨市文化局当即开展集体募捐活动，为她们解决了两千多元经费。堆龙德庆县委也拨出了三万元专款，扶持觉木隆藏戏队的发展。市文化局牵线搭桥，为藏戏队引来“财神”——两位私企老板。经过实地考察，两位老板了解到了觉木隆藏戏队的传奇历史和现实困境，看好了它的发展前景，当即赞助两万五千万元，并表示以后还将继续给予力所能及的支持。

为了扩大影响，提高士气，市文化局在计划雪顿节期间庆祝活动时，有意安排觉木隆藏戏队在最热闹的龙王潭公园演出，观看的群众十分踊跃，纷纷登台敬献哈达和捐款。一位藏族老阿爸看完节目后，为演员们捐赠了一百元钱，他紧握着演员的手，含着热泪说：“盼了好多年的觉木隆藏戏，终于又回来了，亚古都！”与此同时，在亲戚朋友的帮助下，琼达领导的藏戏队与罗布林卡公园签订了两年的旅游旺季商业演出合同。二〇〇六年年底，某公司主动与觉木隆藏戏队合作，希望他们到内地巡回商业演出，出价很高。由于参加人员有限，琼达主动把机会让给了年轻演员。

上级机关的重视，社会各界的支持，广大群众的喜爱，特别是个人收入的增加，使演员们备受鼓舞，对队长琼达更加信任和敬佩，参加排练和演出的积极性越来越高。首次参加全区民间艺术之乡汇演，他们就获得了优秀奖。看到藏戏队红红火火的发展势头，队员们个个心里高兴劲自不必说，也引起了村里姑娘小伙们的羡慕，争着要求参加藏戏队。有位阿妈领着女儿，三番五次地上门找琼达，非要把女儿送进藏戏队不可。随着觉木隆藏戏队的健康发展，经济收入的不断增加，服装、道具等装备的充实完善，以及演出水平的日益提高，他们的名声越来越响，社会影响越来越大。现在，觉木隆藏戏队不仅能熟练地表演《卓娃桑姆》《白玛文巴》和《苏吉尼玛》等传统藏戏，而且还在继承和保留传统的基础上加以创新和发展。甲热村被自治区政府命名为“藏戏民间艺术之乡”之后，觉木隆藏戏又被命名为“国家级非物质文化遗产”。

在诸多荣誉面前，琼达并没有一丝的轻松，反而觉得压力更大了。因为她想得更深、更远，因为以后的路更长、更难。首先，她想到了制度建设。不仅要靠制度管人，还要用制度管钱。她首先从加强队伍管理入手，详细规定了请假、误工、奖罚等细则，明确了人员分工及职责。实行财务公开，定期公布收支情况，做到账目清楚，坚持按劳取酬、多劳多得原则，对演员收入进行合理分配。其次她想到长远发展。多数队员家庭的土地被修铁路征用，仅靠目前这种季节性、应时性演出活动，很难保证队员们的稳定收入。要想稳定队伍，必须与公司相结合，走市场化发展的路子。于是，她利用各种渠道，千方百计宣传自己的藏戏队，争取合作伙伴。功夫不负有心人。二〇〇六年年底，在经过了权衡比较后，他们选定与实力较强的拉姆神韵文化旅游传媒有限公司签订了演出合同，不仅保证队员每月可观的工资，而且包吃、包住，并有专门的藏戏和歌舞专业老师，对队员们进行规范系统的辅导。琼达满怀信心地告诉演员们，今后不是藏戏队如何发展的问题，而是你们个人如何表现的问题了。是的，被埋藏多年的觉木隆藏戏艺术之花，终于又在雪域高原绽放了！琼达和她的队员们前进的道路上充满了灿烂的阳光。

保持藏戏独特魅力

通过了解和宣传觉木隆藏戏队，我对藏戏有了初步了解，进而产生了浓厚兴趣以至深入研讨的欲望。在《西藏日报》上发表的论文《保持藏戏独特魅力，坚持与社会发展相适应》就是我对藏戏改革与发展的一些思考。

经济的快速发展和社会的文明进步，对我国文化事业的要求越来越高。特别是改革开放以来，面对社会生活多元化的现状，以及人们日益增长的精神文化需求，包括戏剧在内的文化领域里的改革和发展任务十分紧迫。作为我国诸多地方剧种之一的藏戏，如何在保持传统优势的基础上，更好地适应现代社会进步的需要，在全面建设小康社会的进程中，起到对人们鼓舞、教育、激励的作用，真正代表先进文化的前进方向，这是藏戏改革和发展的基本任务和目标。与其他剧种相比较，由于社会和历史等原因，藏戏这方面的任务显得尤为艰巨。

一、藏戏是藏民族文化的一朵奇葩

充盈着浓重宗教色彩的藏族文化，具有丰富的民族文化底蕴。作为闪烁着藏民族文化异彩的艺术瑰宝——藏戏，正是这块沃土培育出来的一朵奇葩。

1.藏戏产生于藏族人民的生产、生活实践之中。宗教的产生与盛行，与人们生活的条件和环境密不可分。藏族社会形成初期，在残酷的阶级压迫和恶劣的自然环境下，人们生活无着，生存无助，只好求助于上天，寄托于神灵，渴望有佛祖保佑，认为上天是最公正的，人间万物，生死由命，富贵在天，善有善报，恶有恶报。基于此理念的宗教，正是在这一社会背景下逐渐产生和发展起来的。随着宗教思想的传播，诸多神灵和佛祖的化身，广泛注入人们的心中，成为顶礼膜拜的偶像。各种宗教理念、传说、故事应运而生，包括《大藏经》的产生，它后来成为藏文化发展的强大力量。现有八大传统藏戏中的大部分内容，多是以宗教故事为主调的。可以说，宗教文化是藏戏的基础，藏戏也成为传播和发展宗教文化的载体。同时，藏戏的形成和发展又与藏族人民的生产生活分不开。据史料记载，藏戏艺术的源头，可以追溯到青藏高原的旧石器时代。不论是演出服饰、用具，还是表演内容和动作，都明显具有氏族社会狩猎部落生活的特征。当时，人类对弓箭十分敬奉和崇拜。如藏戏开场人物温巴和甲鲁，腰上围一圈用各色牛毛编织而成的绳穗，手里分别握着彩箭和竹弓，象征渔夫或猎人。先民们在狩猎时用石头或木棍敲击树干，借以驱赶惊吓猎物，藏戏中的鼓与钹，正是在此基础上产生的乐器。藏戏在广场演出时，演员们围成圆圈背向观众，弯腰弓身或手拉手进行舞蹈表演，这正是原始社会人们围着篝火进行巫术祭仪，或围着猎物庆祝欢舞的情景。还有藏戏中出现较多的图腾面具舞蹈，如牦牛舞、鹿舞、猴子舞，更是和先人们的原始生活密切相关。据人类学解释，某一部族的主要食物来源是哪一种动物，那么这种动物便是他们的养育者，人们就认为这种动物和自己有一种神秘的亲缘关系，这便是图腾崇拜的来源。藏戏中的牦牛舞，就是从古代图腾舞蹈中演变发展而来的。

相传，藏戏创始人唐东杰布是公元十四至十五世纪西藏的一位著名高僧，人称“甲桑巴珠多”，意为云游天下的铁桥活佛。他在到处讲经传法过程中，深深体会到群众渡江河、越峡谷的艰辛和危险,遂发大誓愿，为民募捐造桥。他的壮举是从修曲水铁索桥开始的。由于当时财力有限，难以解决人力、物力和技术难题，以铁环连成的铁索怎么也架不到对岸。唐东杰布深深感到光靠化缘求得资助是无法解决造桥经费的，于是他想出了一个办法，组织歌舞班子四处演出挣钱。当时，造桥民工中有七位能歌善舞的姐妹，唐东杰布便以她们为基础，组建了一支表演队，他亲自编导节目，设计唱腔和动作，兼司鼓钹，带领表演队四处进行募捐演出，收入了很多钱物，终于把索桥造成了。修造谢通门扎西孜索桥，他仍然照此方法办理。在一次演出中，当地几个藏语称为“甲鲁”的长老喝酒看戏高兴了，拄杖上台跳了起来，舞得十分有趣。姐妹们看到老头们跳起了舞，也耐不住跟着表演起来。受此启发，唐东杰布在原来的温巴舞中，加进了甲鲁和姐妹们的歌舞动作。在后来的演出中，他又陆续把宗教跳神和民间故事吸收到节目里，使之更加戏剧化，更具观赏性。由于节目深受群众喜爱，从而募捐到大量财物，使造桥工程进展很顺利。据文献记载，唐东杰布修造的二十余座桥梁，都是用这种办法建成的。随着一座座桥梁的架起，唐东杰布的藏戏班子也一天天成熟起来，在西藏民间的影响也越来越大。

2.藏戏的内容和表演形式丰富多彩。藏戏是一种综合性艺术，包括古代民歌、说唱、音乐、舞蹈、杂技，还有各种宗教祭仪、绘画、雕塑、服饰等，反映的内容，大多为历史人物和民间传说故事。各具特色的民族艺术，都深深打着本民族传统理念、信仰、习俗、气质的烙印。藏戏更是如此。可以说，藏戏从内容到表演形式，都充分反映了藏族群众的真实生活。生活是丰富多彩的，源于生活的藏戏自然也是丰富多彩的。

首先从内容上看，现今传演的八大传统藏戏中，有表现两国交战互相掠夺，邻国君王之间友好相处的；有表现妖魔鬼怪、奸臣巫师行凶作恶，王子、王妃信佛行善、舍己为民、广布恩德的；有表现土司、头人残酷欺压奴隶，穷苦人用各种方式进行反抗的；有表现强迫婚姻酿成悲剧，忠贞爱情终获幸福的；有表现异国宗教文化影响，藏汉民族文化交流的。虽然这些剧目充满了神话色彩，但其内容是西藏特殊历史环境和人们生活的需要，是文艺作品源于生活又高于生活这一创作原则的产物。上至王公贵族、佛祖神仙，下至奴隶百姓、妖魔鬼怪，真善美，假恶丑，人间百态，无所不包。这里既有对黑暗邪恶势力的揭露和批判，更饱含人们对美好生活的向往和企盼。在反映西藏历史发展、社会进步和人们的生活和观念方面，藏戏就像一面史镜，发挥了鲜活形象的作用，具有浓厚的历史深度和生活广度。

其次从表演形式上看，藏戏中歌唱和舞蹈的成分很重，这与它同民间歌舞有着千丝万缕的联系有关。有些歌舞根据剧情需要进行了改编，有些直接穿插于其中，用以表现集会、庆典场面。仅就歌舞而言，用于藏戏表演的就有五六种之多。如热巴歌舞、牦牛舞、谐钦、开场仪式歌舞、噶尔巴歌舞等。热巴起源于早期藏族劳动歌舞和民间表演艺术，历史悠久，到公元十四至十五世纪，成为西藏社会发展成熟的一种带戏剧性的大型综合百艺歌舞。

它由铃鼓舞、杂曲短剧和民间歌舞三个主要部分组成，是带有专业特点的广场表演艺术。开场仪式歌舞，表演形式与热巴相似，戴面具的温巴和热巴中杂曲短剧人物的服饰和舞蹈动作一致，演出高潮中运用的表演技巧“躺身蹦子”，更是直接从热巴的“死人蹦子”发展而来的。谐钦，藏语意为“大歌”，是藏族一种古老的大型仪仗歌舞。它是一种集广诗颂、音乐、舞蹈三位为一体的艺术表演形式，规模很大，结构庞杂，曲调丰富，并分长调和短调两种。长调供宗教典礼或王公贵族祝贺迎送之用，短调供家族嫁娶、年节喜庆恭贺之用。故而，平时一般是不能随便表演的。牦牛舞被群众视为祈祝吉祥的一种特殊供奉仪式，历来很受欢迎。戏中只有阿爸、阿妈和儿子，还有两头牦牛。每一头牦牛以两个演员穿套一件皮衣具，做拟兽的舞蹈表演。几个人物的舞、唱、白都很夸张、诙谐，包括以人装扮的两头牦牛的舞蹈，也格外活泼逗趣，喜剧效果强烈。藏戏表演中除了歌舞之外，还有喜剧、杂技、宗教祭仪、说唱、曲艺、喇嘛嘛呢等形式。

3.藏戏在自身发展中不断得到普及、完善和提高。藏戏初创时期，演员演出时戴的是白羊皮具，故称为白面具藏戏，风格古朴、粗犷，演出时围成圆圈，身穿兽皮衣装，手拿竹弓、竹箭，表演兽舞、猎舞，唱腔运用藏族特殊的装饰音“仲古”，旋律平直，偶尔还插入一些模拟动物的鸣叫声。几乎与白面具藏戏同时而产生的，还有蓝面具藏戏。这些藏戏大部分产生于民间，多在藏民族传统节日期间为附近村庄演出，基本属于群众自娱性戏班子，活动范围小，加上经济条件落后及交通不便，很少有相互观摩学习的机会，所以发展比较慢。自从五世达赖喇嘛实行“雪顿节”调演藏戏制度之后，情况开始发生明显变化。一是藏戏成为拉萨格鲁派三大寺院僧人夏天安居修习生活的一部分，大大提高了藏戏在西藏僧俗各阶层心中的地位。二是每年雪顿节藏戏调演，达赖喇嘛和僧俗官员都必亲临观看，各戏班出于对自身及所在地方的荣誉考虑努力钻研技艺、千方百计把戏演好，有力地推动了藏戏的发展和提高。三是各种不同风格的藏戏班子，在几天之内同时献演，既是一种比赛、竞争和较量，同时也为他们相互交流、学习提供了一个十分难得的机会。可以说，每年一次藏戏调演制度的实行，将藏戏的发展推向了一个新阶段，使藏戏的发展进入了一个繁荣期。白、蓝两种面具藏戏剧种，由原来只能演出剧目的简单片断，发展到能演出整本整本的大戏；从最初不多的几个基本唱腔，逐渐发展到比较定型化的几大类几十种唱腔；从早期模拟生活方式的简单表演，逐渐形成了集诵、舞、表、白、技、艺为一体的综合艺术。在此期间，各个流派的藏戏风格日渐成熟，影响日益扩大，各流派中都涌现出一批负有声望的戏师和表演艺术家，出现了一批创作、改编藏戏剧本的著名僧侣及世俗文人，产生并积累了一批比较成熟的藏戏剧目。藏戏逐步在各藏区流传发展起来，并形成了各具特色的流派和系统。

二、藏戏为推动西藏社会进步发挥了积极作用

经济基础决定意识形态，意识形态服务于经济基础，社会发展规律历来如此。作为西藏社会意识形态重要内容的藏戏，在西藏经济社会发展的历史长河中，发挥了不可替代的推动作用。

1.弘扬真善美，鞭挞假恶丑。现今广泛传演的八大传统藏戏剧目，其基本内容大都是通过历史人物、宗教传统和神话故事，告诉人们要与人为善，怀有爱心，多做好事。

宣扬人与人之间只有和睦相处才能创造美好生活。藏戏《诺桑王子》，围绕诺桑这个人物展开了广阔的古代西藏社会生活画面。前半部反映供奉苯教旧法的南国，垂涎北国富裕，便发兵攻打，终因失义而败，造成国家衰落。后半部通过北国取胜后王宫内部的斗争，展示诺桑以法王的德能和佛法治世的胸怀，不计前仇，宽以待人，靠自己的勇气和智慧，克服重重阻力，排除种种艰险，终于战胜邪恶势力，实现了自己的美好追求和理想。藏戏《智美更登》，描写智美更登在苦难煎熬中不埋怨、不记恨，仍一如既往，尽其所能，不断施舍行善，甚至妻离子散也心甘情愿，最后感动了菩萨神佛，实现合家团圆，享受了天伦之乐。

宣扬吃苦耐劳、坚忍不拔的奋斗精神，昭示人们美好生活只有靠诚实和勤劳才能获得。藏戏《顿月顿珠》描写的是一对同父异母的王子兄弟的手足之情。后母唯恐亲生子顿月不能继承王位，装病要挟国王废弃顿珠。顿月不愿与哥哥分离，背着父王、母后随兄一同出逃流浪。兄弟二人饱经苦难，受尽折磨，无怨无悔。顿月途中累死，顿珠幸得邻国一大喇嘛收养。不料正遇该国旱荒瘟疫，要投一属龙少年下湖祭神，顿珠正好属龙，便被抓进王宫，却与美丽公主一见倾心。国王不忍，欲找少年代替。敦厚的顿珠为了救民解难，主动投湖。龙王甚为感动，放回顿珠，及时降下雨水，从此该国吉祥安康。国王把王位让给了顿珠，顿珠与公主结为夫妻。顿月的善行感动了神仙，获救死而复生，并与顿珠相遇。兄弟结伴回国探亲，父王亦把王位让给了顿月，从此兄弟二人各治一国，和睦相处，幸福兴旺。

揭露封建农奴制社会的黑暗和农奴主的残暴，激励人们对邪恶势力要有反抗精神。藏戏《朗萨雯波》，意为闪烁着十万光芒的朗萨姑娘。剧本根据发生在古代西藏江孜地区的一个民间故事加工编撰而成，反映了一个聪明美丽、纯洁温婉的农家少女，无辜遭受农奴主迫害摧残的悲惨命运。这个戏的主角与历史故事中的英雄王侯不同，与神话传说中的仙女神魔也不一样，表现的是人们常见的、平凡的民女，所以朗萨这个质朴感人的形象，深受群众喜爱。每当演到朗萨受害的地方，往往演员和观众泣不成声，场上场下一片唏嘘叹惋，不知引起了多少人的共鸣。该剧在着力表现农奴主残暴狠毒一面的同时，也有朗萨在逆境中不甘受辱、不肯屈服的性格描写，甚至敢当着声势赫赫、凶滔万丈的头人老爷的面，公然表明自己不想求富贵、不愿当贵妇的意志。表现穷苦人不甘受邪恶势力欺压、勇于反抗的情节，在藏戏《苏吉尼玛》和《白玛文巴》中都有不同程度的描写。特别是后者，把一个受尽苦难的少年，写成一个法力无边、无所不能的英雄，最后不仅严惩了恶魔般的暴君，而且当上了造福于民的国王。

赞美纯正自由的爱情生活，鼓励人们为了追求真爱要有一种锲而不舍的精神。反映男女情爱的内容，好几部藏戏中都有不同程度的描写，尤为突出的是《诺桑王子》。该剧用大量篇幅表现主人公为追求纯真爱情，忠贞不悔，任何人间邪恶棒打不开，任何神灵阻拦誓死不离的勇气和精神。诺桑作为世间即将继位的王子，对仙女云卓拉姆一见钟情，娶为仙妃，引起老妃嫉恨。老妃勾结宫廷巫师蒙骗昏庸老王，强逼新婚王子出征，迫害新婚仙妃飞走。诺桑归来弄清真相后，冒着抗拒王命和丢掉王位的威胁，出走寻找，历尽千辛万苦，从人间到天界，用忠诚和意志，战胜重重艰险，终于把爱妃迎回人间。该戏的积极意义在于，在弥漫着宗教禁欲和封建思想的西藏古代社会里，展示了人们追求自己美好生活的强烈愿望。

2.倡导民族团结，吸收兄弟民族和世界先进文化。一个民族的文化是否具有持续发展的旺盛生命力，不仅在于如何继承和保持自身的优势和特点，还在于能否以积极的态度，学习和吸纳其他民族乃至世界各国先进文化的有益部分，为己所用。藏戏在近千年的发展过程中，以本土文化为基础，并在这方面做了很好的探索和努力，取得了可喜的成绩，为藏民族文化的进步和发展，为推动文化交流和民族团结，做出了有益的贡献。

藏戏着力突出了藏汉民族团结的主题。藏戏《文成公主》以鲜明的主调和感人的故事情节，热情歌颂了藏汉民族之间的深厚友情，见证了西藏是中国不可分割的组成部分的历史事实。戏中十六岁执掌国政的吐蕃赞普松赞干布，是一位文武兼备、雄才大略的圣明藏王，为了密切藏汉民族关系，促进吐蕃繁荣昌盛，主动派出请婚特使，带着厚礼，专程到长安觐见唐朝皇帝唐太宗，请求与文成公主联姻。唐皇为了考验藏王的诚意，并出于对吐蕃的关心，连出三道考题相问，不料都被藏王的三封亲笔信一一满意应答。这里不仅表现了藏王超人的智慧才能，唐皇对吐蕃事业的深谋远虑，更展示出两位君王的彼此知心，以及吐蕃和唐王之间的亲密关系。故事发展到最后，当文成公主即将启程赴藏时，唐皇亲自带领皇后和皇室眷属，在满朝文武和全城百姓的欢呼声中，为公主饯行，并钦赐了粮菜种子、文书典籍和各种生产工具。这一出反映藏汉联姻千古佳话的历史传奇藏戏，深受藏族群众喜爱，百看不厌，久演不衰。根据民间有关这个历史事件的民歌、传说、故事，各地藏戏班子还对该剧进行了不同程度的改编，按照美好想象，充实了很多文成公主为藏族群众谋利造福的具体细节。如文成公主入藏途中渡江时，像阿妈抱着婴孩一样，保护牧民落水的羊羔。入藏后她和仆人一起上山放羊，亲手教群众犁地耕田，制造水磨磨面，把牛奶做成奶酪，还在大昭寺前栽种了一棵唐柳，等等。西藏广大僧俗普遍视松赞干布为大智大圣、普度众生的佛祖，对其敬仰十分虔诚，对其教诲十分尊崇。很多群众正是从《文成公主》这出戏中，了解了西藏的历史，深深打下了藏汉关系源远流长、亲如一家的烙印。

藏戏的表演中，有不少内容是从汉族和周边国家学习借鉴过来的。藏族人接触汉族文化始于文成、金城两位公主进藏前后。文成公主入藏后，率二十五名侍婢，穿各种锦绣绫罗，佩各种金玉珠宝，携琵琶等乐器，表演歌舞，吐蕃臣民皆来观看，一片欢腾。金城公主进藏带的随从巴都，父子俩都是歌舞艺人。唐穆宗长庆元年（公元八百二十一年），唐王朝派使臣入蕃会盟，使臣专门带了个乐工班子，为吐蕃臣民演奏唐代大曲。藏戏中大型仪式歌舞谐钦的格式形态，就是吸收唐朝声乐、器乐、舞曲组合形成而来的。公元七百八十一年年初，应吐蕃邀请，受唐王朝派遣，汉人良琇、文素二人进藏，以讲唱形式弘法。这种宗教说唱艺术，后来演变成了藏族民间比较普遍的"喇嘛嘛呢"，而喇嘛嘛呢则是藏戏中常用的表现形式。从唐代到清代以至近代，随着汉藏人员交往、文化交流和商贸往来的日益频繁，藏戏在保留其独特传统的基础上，也出现了反映汉人习俗的表演。如《苏吉尼玛》剧中，表现国王格勒旺布去找外道神主降神问卜，渡海时为其摆渡的两个渔夫，就穿着清朝兵勇的服装，说着带有汉腔的藏话，唱着带有汉音的藏歌，逗笑着进行摆渡歌舞表演。由于边境接壤和跨国婚姻等原因，尼泊尔和印度等邻国的民族风俗和宗教文化，对藏戏内容的丰富也起了积极的作用。

3.丰富了藏族群众的精神文化生活。从一定意义上说，是藏族人民用自己的智慧和劳动创造了藏戏，藏戏是藏族人民生产生活实践的写照。因此，藏族人民对藏戏有着深厚的感情和兴趣。千百年来，由于历史条件、自然环境和社会制度等原因，西藏长期处于极度贫困和社会封闭之中。在这种几乎与世隔绝的情况下，社会文化生活的匮乏和人们对精神生活的渴求是可想而知的。因此，藏戏从创造开始，以至后来的不断完善发展，始终受到广大僧俗的关爱和支持。西藏和平解放以后，特别是改革开放以来，随着经济社会的快速发展，文化娱乐事业日益繁荣，人们的精神文化生活逐渐丰富。尽管如此，很多藏族群众仍然对藏戏情有独钟。根据形势发展和群众要求，各专业藏戏团体普遍得到加强，基层业余藏戏队数量不断增加。藏戏队每逢下乡演出，都受到群众热烈欢迎，演出现场人山人海。就是在民间，也可到处感受到藏戏深入人心的气氛。无论是农忙季节，还是传统节假日，无论在田野牧场、建设工地，还是在农舍帐篷，经常能听到人们学唱藏戏的嘹亮歌声。甚至亲朋好友聚会，人们往往也以能唱上一段藏戏为荣。可以说，西藏人民的生活中，已经离不开藏戏，藏戏已成为藏族群众不可缺少的精神食粮。

藏戏在藏区有着深厚的群众基础。群众喜爱藏戏，藏戏在群众的爱好中普及。从藏戏发展的时空和广度来看，历史上近千年，地域覆盖藏区，到处留下藏戏发展的印迹，到处都有藏戏播撒的种子。堆龙德庆县觉木隆村（后来的甲热村）的业余藏戏队，就是传统藏戏这棵艺术之树开出的一朵鲜艳花朵。据史料记载，在当年藏戏创始人唐东杰布的戏班中，有一位叫唐桑的姑娘，年轻漂亮，技艺出众，家住觉木隆。和丈夫鲁固结婚后，两人以演戏为生，唐桑歌舞，鲁固击鼓，名声越来越响，规模越来越大，不久便发展成为一个闻名全藏区的藏戏团。二十世纪六十年代，觉木隆藏戏团的代表到北京参加全国少数民族文艺汇演，受到了毛泽东、刘少奇、周恩来等党和国家领导人的亲切接见，并合影留念。

虽然由于种种历史原因，该戏团几上几下，多次断演，但人们的藏戏情结始终未改。二〇〇二年夏，在全国上下学习贯彻“三个代表”重要思想的热潮中，原觉木隆藏戏队几名骨干挺身而出，向各有关部门打报告，求赞助，申请恢复藏戏队。在各级领导和业务部门的支持帮助下，重新组建起来的觉木隆藏戏队，以老演员为骨干，以培养年轻演员为重点，严格培训，反复排练，很快恢复了演出水平。近两年望果节至雪顿节期间，觉木隆藏戏队受各地邀请，连续演出《卓娃桑姆》、《白玛文巴》、《苏吉尼玛》等藏戏四十多场，受到广大群众和旅游者的热烈欢迎。每年旅游旺季，西藏重点旅游景点罗布林卡主动与其签约，邀请他们连续演出数月，以招揽游客。该队属业余性质，他们台上是演员，台下是农民，农民演农民看，演者投入，观者入迷。他们利用农闲季节，在各村庄巡回演出，很多农牧民看了一遍又一遍，戏队到哪里，农牧民群众就坐拖拉机跟到哪里。有一次觉木隆藏戏队到堆龙德庆县古荣乡演出，乡政府大院人山人海，围墙上都挤满了人，节目演出到精彩处，台下叫好声此起彼伏。鉴于该队悠久的历史和良好的社会影响，西藏自治区人民政府命名觉木隆藏戏队所在的甲热村为“民间藏戏艺术之乡”，该队已被国家列为“非物质文化遗产保护单位”。

三、藏戏只有不断改革才能永葆其活力

如今的藏戏与发展初期相比，确实发生了显著变化，有了长足的进步，

即便与发展中期比较，不论从内容到形式，今日的藏戏已远非昔日可比。藏戏从最初简单粗犷的模仿式表演，到今天成为一种综合性艺术，这个过程本身，就是一个不断发展进步的有力印证。但是，我们在肯定成绩的同时，也必须清醒地看到，与经济发展社会前进的时代步伐相比，与人民群众日益增长的精神文化生活需求相比，藏戏还有很多不相适应的地方，需要通过一系列改革和行之有效的工作，进行调整。我个人认为，应重点解决好三个方面的问题。

1.要在剧本创作上狠下功夫。剧本是戏剧的根，根壮才能花艳果香。一个戏剧的成功，首先是剧本的成功，其次才是表演。凡是久演不衰、深受群众喜爱的戏剧，根本原因皆在于此。应该说，藏戏在剧本创作方面，成绩还是不错的。八大传统藏戏从初创开始，各地藏戏演出团体在尊重原创的基础上，结合当地民俗特点，大胆改编，突出重点。一个剧目，几个版本，各有所变，各有所长。由于剧本基础本来就好，加上后来反复加工，不断改编，因此越演越精练，越演主题越鲜明，感染力越强。八大传统藏戏是西藏戏剧事业的一笔宝贵财富，也是藏民族文化的历史积累。这些成果都是先人们留下来的。然而，继八大传统藏戏之后，再难见到脍炙人口的上乘力作。虽然也有一些零星藏戏剧本问世，但就其力度和影响来看，都已无法与几大传统藏戏相提并论。这种情况，不能不说是一种遗憾。

要抓好创作，首先要给予高度重视。藏戏是西藏唯一的一个民族戏剧剧种。各级主管部门和编创人员应怀着高度的使命感和责任感，切实把发展藏戏作为弘扬先进民族文化，给人民群众提供高质量精神食粮的一项重要任务，精心组织，周密策划，拿出措施，集中精兵强将，力争在短期内出力作、出精品。按说，根据几大藏区的创作实力和水平，完成这一任务应该是不困难的，关键在于领导重视不重视，支持的力度大不大。其次，创作指导思想要正确。藏戏要发展，就必须紧跟时代前进步伐，在创作内容和形式上不断有新意。传统藏戏再怎么好，也不能老抱着不放。我们党的文艺方针，历来都是推陈出新、古为今用，要求文艺作品紧贴现实社会生活，成为引导和鼓舞人民过健康文明幸福生活的精神动力。社会发展到今天，特别是实行社会主义市场经济以来，人们的思想观念、价值取向、是非标准及兴趣爱好等，都在不断发生着新的变化，社会生活的主题和内容也在不断随之改变。社会变革的广度和深度、经济社会发展的速度、人民生活的重大变化，都是历史上无法与之相比的。可以说，现代创作的题材，较之历史上的不知要丰富多少倍、生动多少倍。这就要求我们的藏戏创作，一定要在反映现实生活上下功夫，努力在挖掘现代题材上动脑筋，积极探索用藏戏表演形式，展现当代人改革开放、闯市场、谋发展、奔小康的豪情壮志和多彩生活。这项工作效果如何，不仅标志着藏戏发展的生命力，也决定着藏戏发展的未来。

2.要在表演形式上有所创新。藏戏在千百年来的发展历程中，通过日积月累，不断完善，在表演形式上形成了自己丰富多彩的特点，有些还是绝活，不仅幽默性、趣味性、观赏性强，还对深化剧目主题、强化演出效果起到了良好的渲染作用。这些表演形式在反映历史题材上是必需的，也是成功的。但从发展的角度来看，用反映近现代社会生活的标准来衡量，有些已经明显不合时宜。如：全国城乡都在努力建设全面小康社会，倡导精神文明，克服陈规陋习，要求人们树立唯物论、无神论，过健康文明的幸福生活。而传统藏戏中大量的妖魔鬼怪面具和舞蹈，不仅与现实生活相去甚远，而且对人们尤其是青少年的思想难免产生一些负面影响。当今，不少民族传统戏剧，普遍面临着一个票房效益差的问题。其中有文化市场竞争激烈的因素，但根本原因还在戏剧本身。藏戏也是如此。前边提到的群众观看藏戏的热烈场面，大都发生在文化生活比较贫乏的农牧区，在城镇这种情景却很少见到，而且观众基本上都是中老年人。可以预见，随着城乡文化生活的日益丰富，人们知识水平的普遍提高，观众对藏戏认可程度的考验将日益突出。这就要求藏戏在表演形式上，不能受传统模式的局限，应该从演鬼戏的习惯和模式中跳出来，根据现代剧目内容的要求，对舞蹈、面具、服饰等进行合理改革和创新。在此过程中，既要在保持藏戏自身特点的基础上，处理好继承与发展的关系，又要注意学习和吸纳其他民族剧种中有益的东西，用以丰富自己的表演艺术形式，以获得更佳的社会效果。

3.要走产业化、市场化的发展路子。新中国成立以来，我国戏剧事业的成长和发展，始终是伴随着计划经济的脚步走过来的。也就是说，凡是专业和半专业的戏剧演出团体，基本上是靠着国家财政养活的。藏戏的发展过程，大体上也是这种情况。然而，随着经济制度的转轨，为了适应市场经济发展规律的需要，全国包括传统剧种在内的各文艺团体和系统，纷纷采取措施，按照产业化、市场化的发展模式，积极探索自身发展的路子，进行体制、机制等方面的改革，有的已取得了明显效果。这是我国包括戏剧在内的文化事业发展的必然趋势，也是党中央的既定方针。虽然西藏情况特殊，这方面的改革可以进行得慢一点，需要更慎重一些，但这一发展方向是必须坚持的。走产业化、市场化之路，就是走自我完善、自我生存、自我发展之路。市场的本质就是竞争，适者生存发展，不适者必遭淘汰。不论剧团还是编导和演员，都要在竞争中求生存、求发展。有了压力，动力无穷。试想，如果市场化早来十年二十年，藏戏过去那种几十年不变的老面孔和沉闷气氛，一定会有一个可喜的改观。不仅专业演出团体会蓬勃发展，业余演出队伍也会在市场竞争中迅速提高自身管理水平和演出质量，占领一席之地，成为弘扬藏戏文化的一支有生力量。

根艺情

说到个人业余爱好，我还真有不少，其中喜爱根雕就是一项。作品在刊物和报纸上多次发表。《西藏日报》用半个版面登载了我的根艺作品，还发表了我的一篇短文《根艺情》。

高原数载，没想到与树根结下了不解之缘。一个个奇形怪状的结瘤，形态各异的树疤，千姿百态的盘根，常使我痴迷。在常人眼里不屑一顾的一堆树疙瘩，甚至当柴烧都不要，而在我的面前，俨然一个活脱脱的多彩世界。杂乱之中现精气，生灵万千；废朽之中藏瑰宝，应有尽有。那奇、那妙、那绝，宛如立体的画、无字的诗，引你想象，发你深思，意境深奥，其乐无穷。不知是受到报纸杂志上根艺作品的影响，还是从小对绘画美术爱好的延伸，也不知从何时开始，根艺的细胞逐渐在我的大脑里泛滥。下农村，到边防，闲暇时，别人游山玩水，我却老爱钻森林，遛河滩，探奇寻宝。看似枯燥，实乃一种难得的精神享受，就像在一个神奇的境界里遨游，每个发现都带来惊喜，每次收获都引出遐想。处女作《击剑女》，就是在亚东沟路边巧遇的成果。初尝喜悦，爱不释手。观其神态和姿势，令我心驰神往，仿佛置身在世界剑坛大赛现场，亲眼目睹巾帼儿女为国争光的动人情景。在米林河坝，我头顶烈日寻觅着，突然眼前一亮，左边河坝下裸露的树根中，隐隐约约有个“仕女”造型，而且是“琴女”，亭亭玉立，那神态、那腰段、那隐隐入耳的琴声，令人神往，使人陶醉。我兴奋不已，望着深山峡谷，听着涓涓流水，仿佛不是身在凡尘，而是来到了一个仙境。

我的根艺房充满了我的根艺情。它不仅是我加工作品、陶冶情趣、平静心境的天地，也是我认识世界、了解自然的殿堂。每当我完成一件作品，看着那栩栩如生的各种有趣神态，心里都洋溢着一种难以言状的喜悦；每当我工作感到疲倦，心境觉得沉闷时，便不由自主地来到这里——心灵的圣地，倦意顿消，兴致陡生。那一件件作品，一个个乖相，好像都在欢迎我，都要与我交谈。谁说这是无声的世界，谁说它们没有生命？那憨态可掬、龇牙怒吼的海豹，活泼顽皮、扬鼻抬腿的小象，焦急寻母、孤独可怜的羔羊，以及那翩翩起舞、娇柔可爱的仙子，倒挂金钩、动作矫健的国脚，乃至那酷似珊瑚、又像石花的竹屏，哪一件不是此时无声胜有声，看似无灵胜有灵。生命何物？生命乃有生机之物。根艺作品看似没有生命，但艺术赋予它的灵气和内涵及其艺术魅力对人们生命的净化和延伸，往往要比有生命之物还有生命。大千世界，根艺既然能光辉中华，也将芬芳全球。

以根传情，情为根痴

北京工艺美术出版社出版我的根艺作品画册专集时，约我配了一篇体会文章，题目是《以根传情，情为根痴》。

人的任何喜好，皆始于爱。各艺术门类的爱好者，尽管在艺术造诣上深浅有别，但都有一个共同点，那就是对自己喜爱的艺术事业情有独钟，情深意切，孜孜不倦。根雕艺术更是如此，只有对根爱得深、悟得透，才能真正进入一种状态、一种境界，品味到艺术的魅力，把握住艺术的真谛。

根艺爱好者与常人的根本区别，就在于对根的认识和理解上的不同。树根在常人的眼里，就是朽木，就是烧柴，然而在根艺人的心目中，一个有艺术价值的树根，其意义和概念已远远超过自身，完全变成了宝贝。成功的根艺人，之所以那么执著、那么投入、那么乐此不疲，就在于他对根的理解、关于根的理念，有别于常人。

根，乃万木之源。是它，如同伟大慈母一般，用自己无尽的甘乳和爱心，经过几十、数百乃至上千年的不懈供养，把一棵棵幼苗培育成生机勃勃、郁郁葱葱的参天大树；是它，托起一片浩瀚无垠的原始森林，装点江山，绿化大地，造福人类，呵护万物。当一个个失去躯干的树根，因自然和人为等缘故，或裸露在山谷，或横卧在河滩上时，不仅表明它生命的结束，同时也是它功绩的象征。每当面对这些千姿百态的树根，我都不由得从心底生出敬意，感到特别亲近，有一种心灵上的沟通。尤其是对造型奇妙的树根，常常觉得不是在发现、在观赏，而是在与之进行无声的对话，如获至

中华书法艺术，也是本书作者的业余爱好之一。

宝，爱不释手。有一次，我获得一批柏木树根，不仅质地硬、纹理好，而且香味浓。在西藏，信教群众对柏树有着特殊的情感，说它有灵气，每逢敬佛祈神之时，都要用柏树枝生火造烟，以表明虔诚和供奉。因此，这批柏树根在我的心目中，增加了一层神秘的色彩。其中有个根去皮后稍经加工，一个活脱脱的“寿星”出现在我的面前。它秃额头、大鼻子、白眉毛、长胡须，圆圆的两眼炯炯有神，一张栩栩如生的笑脸，那么慈祥、那么亲切，简直就像与我在交谈，那真叫绝！我被震撼了。谁敢说这是朽木？谁能说它没有生命？我不信教，更不迷信，但我相信世间万物有轮回。树根本身已死亡，但它又会以另一种形态而再生，这也符合物质不灭定律理论。在我的许多根艺作品中，如《温馨家庭》《雄鹰展翅》《踩跷舞》《自卫》《冲浪》《顽皮》等，个个活灵活现。它们不仅给了我艺术上的享受和精神上的快乐，也常常使我得到一些人生哲理方面的启迪。说实话，从事根雕艺术是个苦差事，不但需要较高的艺术鉴赏力，还要具有不怕吃苦的毅力和耐性，舍得付出大量艰辛的劳动。借用佛教理论的一个观点就是“化腐朽为神奇”。雕树根成艺术，使树木的生命以高雅的形态得以延续，这也算是一种境界、一种善举、一种造化吧。

根，也是人类之本。艺术的作用和魅力不仅在于外在，更在于内涵，在于对人的教化和感染力。根艺人从事根雕艺术，既有艺术上的追求，更有深层次的思考，那就是将根艺视为一种寄托、一种寓意、一种象征、一种精神，以其为平台，在弘扬民族文化、发展推广根雕艺术的同时，勉励人们也告诫自己，做人就要以树根为镜，自觉发扬默默奉献、不求索取的精神。树根虽为万木之源、森林之母，但一直深藏地下，不表功，不张扬，无怨无悔。这种精神，正是中华民族传统美德的象征。越是在市场经济发达的时代，这种精神越显得难能可贵。

根为树的命脉，国是人的根本。世间万物相辅相成，生存哲理息息相通。无数的树根造就了无数的林海和无数的栋梁，不论它们被运到何处，作为何用，都改变不了其与树根的血脉关系。人与自己国家民族之间也同样如此。世代移居在异国他乡的华人华侨们、时刻盼望早日实现祖国统一的台湾同胞，常常把思念祖国和家乡之情，用“落叶归根”来比喻。可见，人们对根的理解是何等深刻、何等贴切。树离根必死，人无国必亡。这既是生命的法则，也是做人的真理。就树而言，根壮才能叶茂；对人来讲，国富才能民强。繁衍生息在中华大地上的各族同胞，同祖同根，根根相连，脉脉相通。为了浇铸强大的民族之根，他们不懈奋斗，生生不息。要做根艺人，必当爱国者。只有把自己的根牢牢扎在祖国肥沃的土壤里，终生不渝，才有资格成为一名真正的根艺人。

图中的根艺、绘画作品，均出自于本书作者之手。

后 记(一)

从第一次深入西藏边防采访，到调入西藏部队任职，再转业高原地方工作，三十多年来的人生经历，实在是给我留下了太多太多难以忘怀的美好记忆！在这些记忆中，有如诗如画的壮丽景观，淳朴浓郁的民族风情，底蕴深厚的文化传统。而印象最深的还是那些生活和战斗在各条战线上令人可敬可爱的人们。

他们中有部队的将军和士兵，有地方上的各级干部和一般群众，甚至还有再普通不过的牧区老阿妈……他们不同的社会角色和感人的故事，不仅大量充实了我熟悉西藏的素材，也不断给我灵魂里注入着兴奋剂。正是他们，使我的思想感情受到潜移默化的影响，从陌生到好奇，从了解到热爱，对雪域圣地产生了深深的眷恋，直至退休后定居拉萨。

经历是财富，记忆是享受。虽然时光在流逝，但一幕幕往事在我的脑海中记忆犹新。愿更多的人能从我的记忆中认识西藏人，热爱高原土，愿书中的故事也能留在每个读者的心中。这便是我以纪实文章的形式出版此书并以《高原的记忆》为名的本意。

人生短暂，经历宝贵。我为自己能用大半生社会实践，亲身参与并见证国家改革开放后西藏社会所发生的翻天覆地的巨大变革，感到由衷的幸运和欣慰。当年，由“老西藏人”创造的“特别能吃苦、特别能战斗、特别能忍耐、特别能奉献”的“老西藏精神”，在一代接一代的新西藏人身上发扬光大。随着社会的进步和教育的发展，一批批有理想、有文化的高端人才纷纷涌现，奋战在各行各业的进步人物层出不穷。他们既是时代的楷模和代表，也是我们身边社会中的普通成员。然而，正是由于他们的影响和带动，我们社会的进步事业才产生了不竭的动力。可以说，一个先进典型，就是一面旗帜。此书以纪实体裁记录的人和事，都是我心中高高飘扬的鲜红旗帜。我衷心地向他们，同时也向每一位在平凡岗位上默默无闻地为新西藏美好未来辛勤耕耘的人们，表示崇高的敬意！

《高原的记忆》得以成稿，首先应当感谢约稿者张彦丽女士，是她策划了这次系列丛书的组稿与编辑活动。书稿整理过程中，得到了本人所在单位西藏自治区党委宣传部办公室黎林、邓洁等同志的帮助。另外，书中选用的大部分文稿，均在中央和地方各级报刊上发表过，其中有些是与同事共同采写的。在此一并表示感谢。

最后，要感谢的是西藏军区副政委、西藏自治区文联副主席杨双举先生。作为知根知底几十年的老战友，他满怀深情地为本书作序，并以第一读者的视角，以资深文人的睿智，对书稿给予了充分肯定和鼓励。本人深感荣幸。

作者

2012年6月

后记（二）

近年来，以反映社会主义新西藏为主旋律的文学作品，一直深受海内外读者的青睐与关注。向世人宣传西藏，介绍西藏，正确定位西藏在中华民族大家庭中的成长历程，是我们每一个西藏人的责任。

《西藏岁月系列丛书》以“老西藏”们的亲身经历，真实地记录了西藏解放和建设进程中那些不寻常的峥嵘岁月。有进藏路上的艰苦卓绝，有解放西藏的悲惨壮烈，有建设西藏的忠诚无畏，有守卫西藏的执着奉献……那些真实的故事，虽已成为历史，但仍感人肺腑，耐人寻味。

这套丛书作为历史发展的载体，无处不体现着党中央和全国各族人民对西藏物质文明和精神文明建设的关怀与支持，无处不彰显着“一不怕苦，二不怕死”，“特别能吃苦，特别能战斗，特别能忍耐，特别能团结，特别能奉献”的“老西藏精神”。这些，雄鹰可以见证，雪山可以见证。

此套丛书组稿及筹备出版几经周折，历时三年，工作千头万绪。西藏岁月文学艺术工作者协会的策划与主创人员，用“老西藏精神”宣传“老西藏”，记录为西藏和平解放牺牲的英烈和健在的昔日英雄。他们用身体铺就了进军西藏的“天路”，把鲜血滴洒在建设西藏的白雪中，把生命镌刻在维护祖国统一和民族大团结的史册上。书中的每一段故事都在向我们昭示：他们与西藏人民手挽手、心连心，团结一致，努力奋斗、拼搏，以鲜血和正义铸就了整个人生轨迹！

为了那些逝去的英灵和活着的英雄，丛书编辑委员会困难再大也要坚持！在藏工作多年的洋滔、张彦丽、冰融、李敏、闫振中等同志，分别联系离退休老作家，十八军老干部、老战士，向他们征集进藏、建藏的回忆录，组织编写那段感人肺腑、催人奋进的历史篇章。

在拉萨、成都、北京三地组稿座谈会上，与会的116名离退休老干部，谈起当年的经历仍是热泪盈眶，激情满怀。他们对出版系列丛书的现实意义给予肯定，纷纷表示要积极参与，热情支持。老干部们的行动使大家倍受鼓舞，深感自己肩上的担子分量很重。

做书如做人。我们不知道其他编辑是怎么做到最好和完美的，但我们编辑的工作过程，却让人读懂了什么是最好和完美。

由于年代关系，一些书稿的原创人已是八九十岁高龄，提供的全部是手写稿。整理这部分书稿的难度，远远超出当初的想象。尤其是当年十八军分三路进藏，整个过程既有共性又有个性，待书稿集中后，内容冲突和史实矛盾等问题凸显出来。即便如此，这些都是老人们的亲身经历之作，弥足珍贵。工作人员视稿如金，没有一丝马虎和大意，生怕丢掉一字一页，对不住那些颤抖着的手写下的一笔一画。因为他们懂得，这些书稿对于高龄老人来说，其意义不是简单几句话就能说清楚的，这是他们一生中最珍贵的东西。

大量组稿，靠正常的工作时间是无法完成的，编辑们吃住在办公室，抢时间、赶任务；制订好的工作计划不得不打破，确定的工作方案随时要更改。为了确保史料翔实，协会同志除了对手中的初稿进行整理和比对外，还要随时处理意想不到的新问题。他们与原创作者不定时、不间断地联系与沟通，有的老人需要辗转几次才能找到，一些老人只言片语的表述需要几经询问，同志们都表现出极大的耐力和爱心。通过无数次的核对、甄别、印证，这些基础资料得到最后的确认。先遣连勇士和十八军将士绝境坚守、极地永生的气概，鼓舞着丛书编辑人员为这项有别于正常写作、具有特殊意义的工作竭尽全力。

现代都市生活浪漫而多彩。但《西藏岁月系列丛书》的编辑过程，让那些编辑远离了这个多彩而喧嚣的世界。三年的编辑工作，人脑变成了电脑，离开书稿后的大脑，几乎是一片空白，连正常生活也变得丢三落四。大家多是在夜以继日、废寝忘食中度过了三个春秋。特别是在最后统稿期间，春节、藏历年都是在电脑前度过的。什么“三十饺子初一面，初二出门去拜年”等风俗，全然忘记。直到一个清晨，清脆的爆竹声催醒一位编辑的记忆，猛然想起藏历年该到了，于是，临时决定放假一小时，给远在拉萨的朋友发短信拜年。没想到刚给两位朋友发完拜年的信息，回复的铃声便接连不断。她索性先暂停拜年，打开信息想一睹为快，没想到一看却把自己惊住了：

“你是喝醉了还是睡迷糊了？藏历年都过去一个月了，还拜年呀？”

“难道，你真的忘记哪天过年了？”

……

藏族朋友的反问，令我们的编辑从机械思维中清醒过来，跑去翻日历，2013年过去三个月了！这一天是二月初二，民俗中“龙抬头”的日子。她无奈地摇摇头，苦笑。

还有一种难耐，也是对我们编辑的考验。为了这套丛书，有的同志一年内要进出西藏两三次。严重的高山缺氧反应，试炼的不仅是身体，还有毅力。长期在藏的人，到了内地因醉氧而多眠，昏盹难耐，头晕腿软；常人日进三餐足矣，而他们则要饱受饥肠辘辘的折磨。返回高原的情景与内地醉氧相比，可谓有过之而无不及，头痛耳鸣，夜不能寐，腿脚发软，食欲全无。三周时间过去，人仍头如灌铅，四肢麻木，身体如腾云驾雾，提不起精神。尽管这样，他们仍坚持工作，无一退却，三年的付出可想而知。

确实，将一部自己没有亲身感受的、他人的作品做到最好，是一件难事。尤其是这套丛书，面对工作量大、组编困难、经费难筹等问题的困扰，编辑部人员曾产生过动摇。但“老西藏”们对丛书的渴望和期待之情，始终萦绕在他们心头，挥之不去：84岁高龄的十八军老前辈赵先前先生，骑着自行车到处寻找资料，不厌其烦地向自己的孙子学习电脑打字；党史专家焦东海先生患病期间也不忘电话询问丛书进展情况，帮忙联系在京的十八军前辈；著名诗人、作家杨从彪、闫振中两位老师的热忱可与重庆的高温相提并论，而且从来“报喜不报忧”；西藏第一位女作家、优秀的藏族领导干部、西藏自治区党委原常委、西藏自治区政协副主席，德高望重的德吉措姆女士，为了筹措出版经费煞费苦心，辗转奔波，多方求援，如一尊秉烛女神，让大家在黯淡中又见光明，她身上的正能量时刻感染着每一个人；还有因心脏病住院的“老西藏”刘源老师，在病榻上笔耕不辍……他们这种发自内心、视如生命般热爱西藏的情结令人惊叹，令读到与见到的每个人的心灵不止一次地受到震撼和洗礼！

雪莲花绽放的地方本没有路，英雄先遣连壮士用他们的生命，蹚出一条“天路”；十八军将士们踏着他们非凡的足迹，向着雪山顶上的五星红旗奔去……那些让人想起就肃然起敬、长期在藏工作的各民族干部、人民子弟兵，默默无闻、坚韧不拔的品格和意志，铸就了祖国西南边陲的钢铁长城，让民族大团结之花在雪域高原绽放，让富强民主的新西藏在珠穆朗玛崛起！

上世纪70年代那令人抹不去记忆的岁月，知识青年炽烈的激情燃烧在雅鲁藏布江畔，他们背负那个特殊年代民族的希望，辗转半个中国，聚集在世界最高点。如今，这些“老西藏精神”的继承人也已两鬓霜花，他们付出的是热血，收获的是意志；逝去的是青春，留住的是品格。还有一批批援藏干部，承受思乡之苦，忍耐高原之寒，以只争朝夕的干劲实践着“老西藏精神”，为民族富强搭建人才之梯。那些远去的和这些现在的他们，都以不同方式谱写着对西藏的热爱，对祖国的忠诚，对“老西藏精神”的崇尚。

面对莽莽高原，生命显得那般脆弱渺小，如一滴水、一粒沙。也正是这一水一沙，把青春、时光、血汗凝聚成“老西藏精神”，积淀成荡气回肠的西藏岁月，没有半点虚伪和空洞。

三年来，丛书编辑部的同志们，就是在这种精神的感召和激励下，一次次直面困难，一步步在艰难中前行……垫付的数万元编辑费，至今还不知由谁偿还，但从未有人提起。想想这些，算不算是做书和做人的一种境界呢？

在西藏生活和工作，是大自然与人格和意志的较量；为西藏做事，是战胜自我、提升境界、净化灵魂的历程。一代又一代“老西藏”和西藏各族人民，抱着这种理想信念和政治情感，以鲜血和生命及子孙后代的幸福为代价，在得与失、荣与辱、生与死、苦与乐的考验面前，不改初衷，默默奉献，在世界屋脊上构筑了一个英雄群体。应该说，“老西藏精神”同“井冈山精神”、“长征精神”、“延安精神”、“西柏坡精神”一样，都是中国革命精神的重要组成部分，是中华民族精神的具体体现。

掩卷深思，作为一名读者、作者、编者，除了对“老西藏精神”的种种感慨，还有更多的感动无法忘怀。

《西藏岁月系列丛书》欣然面世，首先应感谢西藏自治区原党委书记阴法唐和夫人李国柱（首批进藏女兵之一）一直以来的关心，感谢在北京七月的酷暑下，老书记为丛书题写序言；感谢丛书编委会顾问、西藏自治区原党委常务副书记、自治区人大常委会主任、党组书记、第十一届全国人大常委会民族委员会副主任委员列确一直以来的关心；感谢西藏自治区党委常委、拉萨市委书记齐扎拉的支持；感谢1976年进藏大学生、时任西藏自治区人大常委会副主任张跃平给予我们的热情鼓励；感谢中国文联副主席丁荫楠、中国少数民族文物保护协会秘书长杨华山、中国音像出版社常务副社长丁涛等领导同志的大力支持与指导，他们同是这套丛书的奠基者，也是西藏人民的好朋友。

这套丛书的完成，离不开北京市对口支援和经济合作工作领导小组西藏拉萨指挥部领导在经费协调方面给予的大力帮助；离不开西藏自治区党委直属机关工委常务副书记林清海、原常务副书记高文庭、副书记彭宏（中央国家机关工委第五批援藏干部）等领导的厚爱和关怀；离不开时任工委宣传部部长唐荣科在方案策划、工作实施、人力安排等方面给予的全力支持与帮助。

中共大连市委组织部、宣传部的领导甘为西藏办好事，成为丛书编辑工作的精神后盾。第五批援藏干部、现大连市旅顺口区教育局副局长马殿文同志虔诚的西藏情愫令人感动，他为丛书后期制作排忧解难，为丛书出版起到了重要的助推作用。

还有丛书的合作伙伴——大连出版社的领导、同志们，表现出孜孜不倦、爱岗敬业的职业精神，是我们永远学习的榜样！

在此，丛书编辑部及丛书作者、广大读者对所有给予丛书以关注、支持、帮助的各位领导、各位同仁，表示衷心的感谢！

西藏，神圣的世界屋脊，离太阳最近的地方，我们的西藏岁月记载着沧桑，刻录着风华。西藏岁月，是无数西藏人环境与精神、磨砺与意志互相较量的历程。但西藏岁月的与众不同，不只是环境的恶劣、磨砺的艰难，更是一种人心向善的精神信仰。任云卷云舒，花开花落，“老西藏精神”同美丽的高原一样，将永远成为人们向往的香巴拉。

编　者

2013年5月